절집 오르는 마음

절집 오르는 마음

근심을 털어내고 걸음을 늦춰 나를 찾아가는 시간

최예선 지음

글을 시작하며.

압도적인 기운을 뿜어내는 숲,

불전을 꾸미고 매만져 온 손길,

선하고 간절한 마음과 기도,

한 잔의 차를 나누는 온기,

절집 오르는 길에는 사려 깊은 이야기가 있다.

지난 몇 년간 나는 그전과는 좀 다른 삶을 살았다. 우리 모두가 그랬듯이, 타인과의 만남이 현저히 줄었고 모임이나 활동을 모두 접어둔 채로 작업실에서 주로 시간을 보냈다. 코로나19로 인한 생활의 변화는 공교롭게도 내 생애주기의 변곡점과 맞물렸다. 나 자신에게 질문할 게 많아졌다. 그간 짊어지고 있던 생의 무게가 불필요하다고 느껴졌고, 얼른 내려놓고 홀가분해지고 싶었다. 무엇보다 사력을 다해 걷고 싶었다. 그것이 내 마음을 찾아가는 길이라도 되는 것처럼 오래오래 걷고 싶었다. 절집을 찾아가 보겠다는 결심은 그렇게 시작되었다.

통도사, 부석사, 봉정사, 대흥사, 법주사, 마곡사, 선암사 등 일곱 사찰이 유네스코 문화유산에 '산사SANSA, 한국의 산지승원'으로 등재되었다. 산속에 자리하면서 신앙, 수행, 일상을 동시에 하는 것이 우리 불교사찰의 유서 깊은 특징이므로, 아예 산사라는 명칭 그대로 등재된 것이다. 그런데, 나는 산사도 사찰도 아닌 절집이라고 썼다. 집은 무척 다정한 글자다. 산사와 사찰 하면 완전무결한 존재처럼 아득하게 느껴지지만, 절집은 마음을 묻어둘 만큼 가깝고 온기 가득한 공간처럼 다가온다. 왠지 절집에서는 스님들과 가깝게 앉아도 되고 부처님 앞에서도 주눅 들지 않아도 될 것 같다. 두런두런 지나간 이야기들도 많이 흘러나올 것 같다. 사람의 공간이자 마음의 공간이다. 그러므로, 절집기행을 표방한 이 책은 불교문화유산을 더 깊이 이해하려는 사찰기행이나 전통의 미의식에 다가가는 문화유산기행보다는, 오래된 아름다움을 오랫동안 고요히 들여다보고 그 속에 담긴 이야기를 찾는 예술기행에 가깝다.

절집은 그 넓은 포용력으로 나를 끌어당겼다. 절집을 두르고 있는 자연은 압도적인 감흥을 전해주었다. 고건축만 보거나 부처님만 친견하는 게 아니라, 자연 속에 심신을 녹이고 오는 일이라는 것을 알게 되자, 절집으로 가는 발걸음을 끊을 수가 없었다. 계절마다 눈부시게 변하는 산과 물을 품은 절집의 풍경은 우리 모두에게 공평하게 주어진 유산이며 선물이었다.

역사가 깊은 고찰들에서는 과거 사람들의 마음을 떠올리며 유장한 세월을 느낄 수밖에 없다. 그 마음은 절집의 공간과 그림 앞으로 나를 데려다놓았고, 종교적 상징으로 가득한 불화들도 장엄하고 아름다울 수 있음을 알려주었다. 봉정사 대웅전에 가득 그려진 연분홍 연꽃의 만다라, 그리고 불상 뒤에 자리한 낡은 후불화를 바라보면서, 불세계의 철학과 미의식이 얼마나 깊은지를 엿보았다. 물론, 내가 더욱 감동한 부분은 정성을 다해 불전을 꾸미고 불화를 그렸던 수많은 손길과 마음들이었다. 절집이 이토록 아름다운 건 그 마음 때문이라고 나는 믿게 되었다.

절집 오르는 길에는 나처럼 걷고 있는 사람들이 많았다. 미황사에는 낙조를 보려는 사람들이 많았고, 해인사는 팔만대장경을 구경하러 온 어린이들이 많았다. 운부암 가는 길에는 망중한을 즐기는 젊은이들이, 초파일의 길상사는 촬영 나온 프로 사진가들이 많았다. 그리고 그 틈에서도 몸가짐을 조심히 하며 절집을 거닐고 기도를 올리는 사람들이 있었다. 수많은 불자들의 얼굴을 바라보면서 나는 이 많은 사람들이 어떤 마음으로 절집을 오르는지 생각해 보았다. 여러 이유들을 짐작할 수 있었는데, 공통적으로 느껴진 것은 선함과 간절함이었다. 그러니까, 절집의 포용력과 좋은 기운들은 오가는 사람들의 마음에서 비롯된 것이었다. 절집의 진정한 아름다움과 이야기들은 그 마음에서 시작되고 있었다. 어쩌면 나의 간절함도 그 속에 포함되어 있을지도 모르겠다.

『절집 오르는 마음』은 열일곱 곳의 사찰과 몇몇 암자들, 고대의 폐사지들을 다녀온 기록을 포행, 친견, 합장이라는 장으로 묶었다. 이 여정은 그동안 내가 절집을 들여다본 과정과도 일치한다. 절집에 재미를 들이고 조금씩 다가가는 과정이 '포행 - 뜻을 구하는 마음'에 담겼고, 안동, 경주, 남도의 사찰들과 통도사 일대 등 절집을 넓고 깊게 순례하면서 발견한 사려 깊은 이야기들을 '친견 - 깊이 바라보는 마음'에서 풀어냈다. '합장 - 하나로 이어지는 마음'에서는 지금 이 순간 삶과 이웃을 고민하는 우리들과 나누고 싶은 절집의 이야기를 묶었다. 무엇보다 걷기의 소중함, 오래된 것들의 미덕, 고요하고 사려 깊은 아름다움을 나누고 싶었다. 절집의 구석구석을 미세하게 들여다보는 돋보기이자, 궁극의 세계를 상상하는 만화경으로 이 책『절집 오르는 마음』이 존재했으면 한다.

절집을 오르고 내리면서 나는 목소리를 자주 들었다. "이 무엇인가!"라는 물음이다. 이는 "나는 누구이며, 어떻게 살 것인가?"라는 존재에 대한 본질적인 질문이다. 거기에 대해 일엽스님은 성성적적, 고요한 가운데 깨어있으라 했고, 정관스님은 매일이 수행이라 했으며, 법정스님은 거듭 새로 태어나라고 했다. 그 목소리를 떠올리며 나는 다음 절집을, 내 삶의 다음 여정을 걸어가려 한다.

지금은 절집 오르는 길이 가장 아름다운 시절이다. 그 길에 이 책『절집 오르는 마음』이 좋은 동행이 되기를 깊은 마음으로 바란다.

2022년 한로 무렵,

동자동 작업실에서

최예선

목차

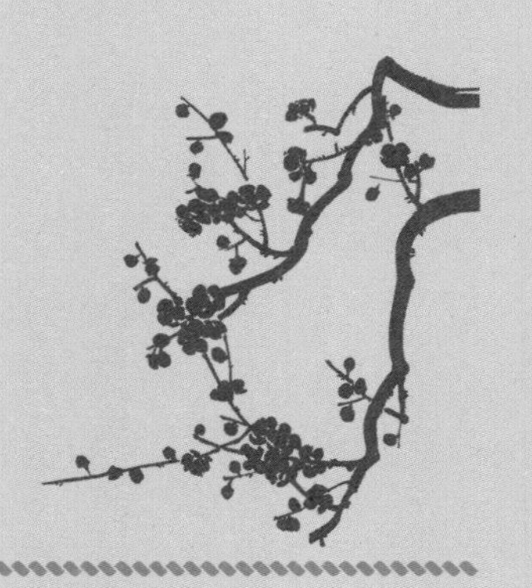

2부.

친견 ≡≡≡ 깊이 바라보는 마음

3부.

합장 ≡≡≡ 하나로 이어지는 마음

1부.

포행 布行

좌선하는 중간에 잠시 걷는 일.
걷는 것도 참선하듯이 해야 한다.

포행

뜻을 구하는 마음

떠나올
때에야

비로소
나는
그곳에
있네

조계산

송광사

불일암

포행을
시작하다

좌선하는 중간에 잠시 걷는 일을 포행이라고 한다. 스님들이 참선에 정진하다가 잠깐 다리를 뻗고 걷는 시간이다. 걷는 일도 참선에 든 것처럼 해야 한다. 자칫, 걷는 행위로 참선에서 빠져나오지 않도록 마음가짐을 다잡으라는 뜻이다. 수행자의 모든 행위는 수행의 일부이기에 먹고 말하고 움직이는 모든 것이 마음을 다해 구하려는 그곳을 향해야 한다.

오후 네 시를 향해 가는 지금, 불일암을 오르는 산길을 뛰다시피 걸으며 나는 이것도 포행일까 생각하고 있었다. 숨소리가 거칠어지고 등에서는 땀이 흐른다. 해가 넘어가기 전에 암자에 도착해야 한다는 생각뿐이었다. 미리 찾아본 바로는 불일암은 네 시까지 경내를 개방한다고 적혀있었다. 나는 불일암 후박나무를 보려고 순천 송광사까지 왔다. 마음이 더더욱 조급해진다.

처음엔 천천히 숲을 걸어보는 숲 포행을 해보려고 했다. 말도 생각도 털어내고 오로지 숲을 걷는 일에만 집중하기로 말이다. 그런데, 송광사 본찰을 돌아보다가 시간이 많이 흘러버렸고 숲속의 암자는 내 예상보다 훨씬 멀리 있었다. 내가 몸담고 있는 도시에선 한 시간 단위로 일을 계획했지만, 산사의 시공간은 도시의 잣대로는 가늠이 되지 않는다.

조금 전에 송광사 뒷산에 자리한 감로암의 고요한 경내를 지나쳤는데 지금은 깊은 숲속 오솔길이다. 숲속은 도시와 시간이 달

송광사 일주문.

라서 조금만 늦어도 해가 넘어가고 어두워진다. 이정표대로 왔으니 틀림없다 하면서도 행여나 길을 잘못 든 건 아닐까 온갖 걱정에 휩싸인다. 포행이고 참선이고 다 틀렸다. 암자를 찾아가는 길이 이렇게도 번뇌로 가득한데, 나는 도대체 무엇을 구하려고 여기에 왔을까!

불일암을 목표로 삼고 송광사에 오는 사람이 나만은 아닐 것이다. 물론 그들도 백이면 백 내가 그랬던 것처럼 송광사 초입, 냇물을 건너가는 청량각 앞에서 고민에 빠져들었을 것이다. 송광사 경내로 들어가려면 청량각을 건너야 하지만, 불일암은 냇가를 건너지 않고 곧장 가야 나온다. 송광사냐 불일암이냐 둘 중 하나를 택해야 하는 순간, 많은 이들이 고민 끝에 그러했듯이 나도 청량각을 건너버렸다.

그리하여 송광사의 그 유명한 삼백 년 된 매화나무와 고고한 배롱나무와 아무리 봐도 소처럼 생긴 공양솥 비사리구시, 그리고 보조국사 지눌이 생전에 들던 지팡이를 꽂아 불멸을 논한 그 자리에 길게 솟아난 고향수까지 친견하다 보니 시간이 꽤 흘러버렸다. 마침 한 스님이 바삐 걸어가시는 게 보여 얼른 다가가 불일암으로 가는 길을 청했다. 스님은 잠시 생각하시더니 빠른 길이라며 산으로 올라가는 길을 알려주었다.

"부도전도 보시고 새로 지은 감로암도 보시고…… 그렇게 가시면 되겠습니다."

아깐 고맙기만 했던 그 말씀이, 가도 가도 암자는 없고 숲이 깊어지니 슬슬 의심이 든다. 질러가는 길이 아니고 돌아가는 길을 알려주신 걸까? "이제 다 왔습니다. 얼마 남지 않았습니다."라고 등산길에 나누는 인사말이 있지 않은가? 세상에 믿어서 안 되는 것 중 하나가 산에서 듣는 말이거늘, 스님 말씀을 속세인의 정보로 이해한 건 분명 큰 실수였다.

굽이굽이 대나무숲이라 그늘이 깊다. 사위가 홀쩍 어두워져 손목시계를 확인하지 않으면 시간을 알 수가 없다. 네 시에서 딱 오 분이 모자란 것을 본 나는 급기야 참을성을 놓아버렸다.

길을 잃었다고 생각한 순간, 나는 불일암 앞에 와 있었다. 세 갈래 길이 만나는 길목이었다. 대나무 숲이 무성한 두 개의 길이 있는데, 한쪽은 위로 올라가고 다른 쪽은 아래로 뻗어있다. 올라가는 길에 조그만 대문이 달려있으니 그쪽이 맞다. 대나무 숲이 두르고 있는 좁은 고샅길이 과연 무엇을 보여주려나, 숨을 죽이며 조심스레 몇 걸음 옮겼다. 어느새 하늘이 활짝 열리며 채마밭과 조그마한 절집과 작은 언덕 위에 무성한 나무들의 세상이 나타났다.

불일암은 작은 살림집 같았다. 법당은 개량식으로 지은 작은 한옥이었고 스님들 생활하는 요사는 방 한 칸 부엌 한 칸이었다. 스님 여럿이 채마밭 앞에서 정담을 나누고 계신다. 머뭇거리는 나를 보고 한 스님이 "둘러보셔도 됩니다."라고 일러주었다. 발길을 옮기면서도 온통 스님들 정담에 귀가 쏠렸다. 불일암 스님들이 사찰 순례를 하고 계신 비구니 세 분을 맞이하러 나온 것이었다.

비구니의 얼굴과 목소리가 앳되고 맑다. 암만 앳돼 보여도 스님들은 나이를 가늠하기 어렵다. 스님들은 속세의 나이셈이 안 통한다. 비구니 스님들이 이야기를 마무리하고 합장으로 떠날 시간임을 알리자, 다른 스님들도 각자의 공간으로 사라졌다. 막이 내린 무대처럼 나 혼자 적막한 가운데 남았다.

나는 흙으로 만든 계단을 밟고 언덕 위로 올라갔다. 법당 역할을 하는 작은 한옥에 가까이 다가가자, 그제야 잘 자란 후박나무 한 그루가 보인다. 그 옆에 대나무가지를 엮은 네모난 작은 울타리와 꽃이 담긴 화병이 있다.

여기가 법정스님이 계신 곳이다. 이곳을 찾아, 이 후박나무를 보러 이렇게 헐레벌떡 뛰어온 것이다. 흰 소국이 가득한 화병 앞에 서야 나는 숨을 가다듬고 두 손을 포갤 수 있었다. 이제야 천천히 걸음을 옮기며 산에서 내려보내는 가볍고 서늘한 바람을 느낄 수 있었다.

법정스님 머무는 곳엔
자연이 고요히 깃들고

비구 법정. 다른 어떤 수식어도 이름도 없이 그것 하나만 갖고 살았던 한 인물을 찾아왔다. 집은 그 사람의 많은 것을 보여준다. 나는 한 사람을 알아가고 싶을 때 가장 적합한 장소를 찾아가는 것으로 시작한다.

법정스님 하면 길상사가 제일 먼저 떠오른다. '맑고 향기롭게' 운동을 펼친 곳이고 스님이 입적한 곳이었다. 길상사를 즐겨 찾는 나는 가장 높은 곳에 자리한 진영각을 목적지로 하고 돌아보곤 했다. 그런데 법정스님이 잠든 곳이 또 한 군데 더 있다고 하니 그곳이 궁금해졌다. 『무소유』뿐 아니라, 수행자였던 스님의 공간도 알고 싶어졌다.

법정스님은 송광사와 인연이 깊다. 한국 전쟁이 끝난 직후 스무 살 청년은 공포와 가난에 시달리며, 질서는 사라지고 가치관도 무너진 시대를 방황하며 살았다. 젊은이들이 희망도 미래도 발견하지 못했던 시절이었다. 바다 건너 일본으로 밀항을 꿈꾸거나 절망한 채로 세상을 버리는 일 말고는 선택지가 없었다.

법정스님도 우주고(宇宙苦)를 혼자서 치른 것 같았다고 당시를 회고했다. 그러나 인생을 포기하지 않고 끝까지 추구하고 싶은 마음이 그를 다른 방향으로 이끌었다. 스님은 스물셋이던 1955년 머리를 깎고 먹물 옷을 입었다. 이제 막 머리를 깎은 행자를 보고 스승은 구참(오래된 승려) 같다고 말했다. 법정이라는 법명도 그날 받았다.

통영 미래사에서 행자 생활을 하고 쌍계사에서 사미계(스승을 찾아 수행을 하며 예비 과정을 마친 스님에게 주는 계. 정식 승려로 인정된다)를, 통도사에서 비구계(사미계를 받고 나서 기초선원이나 강학에서 공부를 마치면 비구계를 받을 자격이 주어진다)를 받으며 승려가 되었다. 법정이라는 이름에 걸맞게 해인사에서 대장경을 공부하기도 했다. 그러나 불교정화운동이 시작되던 시절의 출가는 젊은 수행자를 시민들과 가까운 곳으로 이끌었다. 4.19 혁명과 5.16 군사 쿠데타 등 역사적인 사건과 마주하면서 유신철폐 운동에 나서기도 했다. 그러다 1975년, 출가 수행자로서 본분으로 돌아가겠다고 선언하고

불일암.

돌아온 곳이 송광사였다. 마음속에 자라는 증오와 혐오를 수행자로서 되돌아봐야 할 때라고 생각한 것이다.

다시 출가하는 마음으로 수행에만 집중할 토굴 터를 찾아보다가 송광사 뒷산에 자리한 자정암 터를 발견한다. 옛 암자는 거의 허물어지다시피 했지만, 남쪽으로 훤히 열린 넓은 뜰은 햇볕이 잘 들었고 샘물도 맛이 좋았다. 매화가 여기저기 꽃을 피워 향이 가득했다.

스님은 낡은 건물에서 수습한 목재와 기와로 승방을 마련하고 수행 공간으로 삼을 본채를 다시 지었다. 이곳이 매일 부처가 온다는 뜻을 가진 불일암이다. 법정스님의 생각을 담은 『무소유』라는 책은 그즈음 이미 세상에 나왔지만 무소유의 삶을 실천한 것은 불일암에서였다.

나는 법정스님 생전에 찍은 다큐멘터리에서 불일암의 내부가 얼마나 간결하고 정갈한지 본 적이 있다. 법당 하면 불상과 그 주위의 예불 공간을 장식하는 기물들이 불세계의 원칙하에 조성되는 게 일반적인데, 불일암은 완전히 달랐다.

참선과 명상의 공간이라서 그러할까, 흰 벽 외엔 아무것도 없었다. 불상은 벽감 안에 모셔두고 예불을 올릴 때만 벽감 문을 열었다. 자그마한 다실 겸 서재에는 몇 가지 꼭 필요한 기물들만 자리를 차지했는데 그 또한 시각적인 아름다움을 해치지 않는 정갈함이 있었다.

공간을 보니 새삼 스님의 미의식이 참으로 높았음을 알았다. 낮은 나무 좌탁에서 정좌를 하고 글을 쓰는 모습은 흐트러짐 없이

불일암의 후박나무 아래에
법정스님 유골을 모셨다.
스님을 그리워하는 사람들이
지금도 찾아온다.

엄정해서 마음이 서늘해져 왔다. 스님은 “부처를 만나면 부처를 죽여라.”라고 쓰기도 했다. 고정된 틀을 깨라는 법문처럼, 틀을 혁파한 가운데 질서가 있고 소유한 게 없으나 지극히 풍요로운 장면이었다.

입적하고도 10년이 넘은 지금, 그 방은 여전할까? 반가워서 다가가던 나는 불일암 벽에 걸린 ‘묵언’이라는 두 글자를 보았다. 오늘따라 창문이 활짝 열려있건만 그 말이 무거운 도끼처럼 여겨져 차마 창문 너머로 들여다볼 생각조차 나지 않았다. 그렇지만 후박나무 옆에 서서 아래를 내려다보니 세상이 어찌나 아담하고 예쁜지 웃음이 다 나왔다.

배추와 파초가 어울려 파랗게 자란 채마밭은 정답고 아늑했으며 지붕처럼 덮고 있는 하늘은 속세의 그 무엇도 비추지 않았다. 수행에 방해되는 것이라곤 없이 고요한 시간만이 존재했다. 그러니까 여기는 자연과 나, 그것이 전부였다.

이 좋은 곳을 스님은 17년여의 수행 끝에 떠나기로 결심한다. 찾아오는 이가 많아지자 아무도 찾지 못하는 곳, 강원도 산골의 어느 화전민이 버리고 간 작은 오두막에서 은거했다. 그러나 세상에 반목과 갈등이 만연하고 오해와 편견이 쌓일 때는 글과 말로 세상에 나왔다.

스님은 좋은 말과 글을 많이 남겼으나, 정작 좋은 말씀으로부터 해방되라 했다. 수행자를 운수납자라 한다. 한곳에 머물러있지 않은 구름과 물이란 뜻이다. 스님은 그 말에 충실하게 살아갔던 것이다.

수행하는 마음으로

후박나무 앞에 서서

후박나무의 잎사귀가 낙엽이 되어 경내에 어지럽게 흩러 다닌다.

"매일 아침저녁으로 쓸고 치워도 또 이렇게 가득 쌓인답니다. 그래도 이제 잎이 얼마 남지 않았으니 며칠이면 다 떨어지겠네요."

내게 경내를 둘러보라 권했던 스님이 지나가면서 말을 건넨다. 나중에 알고 보니 법정스님의 상좌스님으로, 십 년째 불일암에 은거하는 덕조스님이었다. 후박나무를 타박하던 그 목소리는 가는 계절을 붙잡으려는 애타는 마음이었나 보다. 덕조스님은 매일 후박나무를 가꾸며 스승의 자리를 다듬고 지킨다. 그러니 잎사귀가 다 떨어지는 계절의 마지막 길목이 후련하면서도 아쉬웠던 것이다.

스승이 수행하던 암자를 문하들이 이어받는 것은 불교의 전통이다. 불일암의 전신인 자정암도 자정국사가 입적한 뒤 문하들이 사리함을 봉안한 탑비를 세우고 수호하며 수행을 이어온 역사가 있었다. 스님의 사리를 봉안한 탑을 부도라고 하는데, 보통은 사찰 입구에 부도탑을 모아둔 부도전이 조성되지만 이렇듯 수행한 암자 근처 깊숙한 곳에 세워지기도 한다. 자정국사의 부도인 묘광탑은 불일암 뒤쪽 언덕에 여전히 남아있다. 그러니까 스님들은, 국사라 불리는 대승들도 마찬가지로, 수행이 근본이었으며 좋은 수행처를 찾는 것이 매우 중요했다.

그러니 법정스님의 유골을 봉안한 후박나무는 일종의 사리탑이라 할 수 있다. 이 후박나무는 불일암을 짓고 나서 법정스님이 직접 심고 가꾸었다고 한다. 경내에 들어서면 가장 먼저 보이고 또 가장 나중까지 보이던 후박나무는 스님의 글 속에 자주 녹아들었다. 봄이면 흰 꽃에서 연꽃처럼 은은한 향기가 나며, 여름에는 빗방울이 떨어지는 소리가 아름답고, 가을이면 마른 낙엽 떨어지는 소리가 정적을 깨는 발자국 소리 같아 마음에 새겨지고, 겨울에는 잎사귀가 다 떨어진 채 청빈한 모습이라고 말이다. 법정스님은 무소유의 정신을 보여준다 해서 겨울의 후박나무를 가장 좋아했다고 한다.

그런데 식물학자들은 이 나무가 후박나무가 아니라 향목련나무라고 전한다. 후박나무는 상록 활엽수로 녹나뭇과에 속하며 사철 푸르른 나무여서 낙엽이 지지 않는다는 것이다. 매일 아침저녁으로 쓸어내야 할 정도로 낙엽을 떨구는 이 후박나무는 어찌 된 일 일까?

그 이유는 중국과 일본에서 부르는 후박과 우리의 후박이 같지 않다는 데 있다. 본래 중국에서 약재로 쓰던 후박은 중국목련나무인데, 우리나라에서는 녹나무의 껍질을 후박 약재의 대체제로 썼고 그러다 보니 이를 후박나무라 부르게 됐다. 그런데 일제강점기에 중국목련과 근접한 일본목련이 우리나라에 들어 후박이라 불리면서 명칭에 혼동이 생기고 말았다.

서로 다른 나무에게 같은 효과를 기대하며 같은 이름으로 불러왔다니, 역시 식물의 세계는 드라마다. 어쩌면 그런 점이 법정스님의 마음에 꼭 들었을지도 모르겠다.

송광사는 신라 말에 창건되어 모두 열여섯 분의 국사를 배출한 승보사찰이다. (삼보사찰 중 부처님 진신사리를 모신 통도사를 불보사찰, 팔만대장경의 경판을 모신 해인사를 법보사찰로 부른다.) 창건 당시엔 산 이름이 송광산이고 절 이름은 길상사였다. 길상사는 고려시대에 명맥이 끊어져 폐허가 되었다. 고려 중기 당시 혼란스러운 불교를 바로잡고 불교의 본분으로 돌아가자던 지눌스님이 길상사 자리로 옮겨와 그 뜻을 펼치면서 승보사찰다운 면모를 갖게 되었다. 그러면서 부처의 말씀과 수행자의 마음이 서로 일치하는 것, 즉 수행을 중시하는 선불교가 융성하게 된다. 이때 산 이름이 조계산으로, 절 이름이 송광사로 바뀌었다.

그런 역사적 흐름이 있다 보니 송광사는 가람 배치도 매우 독특하다. 대웅전 뒤쪽에는 수행자들이 모이는 승원들이 배치되어 있다. 산내 암자로는 불일암, 감로암 등 여섯 개가 있으나 먼 옛날부터 이어진 암자 터는 모두 스물두 개라 한다. 스님들의 참선 수행 전문 사찰이자, 경전과 계율을 교육하는 기관을 갖추었으니 송광사는 스님의, 스님에 의한, 스님을 위한 사찰이라 하겠다.

송광사의 또 다른 자랑은 바로 사찰 숲이다. 산의 역할은 수행자의 도량(부처와 보살이 머무는 신성한 곳)을 담아야 할 이상적인 장소에 그치지 않는다. 산에는 당연히 많은 수확물들이 있다. 식량이 나오고 땔감이 나오며 마실 찻잎도 제공해 준다. 묘지를 원하는 가문에 숲 일부를 팔아 사찰의 자산을 불리기도 했다.

조선시대에는 왕실이나 관청에서 필요한 목재를 조달하는 국유림의 관리를 사찰에 맡겼다. 전각과 기물을 제작할 좋은 목재가

송광사 대웅보전.

계속 공급되도록 사찰에서 나무를 키우고 관리하면서 숲에서 나오는 각종 수확물을 챙겨갔다. 왕실 숲은 근현대로 오면서 자연스럽게 사찰 숲이 되었다.

어떤 시대에는 귀한 이름으로 불렸던 산과 숲이 사라지고 고찰이 폐사되는 일도 있었다. 그러니 지금껏 명산의 정취를 간직한 고찰들은 굽이굽이 역사의 파도를 헤쳐온 시간과 마음이 끊이지 않고 이어졌기에 가능했다. 무엇보다도 나는 이 숲에서 정서적인 희열을 온몸으로 느낀다. 적어도 절집에선 '산 너머 산'이라는 말이 더없이 청량하게 들린다.

불일암을 지을 때 집 짓는 재료들은 모두 등짐으로 날랐다고 한다. 법정스님은 자재를 수월하게 옮기겠다고 암자로 향하는 길을 먼저 닦는 그런 일은 아예 생각도 하지 않았다. 옛길과 숲을 털끝만큼도 훼손하지 않으려는 마음이었다. 그렇게 해서 불일암으로

향하는 길은 구불구불한 숲길 그대로다.

'무소유길'이라 이름이 붙은 대나무숲길을 구불구불 걸어 내려왔다. 숲이 끝난 뒤에도 경사길이 한참 이어졌다. 냇가가 나오자 그제야 평평한 길이 펼쳐지며 처음 그 갈림길인 청량각에 도달했다. 그러니까 내게 번뇌를 주신 스님의 길안내는 정확했던 것이다. 멀리 돌아 오르막길을 한참 올라야 했던 길 대신 다소 혼란스럽고 가파르더라도 빨리 가는 산길로 안내해 준 것이었다.

수행이 무엇인가? 나를 믿고 타인을 믿는 일이 아닌가? 나는 아직 갈 길이 멀었다.

불일암 오르는 길은
구불구불한 대나무숲이다.
무소유길이라는 이름처럼
홀가분하고 시원해진다.

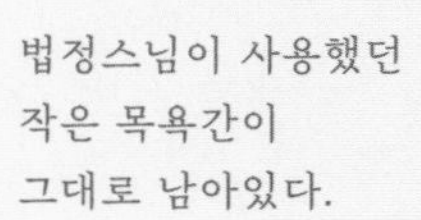

법정스님이 사용했던
작은 목욕간이
그대로 남아있다.

기르고
차리고
공양하며

닦는
마음

。

백암산 백양사 천진암

절집만큼
좋은 건 산!

절집을 오르는 이유는 저마다의 사연만큼 다르겠으나, 몇 가지는 공통될 것이다. 나에게는 첫 번째 이유가 산이다. 산을 오르는 건 계절이 오가는 길목을 자연 속에서 느끼는 행위다. 절집이 깃들여 있는 산들은 모두 범상치 않다. 산세가 아름답고 숲이 풍요롭다. 명산을 택해서 사찰이 들어섰다는 옛말이 있는데 두고두고 고개를 끄덕이게 된다.

우리나라의 고찰은 대부분 좋은 산에 자리한 산사다. 산사는 '산(山)'이 '사(寺)'만큼 큰 의미를 지니는데, 그것은 일주문에 적히는 현판만 봐도 알 수 있다. 가야산 해인사, 속리산 법주사, 영축산 통도사, 오대산 월정사 등 사찰은 언제나 산과 함께 적힌다. 불교의 이상향을 닮은 산을 선택하고 그곳에 사찰을 창건했기 때문이다.

그러다 보니 우리나라 산은 불교식 이름이 많다. 영축산은 부처가 깨달음을 얻은 뒤 법화경을 설법했던 인도의 산 이름이고, 가야산도 부처가 깨달음을 얻었던 보드가야(부다가야)에서 온 이름이다. 오대산은 문수보살이 상주한다는 믿음을 지켜온 중국의 산으로, 중국 화엄종의 발상지로도 알려져 있다. 청량사가 있는 봉화 청량산도 불교의 이상향을 그대로 담고 있기에 갖게 된 이름이다. 송광사가 있던 조계산은 원래 이름이 송광산이었으나 지눌국사가 불교 쇄신을 부르짖으며 절집을 중창할 때 불교식 이름으로 바뀌었다. 이렇듯 산은 귀한 이름으로 불리며 사람과 삶터를 지켜주는 존재로 여겨졌다.

백양사가 있는 백암산도 산의 형세가 눈부시다. 백암산은 단풍이 아름답기로 유명한 내장산 국립공원의 남단에 자리하고 있다. 울울창창한 숲이야 말할 것도 없고, 갈참나무에서 비자나무, 속속들이 숨어있는 야생 차나무까지 이삼백 살에서 칠팔백 살이나 되는 나무들이 청량한 기운을 내뿜고 있다.

백암산의 화룡점정은 새하얀 바위가 솟아오른 백학봉이다. 백양사 어디에서도 백학봉의 고고한 자태가 보이지 않는 곳이 없다. 흰 바위는 평화롭고 환한 얼굴이라기보다는 이름처럼 힘차게 날아오르는 날개 같다. 백학봉의 가파른 산세가 완만해지는 평지, 주변의 숲과 물길이 포근하게 휘감아 오른 양지바른 곳에 백양사의 절집들이 자리하고 있다.

백양사역에서 달려온 버스가 백양사 앞 정류장에 나와 친구들을 내려놓았다. 정류장에서도 백학봉의 자태가 선명하게 보인다. 백학봉은 아무리 걸어도 가까워지지 않고 아무리 멀어도 그 자태가 그대로다. 물길과 나란히 걷는 산책길에 싱그러운 숲 내음이 가득 밀려온다. 절집까지 걸어가는 2킬로미터 남짓, 보이는 나무들마다 둥치가 한 아름이 넘는다. 여긴 갈참나무들이 많다. 칠팔백 살은 거뜬히 넘어선 노거수들이 신비로운 친구마냥 서있다. 나무를 올려다보며 걷다 보니 어느새 초록빛 물길을 바라보는 쌍계루가 나타나 백양사의 시작을 알린다.

물 위에도 누각이, 물 아래에도 누각이 있어서 쌍계루라 했을까? 물과 숲과 흰 바위가 서로의 경계를 허물고 뒤섞이는 풍경의 중심에 절묘하게 쌍계루가 자리한다. 쌍계루는 고려 충렬왕 시기 각진국사가 최초로 세웠다고 전해진다. 여러 번 무너지고 다시 짓기를 반복한 이 누각은 왕조를 넘나들며 수많은 선비들이 방문하여 시문을 남기고 또한 수많은 승려들이 그 시문을 요청하고 화답하며 교류한 곳으로 유명하다. 쌍계루 이층 누각의 천장을 올려다보면 시문들과 현판이 가득한데, 모두 138편이라고 한다.

목은 이색, 포은 정몽주, 삼봉 정도전, 면앙정 송순 등의 이름이 그 현판에 새겨졌다. 백암사(백양사는 창건 당시 백암사로 불렸고 정토사로 중창되었다가 조선 선조 즈음부터 백양사로 칭해졌다) 스님으로부터 시 한 수를 요청받은 정몽주는 목은의 시에 힘을 얻어 누정의 풍경을 칭송하는 시를 썼다. 마지막 문장이 의미심장하게 들린다.

> 오랫동안 인간 세상에서 시달렸으니
> 어느 날 옷을 떨치고 자네와 함께 올라보리.

백양사를 가만 보니 흰 백(白)에 양 양(羊)자, 흰 양이라는 뜻이다. 어쩌다 흰 양을 사찰의 이름으로 쓰게 되었을까? 이에 대해서는 재미난 설화가 전해진다. 조선 선조 때 환양스님이 금강경을 설법하던 중에 스님 주변으로 흰 양들이 모여들었다. 몇 날 며칠을 설법장에 양들이 나타나 모두 신기해하던 어느 밤, 스님은 기이한 꿈을 꾸었다. 꿈에 천인이 나타나 아뢨다. 하늘에서 죄를 지어 양으로 태어났으나 스님의 설법을 듣고 전생의 죄를 뉘우쳐 다시 천인으

숲과 물과 구름이
하나로 만나는 중심에
쌍계루가 자리한다.
백학봉의 자태가
절집에 신비로움을
드리운다.

로 환생하게 되었다고 말이다. 그 꿈이 예사롭지 않다 여겼던 후세의 사람들이 사찰의 이름을 백양사로 새롭게 불렀다.

백암산 위로 떠가는 구름이 새하얀 양을 닮았다. 양의 움직임이 빨라진다 했더니, 바람이 불고 고요한 강물이 흔들린다. 물에 비친 쌍계루가 흐트러진다.

번뇌와 평온 사이, 템플스테이

절집을 찾아가는 또 다른 이유는 절밥이다. 절집을 찾는 이라면 누구든 점심 한 그릇을 대접받을 수 있는 그 넉넉함. 절밥이라고 하면 안 된다. 스님이 드시는 식사를 '발우 공양'이라고 한다. '발우'는 식사에 쓰는 기물이고, '공양'은 공경하는 마음으로 음식이나 제물을 올린다는 뜻이다. '사찰음식'이라고도 하는데, 마음의 평정을 해치는 다섯 가지 음식인 마늘, 파, 부추, 달래, 흥거(백합과의 식물로, 한국, 중국, 일본에는 나지 않는다. 우리나라에서는 양파를 포함한다) 즉 오신채를 쓰지 않으며 육식을 금하는 불교의 음식답게 채식으로 구성된다.

백양사에 온 가장 큰 이유는 사찰음식이다. 사찰음식의 대가 정관스님이 백양사 천진암에 계신다. 넷플릭스의 인기 프로그램인 '셰프의 테이블'에 소개되면서 해외에 한국의 사찰음식을 널리 알린 분이다. 백양사에서는 스님이 직접 진행하는 사찰음식 체험 프로그램이 정기적으로 열린다. 당연히 예약 경쟁률이 치열해서 빛의 속도로 마감된다.

그런데 하늘이 도왔던 것일까? 클릭 몇 번에 내가 그 기회를 얻었으니 주변의 운을 모두 끌어다 썼을지도 모른다. 그리하여 절밥을 사랑하는 친구 둘과 함께 아침 일찍 백양사행 무궁화호에 올랐고 갈참나무 숲길을 걸어 백양사까지 왔다.

"다녀본 곳 중에 공양이 진짜 좋았던 곳은 어디였어요?"

절을 많이 다녀본 친구에게 물었더니 즉각 대답이 나온다.

"미황사! 버섯 요리가 너무 맛있어요. 그리고 여수 향일암도 정말 맛나요! 그러다 남해 보리암에 갔는데 깜짝 놀랐잖아. 어쩜 남해 금산에서 보는 바다랑 섬 풍경이 얼마나 좋은데 공양이 그렇게 맛이 없다니!"

와하핫, 웃음이 터졌다.

"서울에선 진관사 공양이 유명하다고 하더라고요. 공양 때문에라도 절집 구경 가야겠는걸요?"

우리는 정관스님 만나 뵐 시간을 기다리며 이야기꽃을 피웠다. 그런데 정관스님을 만나기까지는 꽤 많은 관문을 통과해야 했다. 우선, 사찰음식 체험에 앞서 그 전날부터 1박 2일간 템플스테이 프로그램에 참가해야 한다. 불교문화를 어느 정도 체험해야 사찰음식 레벨을 획득한다는 점은 어쩐지 수긍이 갔다.

참가자들은 스님들 먹물 옷을 닮은 옷으로 갈아입고 쌍계루에 집결했다. 첫 프로그램은 사찰 예법을 배우는 것이었다. 법당 안에서 절하는 법("반배하고 삼배하고"), 합장하는 법("스님들과 마주치면 피하지 말고 꼭 합장으로 먼저 인사하세요!"), 잊어버리면 안 될 것과 꼭 알아둘 것들이 폭포수처럼 쏟아졌다. 참가자 대부분이 배운 것 대부분을 기억하지 못했지만, 그럼에도 대웅전에 입실하여 예불 시간의 수칙과 절하는 법을 익혀나갔다.

앉고 설 때마다 삐걱, 뚜닥딱…… 뻣뻣한 관절 부딪히는 소리가 여기저기서 터져 나왔다. 다행히 내 관절은 아니었지만 누군들 절의 예법에 익숙할 리가 없다. 그러나 법당에서는 어색해 죽을 것 같으면서도 어색함을 티 내지 않는 마음가짐이 중요했다. 잠깐의 부스럭거림과 부산스러움이 있었지만 다들 큰 어려움 없이 법당 분위기에 적응한 듯했다.

어둡고 높은 대웅전을 올려다본다. 법당 중앙의 수미단(불상을 모셔놓은 불단) 위에 석가모니부처님이 미소를 지으며 정좌했고 좌우에 두 보살이 연꽃을 들고 서있다. 주불단 뒤에 걸린 그림을 후불탱(후불화)이라 하는데, 불상이 상징하는 세계를 그림으로 화려하게 그려서 장식한다.

석가모니불, 아미타불, 약사불, 비로자나불…… 부처님은 많아도 너무 많아서 헷갈리기 쉽다. 부처님의 옷이 다양하지가 않고 헤어스타일도 비슷하기 때문에 더더욱 그렇다. 옛날 사람들이라고 수많은 부처님을 알아보는 게 쉬웠을 리가 없다. 그래서 손 모양, 즉 수인으로 부처님을 구분하는 작은 규칙을 만들어냈다. 석가모니불은 좌선하는 자세에서 오른손만 무릎에 올린 다음 네 손가락을 땅을 향하게 지시하고 있다. 이를 항마촉지인이라 하는데, 석가모니가 깨달음에 이르렀을 때 모든 마군들을 단숨에 물리친 바로 그 자세라고 한다.

불단 좌우에도 불화들이 여럿 걸려 있다. 불경에 등장하는 인물들을 그린 줄은 알겠으나 그 이상은 잘 모르겠다. 예불 시간에 스님 독경을 귀를 기울여 들어보니, 수많은 불보살의 이름이 끝도 없이 등장했다. 문수보살, 보현보살, 지장보살, 관음보살, 이런 이름들은 익히 아는 이름이지만 생전 처음 듣는 이름이 더 많았다. 도대체 불경에는 등장인물이 몇 명이나 되는 걸까?

그림이란 자고로 오래 바라보아야 하는데, 법당 안의 그림들은 모두 경배의 대상이라 쳐다보는 게 불경스럽게 느껴지고 무섭기도 하다. 한편 자꾸 바라보고 싶은 아름다움이 있다. 그 아름다움이 무엇인지 알아보고 싶었다. 이 많은 인물들은 도대체 무슨 이야기를 하고 있을까? 유럽 성당에는 오래된 성화들이 걸려있다. 바라보면서 감동을 느끼고 교리 정보도 알아가는 그런 그림이다. 불화라고 다를 리가 있을까?

저녁예불을 마치고 나오니 첫 공양이 기다리고 있었다. 준비된 찬과 밥을 원하는 만큼 덜어서 먹었다. 버섯을 포함한 몇 가지 채소 반찬, 가벼운 간이 된 된장국. 소박한 밥상이지만 얼마나 맛있는지 모른다. 역시 제철 재료로 그때그때 만든 음식만큼 훌륭한 게 없다. 저녁 공양을 경험하고 보니, 내일 맛볼 정관스님의 사찰음식이 더더욱 기대가 되었다.

식사를 마치고 숨 돌릴 틈도 없이 다시 지장전 앞에 집결했다. 나와 친구들은 절집 경험을 나눌 새도 없이 염주 꿰기 체험에 돌입

대웅전에서
저녁예불을 마친 뒤에도
스님은 홀로
독경을 이어갔다.

한다. 인솔자인 젊은 보살은(사찰에서는 스님이 아닌 여성은 보살, 남성은 처사라고 부른다) 좋은 말씀을 먼저 전한 다음 콩알보다도 작은 염주알 꾸러미와 두꺼운 실 한 오라기를 한 사람 한 사람 나눠주었다. 그러니까 실에다 염주알을 하나씩 넣어 꿰라는 것인데…….

"그냥 하셔도 되지만, 백팔배를 올리면서 염주 꿰기를 하시면 더 좋을 것 같아요. 일 배 올리고 염주를 한 알 꿰고…… 원하시는 분에 한해서요."

한 알씩 꿰는 일도 꽤 집중이 필요할 것 같은데 백팔배까지, 과연 누가 할까? 그런데 나와 두 친구를 제외하고 그 방의 모든 사람들이 스르르 일어나 일 배를 올리고 염주를 꿰고 다시 일 배를 올리고 염주를 꿰는 수행에 몰두하는 것이 아닌가!

대부분 20대 혹은 30대 초반 정도 되어 보이는 젊은 행자들이었다. 벌써 무념무상의 경지에 이르렀는지 절을 올리고 합장하는 자세가 흐트러짐이 없다. 이렇게 단정한 사람들이 어떠한 이유로 사찰수행에 참여하게 됐을까? 그러고 보니 템플스테이에서 우리는 최고 연장자였고 대부분이 20대로 보이는 젊은 친구들이었다. 젊다고 해서 절집을 올라야 하는 마음이 없는 건 아니었다.

이런저런 공상에 사로잡혀 있는데, 자꾸 옆얼굴이 따끔거린다. 누군가 나를 바라보는 것 같았다. 고개를 돌려 보니 불단 위에 동자상 하나가 빤히 내 얼굴을 보고 있다. 동그란 두 눈이 호기심이 많게 생겼다. 머리를 양쪽으로 동그랗게 묶고 두 손에 복숭아가 들려있다. 동자는 시왕(十王)들 사이에 서있는데, 얼굴을 살짝 숙이고 있는 불보살들과 달리 아무 거리낄 게 없다는 듯 세상을 향해 똑바로 바라보고 있다. 동자의 천진무구한 얼굴과 마주하니 그동안 머릿속에 휘몰아치던 복잡한 생각들이 일시에 사라지는 기분이었다.

지장전은 지장보살을 모신 곳이다. 지장보살은 모든 중생이 성불하기를 기다렸다가 가장 마지막에 성불하겠다고 선언한 자비로움의 화신이다. 그런 이유로 명부(저승 세계)의 구세주로 불린다. 다른 불보살들이 화려하고 멋진 헤어스타일을 자랑할 때, 지장보살은 파랗게 깎은 삭발승의 모습을 하고 있다. 손에 지팡이와 여의주를 들었다. 우리나라를 비롯해서 동아시아는 지장보살이 다른 불보살보다 인기가 높다고 한다. 부처나 보살들도 시대와 지역에 따라 인기도가 달라지는 점도 재미난 현상이다.

지장보살 주변으로 왕의 모습을 한 조각상이 서있는데, 저승에서 죽은 이의 죄과를 판단하는 열 명의 왕이라 해서 시왕이라 한다. 죄과를 낱낱이 적은 문서를 살펴보는 왕, 부채를 쥐고 판결을 내리기 직전의 왕 등 제스처가 다양하다. 지장보살과 시왕이 함께 있어서 지장전을 명부전이라고도 한다. 시왕은 동자를 하나씩 거느리고 있는데 나를 정면에서 바라보는 동자 역시 시왕을 보필하는 녀석이었다. 그리고 이 법당의 천장에 주렁주렁 매달린 수많은 이름표는 업장소멸(지금까지 지은 죄를 모두 없애는 것)을 바라는 마음으로 후손들이 기도와 함께 올려놓은 망자의 이름이었다.

젊은 행자들이 백팔배를 끝냄과 동시에 우리 셋도 백팔염주를 모두 꿰었다. 약간의 번뇌가 해소된 듯했다. 이제 숙소로 돌아가서 잠들 수 있다는 생각에 절로 마음이 편해졌다.

이미 때늦은 밤, 어둠을 따라 숙소로 돌아오는 길엔 백학봉도

템플스테이 참가자들이
지장전에 모여 백팔배를 올린다.
지장보살과 시왕 그리고 동자까지
오늘 밤 지장전은
북적북적한다.

보이지 않았다. 씻는 둥 마는 둥 눕자마자 알람이 울렸다. 여전히 염주를 꿰고 있는 것처럼 정신이 혼미한데 벌써 새벽 4시, 새벽예불 시간이다. 굿모닝 인사를 나눌 겨를도 없이 나와 친구들은 얼굴을 씻고 법당으로 향했다. 손목에는 전날 저녁에 꿴 염주가 대롱대롱 걸려있었다.

스님의 목탁소리가 어둠을 뚫고 흘러나온다. 아스라한 어둠 속에서 백학봉의 흰 날개가 조금씩 움직이는 것 같았다. 산사의 시간이 깨어나고 있었다.

천진암의
발우 공양

우리의 산사에서 사찰음식이 발달하게 된 것도 산과 관련이 있다. 불교의 본류인 인도에서는 불교 사원에 부엌이 존재하지 않는다. 수행자의 도량은 마을과 가까운 곳에 있어서 탁발, 즉 집집마다 다니며 음식을 얻어와 그것으로 끼니를 이어갔다. 탁발은 승려에게 식사를 내어주는 일을 기쁘게 여겼던 불교국가의 문화였다. 과거 신라시대의 사찰들은 도심에 자리하고 있었으니 탁발 문화도 활발했을 것이라 한다.

그러다 참선을 중시하는 수행 불교가 널리 퍼지면서 사찰이 도심을 떠나 산속으로 옮겨가게 되었고 탁발과 멀어질 수밖에 없었다. 씨를 뿌려 먹을 것을 기르고 손질하여 한 끼 음식을 차리는

일은 단순히 허기를 면하는 수단이 아니라 수행의 일부가 되었다. 하루의 노동과 하루의 공양을 수행으로 삼게 되었으니, 공양의 도구인 발우도 수행자의 삶을 말하는 귀한 물건으로 취급받았다. 발우는 스승이 입적하면 문하들에게 전해졌고, 이는 스승의 뜻을 이어받는다는 의미였다.

우리 행자들은 인솔을 맡은 스님 한 분과 함께 정관스님을 만나러 천진암으로 향했다. 천진암은 백양사에서 조금 떨어져 비자나무 군락지를 지나 산속으로 좀 더 올라간 곳에 자리하고 있었다. 백양사도 규모가 상당히 큰 사찰이었는데, 천진암도 여느 암자 같지 않고 아기자기한 마을처럼 컸다. 가장 높은 상단에 불전이 자리하고 중단에 요사채와 마당이 어우러졌다. 그 아래 하단에 사찰음식을 체험하는 공간이 있다. 그 옆에 노출콘크리트로 커다란 건물을 하나 짓고 있었는데 사찰음식체험관을 확장하는 중이라 한다.

우리는 두근거리는 마음으로 정관스님의 작업실이자 부엌이자 강의실로 들어섰다. 오픈 주방과 재료를 준비하는 곳, 참가자들이 식사를 하는 테이블, 그리고 스님이 시연하는 곳으로 나뉘어 있었다. 테이블 위에는 맞이용 음식으로 옥수수와 몇 가지 다식이 개별 접시에 놓여있었는데, 귀여운 바구니와 푸른색 접시의 색감이며 살포시 가려둔 새하얀 면보까지 티 없이 깨끗하고 정갈했다.

이 깔끔함이야말로 음식을 대하는 스님의 마음이구나, 생각하니 내 기분도 산뜻해졌다. 보이지 않는 곳까지 먼지 하나 없이 깨끗하고 분위기에 어긋나는 것은 없으리라. 따뜻한 햇살이 비춰들고 청정한 공기가 감돌아 '도량'이라는 단어가 절로 떠올랐다. 정관스님의 공간에 들어가 보고 나서는 새로 짓는 체험관은 어떤 분위기일지 절로 기대가 되었다.

정관스님은 자그마한 체구에 강렬한 눈빛과 카랑카랑한 목소리를 가진 분이었다. 말씀 한마디 한마디에 강한 힘이 들어있었다. 스님은 먼저 행자들이 어떤 생각과 목적으로 이 자리에 와있는지 질문을 던졌다. 한 사람 한 사람 이야기를 들은 스님은 죽비소리와 함께 진짜 이야기를 시작했다. 대나무를 길게 켜서 두 겹으로 만든 죽비는 내리치는 소리가 장쾌하고 날카롭다. 죽비소리는 정신 차리라는 각성의 소리이며, 수행 과정의 처음과 끝을 알리는 신호이기도 하다.

"음식도 수행이다!"

지금 이 시간이 우리 모두에게 귀한 수행의 시간이라는 뜻이었다. 스님은 요리하기 전에 긴 시간 동안 식재료를 이해하는 일과 자연의 순환을 사람의 에너지로 만드는 일에 대해 이야기했다. 자연과 공존하는 생태적 관점을 음식에 그대로 담고 있으니, 세계인들이 사찰음식에 매료된 것도 바로 이 점 때문이 아닐까?

식물이라고 생명이 아니겠는가! 음식은 자연의 생명 에너지를 우리 몸으로 옮겨오는 것이다. 사람에게 이로운 음식이 되려면 재료의 성품부터 이해해야 한다. 음식은 또한 살기 위한 욕심이기도 하다. 그러므로 매일의 한 그릇은 그 욕심을 다스리는 일이다. 음식에서 나 자신을 만나고 세상을 만난다.

"여러분이 오신 지금 이 계절은 참으로 선보일 재료가 없는 계

정갈하게 씻어 말려둔 옹기들과 도구들.
흠 없이 깨끗한 식재료,
곁에 살며시 곁들인 푸른 잎사귀까지
정관스님에게서는 음식을 다루는 사람의
품위가 느껴졌다.

절입니다. 나물도 철이 지났고 푸성귀들은 뜨거운 열기에 바로 물러집니다. 그래서 마련한 것이 버섯입니다."

내가 방문했던 6월 중순은 스님 말씀에 따르면 의외로 자연의 재료가 귀한 계절이었던 것이다. 새송이버섯, 표고버섯, 느타리버섯, 흰목이버섯, 팽이버섯, 만가닥버섯, 황금팽이버섯 등 온갖 버섯들이 잘 다듬어져 채반에 곱게 놓였다. 흠잡을 데 없이 크고 싱싱했다. 평범한 버섯도 스님 요리상에 있으니 세상 값지다는 송로버섯보다도 귀해 보였다.

함께 조리할 채소들과 맑은 기름과 오래 묵힌 발효장들도 자리를 차지했다. 새콤달콤한 맛을 내는 건 과일들의 역할이다. 천진암 뜰 앞에서 자라던 삼백 년 된 탱자나무에서 얻은 탱자도, 오미자와 매실도 청으로 발효되어 음식에 풍미를 더해준다.

스님은 계량스푼 따위는 전혀 쓰지 않았고 숙련되고 정련된 손으로 썰고 무치고 비비고 따르며 순식간에 한 상을 차려냈다. 가볍게 조리했으나 결코 가볍지 않은 음식과 갓 지은 고슬고슬한 밥이 우리 앞에 놓였다.

"이 밥으로 우주와 한 몸이 됩니다. 그리하여 공양입니다."

스님의 선창에 행자들이 따라 읊었다. 다시 죽비소리가 울렸고, 나를 비롯한 열 명의 행자들은 묵언 수행을 하며 조심스럽게 발우 공양을 했다. 정관스님의 음식이 얼마나 어떻게 맛있는지를 설명하는 것은 불필요한 일이지 싶다. 그저 음식이 나의 일부인 듯 내 몸속으로 들어왔다고만 말하고 싶다. 그리고 이 순간만큼은 욕심을 버리고 절제하기보다는 이 귀한 음식을 하나도 남기지 않는 게

도리라는 생각뿐이었다.

"음식을 하고 나면 허무해집니다. 그러나 다음 날이면 처음으로 돌아가 음식을 만들게 됩니다. 그래서 수행이지요."

나는 뜨거운 여름과 시원한 여름이 입안에서 노니는 그 맛에 황홀해하면서도 스님이 이렇게 말씀하시는 걸 놓치지 않고 새겨들었다. 스님의 평소 하루하루는 어떠한지 살짝 궁금해지는 순간이었다.

비자나무의 질문,
'이뭣고'

정관스님의 차실은 너른 숲을 향해 활짝 열려 풍경이 좋았다. 우리는 스님의 차탁에 둘러앉아 스님이 따라주는 차를 마시며 차담을 이어갔다. 출가하게 된 사연도, 사찰음식에 집중하게 된 사연도 범상치 않았다. 음식 이야기는 스님들 생활 이야기로 이어졌다.

이야기도 시간도 나풀나풀 흘러갔다. 푸르른 풍경에 마음을 빼앗기고 이런저런 생각들이 두서없이 솟아날 즈음, 정관스님은 다시 죽비를 울리며 오늘의 만남이 끝이 났음을 알렸다.

가방을 꾸리고 먹물 옷을 반납하고 나니 한 시간 정도 시간이 남았다. 백학봉 중턱에 있는 영천굴까지 올라가지 못한 건 매우 애석한 일이지만 그렇다고 비자나무숲까지 포기할 수는 없었다. 우리는 템플스테이의 마지막 시간을 비자나무숲에서 보내기로 했다.

비자나무는 뾰족뾰족한 잎사귀 모양새가 비(非)자를 닮았다 해서 붙은 이름이다. 제주도에서 많이 자라는데 백암산에도 넓은 군락을 이루고 있다. 이곳 내장산이 비자나무의 북방한계선이다.

숲에서 화한 향이 흘러나온다. 보호수로 지정된 비자나무들이 번호표를 달고 서있다. 비자나무 군락지 안쪽에는 야생 차나무도 자란다. 스님들은 이 차나무의 찻잎으로 차를 만들어 마신다. 비자나무도 차나무도 상쾌한 기운을 뿜어 몸과 마음을 정화시켜 준다. 나무 둥치마다 새파랗게 이끼가 올랐다. 정말이지 사찰의 최고는 바로 산이고, 숲이다. 나와 친구들은 숲을 걷다가 너른 바위에 앉아 숲을 구경하며 짧은 시간을 보냈다.

물길을 따라 내려가는 길에 절문 앞에 탑이 하나 서있는 걸 보았다. 탑엔 '이뭣고'라고 적혀있다. 스님의 근엄한 호통처럼 느껴져서 나는 그만 등이 서늘해졌다. '이뭣고'는 '이 무엇인가.' 즉 '나는 누구인가.'라는 물음이다. 인간이라면 모두가 짊어지고 살아가는 궁극적인 질문이다. 나는 누구인가, 나는 어떻게 살 것인가!

집에 돌아온 나는 아침식사를 준비하며 정관스님이 보여주신 대로 표고버섯과 새송이버섯을 요리해 보았다. 스님이 출가한 딸을 찾아온 아버지에게 해드린 음식이 표고버섯장조림이었다. 이 음식을 맛본 아버지는 삼배를 올리고 돌아갔다고 한다. 자연을 배우고 나 자신을 아는 것이 음식의 기본이라 했으니 그 음식이 빚어낸 사연들이야말로 마음의 레시피가 아닐까?

넉넉하게 준비된 물에 간장과 들기름을 쪼로록 따르고 바글바글 끓인 뒤 큼직하게 손질해 둔 버섯을 넣고 국물이 졸아들 때까지 둔다. 마지막에 가볍게 조청을 뿌려 단맛을 낸다. 장맛도 버섯맛도 천진암의 것과 같지 않았으나 계절과 시간이 만든 비밀처럼 맛이 잘 들었다. 이 단순한 조리법은 더할 것도 뺄 것도 없이 그 자체로 완벽했다.

나는 깨끗한 접시에 소담하게 찬을 담아 내면서 '음식은 수행이다.'라는 스님의 말을 떠올리고 있었다. 모든 것이 수행이다. 이 모든 행위가 내가 누구이며 나는 어떻게 살아야 하는가를 끊임없이 떠올리는 수행이다.

강화도의
장경판이

어쩌다
해인사로
갔을까
◦

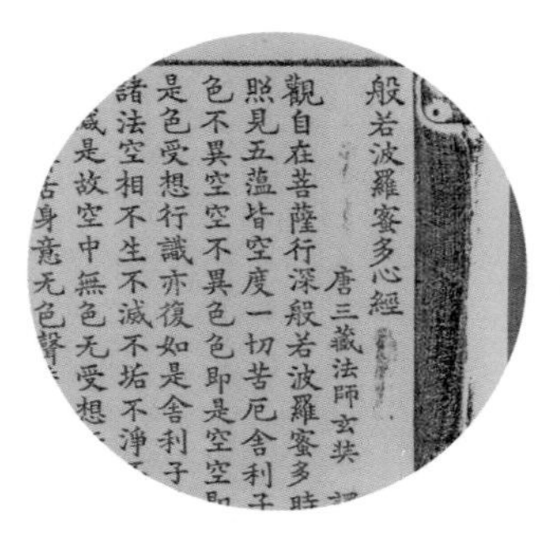
般若波羅蜜多心經
唐三藏法師玄奘
觀自在菩薩行深般若波羅蜜多
照見五蘊皆空度一切苦厄舍利
色不異空空不異色色即是空空
是色受想行識亦復如是舍利子
諸法空相不生不滅不垢不淨
識是故空中無色无受想
身意无色聲

가야산

해인사

오르면서 숭고해지는 산사의 공간들

산사를 걸을 땐 걸음이 느려진다. 높은 곳까지 오르느라 힘을 쏟았으니 속도가 날 리 없고, 바라보는 풍경에 감탄하며 멈추었다 맴돌았다 반복하다 보니 느릴 수밖에 없다. 풍경 욕심, 바람 욕심이 불쑥 솟는다. 이 좋은 풍경을 잠시라도 더 보려고, 이 맑은 공기로 폐를 조금이라도 더 씻어내려고 말이다.

그런 느릿한 움직임을 선호하는 편이지만, 해인사에서 내 발은 여기저기를 찾아다니느라 자꾸 빨라진다. 해인사는 볼거리도 많고 공부거리도 많아, 나에겐 박물관이나 다름없다. 보물도 많고 전각도 많다. 대장경이 보관된 경판각에는 어떤 신비로움이 담겨 있을지, 사찰이 아끼는 보물은 무엇일지, 이렇게 많은 건물 중 진짜 살펴야 할 고건축은 어떤 것일지, 전각에 그려진 그림은 또 어찌나 많은지, 그 이야기를 하나하나 살피려니 마음이 바쁘다.

해인사 하면 팔만대장경인데, 공간도 경전을 닮았다. 아무리 넘겨도 페이지가 줄어들지 않는다. 결론까지 가려면 아직 멀었고, 어쩌면 반전이 기다릴지도 모른다. 역사의 흐름 속에서 쌓인 길고 긴 이야기, 해인사를 거쳐 간 수많은 고승, 선승의 이야기, 불타고 새로 지은 절집 이야기, 왕조를 거듭하며 작은 절이 점점 커지는 이야기, 여전히 건립 시기를 알 수 없는 불상 이야기, 그리고 절집을 찾아온 사람들이 더하고 더하며 완성한 또 다른 이야기들은 팔만 장을 넘겨도 끝나지 않을 것 같다.

고건축을 좋아하는 사람들에게 해인사는 매력적이지 않을 수도 있다. 다른 고찰처럼 질서 정연하지 않고 수행처다운 고즈넉함도 없으며, 하다못해 오래된 매화나무나 차나무도 없다. 대신 관광객이 많고 행자도 많고 스님들도 많다. 대장경과 장경판전이 유네스코 문화유산으로 등재된 이후에는 외국인 관람객들도 매우 늘어나 절집의 인구밀도가 더더욱 높아졌다.

해인사의 건축물도 다른 사찰보다 훨씬 더 훌륭하다고 말하기 어렵다. 신라 애장왕 때인 810년에 창건되었다고는 하나 수많은 화재를 겪으며 중창 또 중창하느라 매번 새로운 건물을 지어야 했다. 화재가 집중된 대적광전은 여러 번 다시 지어 지금의 건물은 19세기 초반의 것이다. 그러니 해인사의 풍경에서 천년 고찰의 매력을 찾기는 어려울지 모른다.

그렇지만 나는 산사 하면 해인사가 가장 먼저 생각나는데, 그 이유도 역시 건축이다. 경사지에 단차를 두고 네 개의 공간이 배치된 가람 구조를 온몸으로 경험하면서 걷다 보면, 몸이 상승하면서 감정도 함께 고양되는 것을 느낄 수가 있다. 가장 높은 곳에 자리한 장경판전의 압도적인 규모와 단순함에는 설명할 수 없는 힘과 아름다움이 존재한다.

사찰에서는 불전만큼이나 문과 계단도 살펴야 할 요소다. 문과 계단은 공간의 위계를 정립하는 건축언어다. 높은 경사지에 자리한 해인사는 계단과 문이 이 감각을 더욱 극적으로 표현하고 있다. 경사를 올라 문을 통과하면서 다음 단계의 불전으로 향하는 것이다.

계단을 오르는 동안 내 몸은 중력을 거스르는 과정을 겪고 시각적으로도 점점 열리며 새로운 공간들이 감지된다. 이렇듯 한 세계를 닫고 다른 세계를 여는 그 열고 닫음의 과정을 신체적으로 감각하게 되는데, 이것이야말로 해인사의 특별함이다.

무엇보다도 산사의 시작, 일주문에서 봉황문에 이르는 숲길의 위대함은 그 어느 곳과도 비교할 수 없다. 해강 김규진이 쓴 '가야산 해인사' 현판이 걸린 일주문을 지나 봉황문까지 가는 길, 천년만년 자랐을 커다란 나무들이 그늘을 드리우고 있어 결계에 들어온 듯 신비로움이 느껴진다.

이 길에는 절묘한 감각이 숨어있다. 꽤 숨찬 길인데도 보기에는 완만하고 편안한 길처럼 시각적 착각을 일으킨다. 대화도 힘들고 빨리 간다는 건 더더욱 불가능하다. 이 길 위에서 나는 이미 무념무상이다. 이런 공간을 건축에서는 '전이공간'이라 한다. 외부 세계와 내부 세계, 혹은 서로 다른 두 세계를 연결하는 통로이며, 다른 세계를 만나기 위해 준비하는 장소다.

일주문이 사찰의 안내판이라면 천왕문(해인사는 천왕문 대신 봉황문이 있다)은 부처의 세계로 들어서는 첫 번째 관문이다. 사천왕이 기다리고 있다가 삿된 기운을 막고 선한 불자들을 보호하며 새로운 세계로 안내한다. 여기서부터 천상의 시작이다. 힘자랑하는 금강역사도, 당장 불호령을 내릴 듯한 사천왕도, 알고 보면 착한 사람을 보호하는 선신이다. 이들은 동서남북 네 방향에 자리하여 악을 물리치고 불법을 옹호하는 수문장 역할을 한다.

일주문을 지나
봉황문을 향해 가는 길,
천년 숲의 고즈넉함에
마음에 담긴 것들을
스르르 내려놓게 된다.

그러나 그다음 단계인 해탈문(불이문)을 통과하려면 다시 높은 계단을 올라야 하니 이게 만만치 않다. 해탈문 계단을 오르기 전에 숨 돌리고 잠시 땀을 닦을 조그마한 마당이 있는데, 이 기회를 틈타 사찰에서는 기와불사를 권한다. 한 장에 만 원이면 기왓장에 원하는 바를 마음껏 적을 수 있다. 소원성취, 학업성취, 건강기원이 가장 많다. 구체적으로 적힌 각양각색의 기원문들 중에 '좋은 인연'이 눈에 띈다. 아무렴!

해탈문을 지나면 본격적으로 도량에 진입한다. 맞은편에 보이는 휴게 공간과 설법 공간으로 쓰는 구광루를 중심으로 좌측에 종각이 있고 그 앞에 너른 광장이 있다. 광장에는 만(卍)자 도형을 겹겹으로 그린 미로가 그려져 있다. 이를 '해인법계도'라 하는데, 수행자들은 54번을 꺾은 이 미로를 돌면서 불경을 읊는다. 대장경판 행사가 열릴 때 스님들, 보살들이 장경판을 머리에 이고 이 길을 따라 도는데 그 과정이 장관이다.

일주문에서 구광루까지가 하단에 해당되고, 중단은 구광루 좌우의 계단문을 통과하면서 시작된다. 정중삼층석탑이 있는 광장이 나오면 본격적으로 절집에 들어왔다는 경건한 분위기가 감돈다. 광장 주변으로 스님들이 참선하고 강학하는 공간이 있다.

석탑 뒤쪽 중앙에 놓인 높은 계단을 오르면 상단 영역인 예불 공간이 나타난다. 대웅전을 중심으로 응진전, 명부전이 있어 스님들 독경 소리를 들을 수 있는 곳이다. 비로자나불을 주불로 모셨으므로 해인사는 대웅전이 아니라 대적광전이다. 비로자나불과 대적광전은 뒤에서 다시 이야기하기로 하자.

대적광전 앞마당에 자리한
정중삼층석탑.

이렇듯 삼단 구성을 통해 영성의 마음을 단계적으로 밟아가게끔 구성된 점이 산사의 공간적 특징이다. 그런데 해인사는 한 가지 더 높은 영역이 있으니 바로 대장경을 모신 장경판전이다. 장경판전은 대적광전 뒤쪽 높은 곳에 압도적인 규모로 자리하고 있다. 해인사가 가장 귀하게 여기는 보물이 이곳에 있음을 공간의 배치로 알아챌 수 있다.

삼보사찰은 주불전 뒤에 주불전보다 귀한 보물을 배치한다. 승보사찰 송광사는 대웅보전 뒤에 스님들 정진하는 승원이 놓이고, 불보사찰인 통도사는 대웅전 뒤에 부처의 진신사리탑이 봉안되어 있다. 법보사찰인 해인사가 불가의 보물인 대장경을 가장 높은 곳에 모신 것처럼 말이다.

코로나 시국이라 외국인들은 거의 보이지 않았으나, 일요일이라서인지 어린이들과 함께 온 가족 관람객이 많다. 아이들은 어른들 손에 이끌려 불전함에 보시도 하고, 숙연하게 절을 올리다가도, 탑이며 계단을 놀이터 삼아 달리고 숨느라 바쁘다. 장경판전의 나무 살창 속이 궁금한지 빼꼼 들여다보기도 한다.

해인사는 어떤 사찰보다도 아이들이 많았다. 아이들에게도 친근한 이야기의 세계를 품은 곳이 틀림없었다. 팔만대장경이 보관된 장경판전은 이 이야기의 중심이며 해인사의 중심이었다. 아이들이 뛰어간 그곳으로 나도 발걸음을 재촉했다.

대장경판은 어쩌다 해인사로 왔을까

대장경은 고려가 몽골의 침입에 대항하여 불사한 대규모 프로젝트다. 경판 수가 팔만여 개에 달해서 팔만대장경이라 하지만 정식 명칭은 고려대장경이다. 1011년과 1098년에 초조대장경과 속장경 등 두 번의 대장경을 탄생시켰으나 모두 외적의 침입으로 불탔고, 1251년 완성되어 강화도 선원사에 보관되었던 고려대장경만이 살아남아 역사의 주인공이 되었다. 목판 수는 모두 8만 1,258판이다.

대장경은 석가모니가 일생 동안 설법한 경전과 계율의 내용을 산스크리트어에서 한문으로 번역한 것과 함께 후대에 덧붙인 논서, 주석서, 이론서 등을 모두 집대성한 불교 경전의 총서이다. 그 이전에도 중국이나 일본에서 대장경을 제작한 바 있으나 고려대장경의 학술적 성과에 비할 바가 못 된다고 평가한다. 아시아 여러 나라들도 고려대장경을 원본으로 삼아 경전 연구를 이어갔다. 조선은 대장경을 보내달라는 일본의 끈질긴 요청에 여러 차례 인쇄본을 제공하기도 했다.

종교는 언제나 아름다움에 관대하며 아름다움을 추구한다. 고려대장경의 글자와 판각에 들인 수고로움과 아름다움도 이렇듯 눈부시다. 글자는 필체(구양순체라 한다)에 숙달된 한 사람이 쓴 것처럼 가지런하고 우아하며, 잘못 판각된 글자가 거의 없다. 나무로 만든 경판은 부식이나 화재의 위험이 늘 뒤따랐으나 750여 년이 지난 지금까지 거의 완벽에 가까운 상태로 남아있다.

해인사는 아이들이
유난히 많았다.
물론, 모든 사람들이
향하는 곳은
팔만대장경이 있는
장경각이었다.

그 해답은 장경판전의 경이로운 건축술에 있다. 장경판전은 법보전(위쪽 전각)과 수다라장(아래쪽 전각)이 나란히 배치되고 좌우에도 작은 판전이 존재하여 동서남북이 느슨하게 연결된 형태다. 수다라장의 중앙에 판전 안으로 들어가는 입구가 있지만 굳게 닫혀있다. 법보전의 중앙에는 불상을 모신 법당이 있다. 과거부터 지금까지 스님들이 이 자리에서 독경을 이어오며 경판전을 보호하는 데 전력을 다한다.

단순하면서도 웅장한 아름다움을 가진 장경판전은 아래위 서로 다른 크기의 붙박이 살창이 붙어있다. 한지로도 유리로도 막지 않은 나무 살창으로 공기도 습기도 드나든다. 놀랍게도 단순한 그리드가 천년의 비밀인 셈이다. 바닥도 숯, 소금, 횟가루를 섞어 발라 습도를 조절했다. 경판을 보관하는 서가의 5단 구조, 그리고 경판을 배열하는 방식도 경판 표면의 온도와 습도를 조절하는 목적을 가진다고 한다.

그런데 강화도 선원사에 보관되어 있던 고려대장경이 어떤 이유에서 머나먼 가야산 해인사로 오게 되었을까? 고려대장경을 둘러싸고 여전히 풀리지 않은 비밀들이 많지만, 장경판을 해인사에 보관하게 된 이유에 대해서도 지난 백 년간 학자와 스님들 사이에서 다양한 해석과 논쟁이 이어져 왔다.

대장경 이운에 대한 가장 구체적인 자료는 『태조실록』이다. 태조 이성계가 강화도의 장경판을 해인사로 옮기라는 어명을 내렸다.

임금이 용산강에 거둥하였다. 대장경판을 강화의 선원사로부터 운반하였다.

_『태조실록』, 7년 5월 10일

대장과 대부 2천 명으로 하여금 대장경의 목판을 지천사로 운반하게 하였다. 검교참찬 문하부사 유광우에게 명하여 향로를 잡고 따라오게 하고, 오교, 양종의 승려들에게 독경하도록 하였으며 의장대가 북을 치고 피리를 불면서 인도하게 하였다.

_『태조실록』, 7년 5월 12일

온 백성들이 다 알도록 떠들썩하게 한양에 입성한 대장경은 지금 서울시청 광장 부근에 자리한 지천사에 잠시 머물렀다가 다시 물길과 육지 길을 따라 해인사로 이동했다. 어마어마한 수량의 장경판이 멀고 먼 길을 이동한 것이다. 엄청난 인력과 수개월의 시일을 들인 대대적인 이운 작업이었다는 것이 학계의 공통적인 의견이다.

해인사로 이운된 이유는 크게 두 가지로 설명할 수 있다. 첫 번째는 외침. 고려는 원나라와 홍건적의 침입 등 수많은 외침이 있었으며 고려 말 조선 초에는 남쪽의 왜구들이 노략질을 일삼았다. 왜구가 강화도를 침범하여 사찰을 불태운 사건(1360년)은 고려대장경의 피난처를 찾는 일로 이어졌다. 해인사는 해발 1,430미터에 달하는 가야산의 중턱, 첩첩산중에 있어 왜적의 침입이 한 번도 없

해인사의 가장 높은 곳에 자리한 장경각.
800년의 세월 동안 목판이 상하지 않고
유지될 수 있었던 것은
장경각이 온습도 조절에
탁월하게 지어졌던 까닭이었다.

었던 곳이었다.

또 다른 이유는 해인사에 사고를 두어 국가의 중요 문서들을 보관해 온 역사가 있었기 때문이다. 불교 경전이나 문집 들을 출판하고 보관했을 뿐 아니라, 전란이 발발하면 유교 경전과 국가기록물 등 더욱 많은 사료들이 해인사로 향했다. 그렇다면 장경각을 새로 세우기 전에 이미 어느 정도 규모가 되는 문서고가 존재했을 거라는 추측도 가능해진다.

그러나 대장경의 이운이 단순히 왜구들의 습격에 보물을 지키기 위해서만이 아니라는 견해도 있다. 새나라 조선을 개국한 태조 이성계의 대국민 메시지를 담은 정치적인 기획으로 대장경을 활용했다는 것이다. 다수가 불교신자인 백성들 입장에선 조선이 고려를 계승한 나라라는 것을 받아들이려면 고려대장경 정도는 움직여야 했다. 즉, 국왕이 안정적인 통치 기반을 마련하기 위해서 국가적인 보물을 백성들에게 널리 보여주며 민심을 위로했던 행사였다는 것이다.

국왕이 직접 고려대장경을 친견하고 봉헌하는 자리가 마련되었고, 의장대가 화려하게 행진하는 가운데 승려들이 독경하는 대규모 행사가 치러졌다. 지천사에 잠시 봉안될 동안에도 많은 사람들이 찾아와 대장경을 친견했을 것이며, 수륙을 통해 이운하는 긴 시간 동안 뜨거운 관심이 이어졌을 것이다.

경상도 감사에게 명하여 불경을 인쇄하는 승도에게 해인사에서 공궤(공양)하게 하였다. 태상왕(태조)이 사재로 대장경을 인쇄하여 만들고자 하니, 동북면에 저축한 콩과 조 5백 40석을 단주, 길주 두 고을 창고에 납입하게 하고, 해인사 근방 여러 고을의 미두와 그 수량대로 바꾸게 하였다.

_『정종실록』, 1년 1월 9일

9개월 뒤 『정종실록』에는 태상왕(이성계)이 사재로 해인사 경판을 인출(인쇄)한 내용이 담겨있다. 이 내용은 이렇게 읽을 수 있다. "대장경의 이운이 이미 완료되었으며, 해인사에서 장경판의 관리와 인출이 순조롭게 이루어지고 있다."라고. 해인사는 경전연구소이자 출판사 겸 인쇄소로서의 역할도 했다.

해인사 장경판전에는 고려대장경 외에도 1098년부터 1958년까지 900년에 걸쳐 제작된 불교 경전, 불교 판화, 고승의 문집 등 5,987개의 경판이 포함되어 있고 이 모든 경판들이 유네스코 기록문화유산에 등록되었다. 경전뿐 아니라 경전의 내용을 그림으로 담은 판화와 진언이 적힌 다라니경도 포함된다.

해인사가 법보사찰이라는 역할을 맡게 된 것도 고려대장경을 갖게 되면서다. 대장경 이운은 해인사의 역대급 사건이었다. 그런 이유로 대적광전 외벽에 벽화를 그려 사람들에게 널리 알렸고, 지금까지도 대장경 이운을 기념하는 정대불사를 해마다 4월 둘째 주에 성대히 거행한다.

문화재청에서 2014년에 발간한 『합천 해인사 정밀실측조사보고서』에 해인사에 대한 흥미로운 의견이 있어서 소개해 보려 한다. 조선 세조가 대장경을 50권이나 인출한 적이 있고 이 사실에서 해인사를 죽은 세자의 원찰(왕실의 안녕과 명복을 빌기 위해 지은 사찰)로 삼으려 했다는 정황을 포착한 점이다.

대장경 50권을 상상해 보자. 단순히 책 한 권이 아니라 팔만 개의 경판을 50번씩 찍어내는 일이다. 어마어마한 인력과 비용 그리고 시간이 드는 대대적인 사역이었다. 세조가 이렇게 거대한 프로젝트를 진행한 것은 병환이 깊은 세자를 살려보고자 하는 마음 때문이었다. 유교를 기반으로 성립된 국가의 국왕이라 해도 신적인 존재에 의지하고 싶은 마음까지 빼앗을 수는 없었던 것이다.

해인사의 확장은 세조 때부터 지속적으로 논의되었으나 신하들의 반대에 부딪혀 성사되지 못했다. 그러나 왕실에서는 시간이 지날수록 해인사에 의지하는 마음이 커졌다. 세조의 왕비이자 죽은 의경세자의 어머니인 정희왕후에서 시작된 해인사 중창 발원은 여러 왕실 여인들이 대를 거듭하여 숙원사업으로 삼았다.

이윽고 성종 때 지금의 모습으로 장경판전과 대적광전이 자리하면서 거대한 사찰로 발전하게 되었다. 수많은 불전들, 스님들의 강당과 수행 공간 등 160칸을 지었고 규모가 크고 화려해졌다. 범종, 목어(물고기 모양의 목제 도구), 운판(구름 모양의 청동제 도구), 법고(북)와 같은 기물도 새롭게 갖추었으며 단청도 금벽색으로 화려하게 치장했다.

초창기의 해인사는 지금의 중단인 정중삼층석탑과 그 안뜰을 중심으로 한 소규모 사찰이었고, 석탑 뒤 대웅전 자리에 비로전을,

그 뒤 경판전 자리에 축대를 쌓아 강당을 놓은 정도였다고 한다. 지금의 해인사에서는 그런 옛날을 감히 상상할 수 있을까? 이 모든 변화의 시작에는 고려대장경이 있었다.

그렇다면 이런 이야기도 가능하다. 지금 수많은 고찰들을 방문해서 확인하게 되는 대부분의 건물과 사찰의 조형언어는 중창기인 조선시대, 그중에서도 조선 중후기의 산물이라는 점이다. 조선이 숭유억불 시기라고 하지만, 불전을 짓고 불사하는 일에는 언제나 왕실이 나섰고 불전을 꾸미는 일도 왕실의 감각이 동원되었다. 사찰에는 긴 시대가 함께 존재한다. 그래서 시대가 남긴 오래된 이야기들을 하나도 버리지 않고 소중하게 다루어야 한다.

법신 비로자나불이
모두 네 분이나 된 사연

해인사의 부처님은 법신 비로자나불이다. 대적광전 옆에 자리한 비로전에도, 장경판전의 법보전에도 비로자나불이 계시니, 해인사에는 비로자나불이 모두 네 분이다. 법은 질서이자 말씀이며 모든 것의 근본 원리로, 비로자나불은 화엄종파에서 모시는 최고 법신이다.

비로자나불의 수인은 두 손을 하나로 모은 지권인이다. 엄지를 다른 네 손가락으로 감싸 쥔 오른손을 가슴까지 올리고 왼손의 검지를 오른손 아래로 넣어 엄지와 연결한다. 다른 형태로는 세운 검지로 다른 손 검지의 윗마디를 꺾어 막은 듯한 수인도 있다. 오른손은 법계를, 왼손은 중생을 뜻하는데, 중생을 불법으로 구제한다는 뜻이 담겨있다.

그래서 주불전도 대웅전이 아니라 대적광전이라는 특별한 이름을 갖는다. 해인사 대적광전은 전면이 5칸, 측면이 4칸이라 규모도 크고 단청의 호화로움도 남다르다. 건물을 한 바퀴 쭉 돌아보면 동서남북에 '대적광전', '대방광전', '금강계단', '법보단'이라 적힌 현판이 붙어있다. 네 개의 현판은 모두 화엄경의 중심 부처님인 법신 비로자나불과 관련된 장소임을 뜻한다. 바깥벽을 빙 돌아가며 층층이 그려진 벽화도 화려하다. 부처님의 일대기와 고승들의 활동 사이에 대장경의 이운 과정들도 그려져 있다.

대적광전에는 보기 드물게 다섯 불상이 모셔졌다. 주불인 비로자나불이 정중앙에 자리하고, 양쪽 가장자리에 협시보살인 문수보살과 보현보살이 있다. 이 세 불상을 비로자나삼존불이라 한다. 그 사이에 크기가 작은 석가모니불과 지장보살이 어색한 듯 나름의 균형감을 갖고 자리를 지킨다. 화재로 소실되거나 없앨 수밖에 없었던 불전, 아마도 응진전과 지장전에서 옮겨온 불상인 듯하다. 비로자나삼존불도 다른 절에서 오셨다. 경북 성주의 금당사에 봉안되었던 삼존불은 사찰이 폐사되자 가야산의 용기사로 옮겼다가 1897년에 해인사 대적광전에 모셔졌다. 새로 부임해 온 교장선생님이라 할까? 부처님도 이곳저곳을 여행하는 존재였던 것이다.

대적광전 바로 옆에 자리한 비로전에는 심지어 비로자나불이 두 분이다. 이 두 불상이야말로 해인사의 '살아있는' 역사라 할 수

해인사에 모신
비로자나불을 살펴보자.
대웅보전(위),
장경각 중심에 자리한
법보전(가운데)에 한 분씩,
비로전(아래)에는
두 분이 자리한다.
비로전의 부처님이
가장 오랫동안
해인사를 지켜봐 온
부처님이다.

있다. 9~10세기에 제작된 목조 불상인데, 크기며 얼굴, 체구가 닮아있다. 하나는 장경판전 중앙에 자리한 법보전의 전신인 보안당에, 다른 하나는 대적광전에 모셨던 불상이다. 그러다 두 불상이 비로전으로 옮겨오고, 법보전과 대적광전은 다른 비로자나불이 자리를 채웠다. 해인사에서 가장 오래된 부처님이니 장경판의 이운 과정도 생생하게 기억하고 있을지도 모른다.

유홍준 선생의 책에 '입해출송'이란 말이 있다. 스님들이 농으로 쓰는 말인데 들어갈 때는 해인사, 나올 때는 송광사란다. 해인사는 분명 오를 때의 감각이 좋다. 그렇다고 내려올 때 볼 게 없는 건 아니다. 나는 내려오는 길에 오래된 기와에서 자란다는 초록색 와송들을 보았다. 절집이 경사지에 층층이 앉은 까닭에 앞 건물의 지붕에서 자라는 와송이 눈에 딱 걸린다.

기와 사이에 뿔 돋은 것처럼 솟아있는데, 이 뿔에서 자잘한 꽃이 돋아난다. 소나무 잎사귀를 닮았다고 해서 기와에서 자라면 와송, 바위에서 자라면 바위솔이다. 민간에서는 약용으로 사용한다. 어르신들은 반가워서, 젊은이들은 신기해서 와송을 바라본다. 불경하게도 부처님 머리 위에 뿌리를 내린 와송이라니! 그런데도 부처님은 허허 웃고 마실 것 같다.

經學院

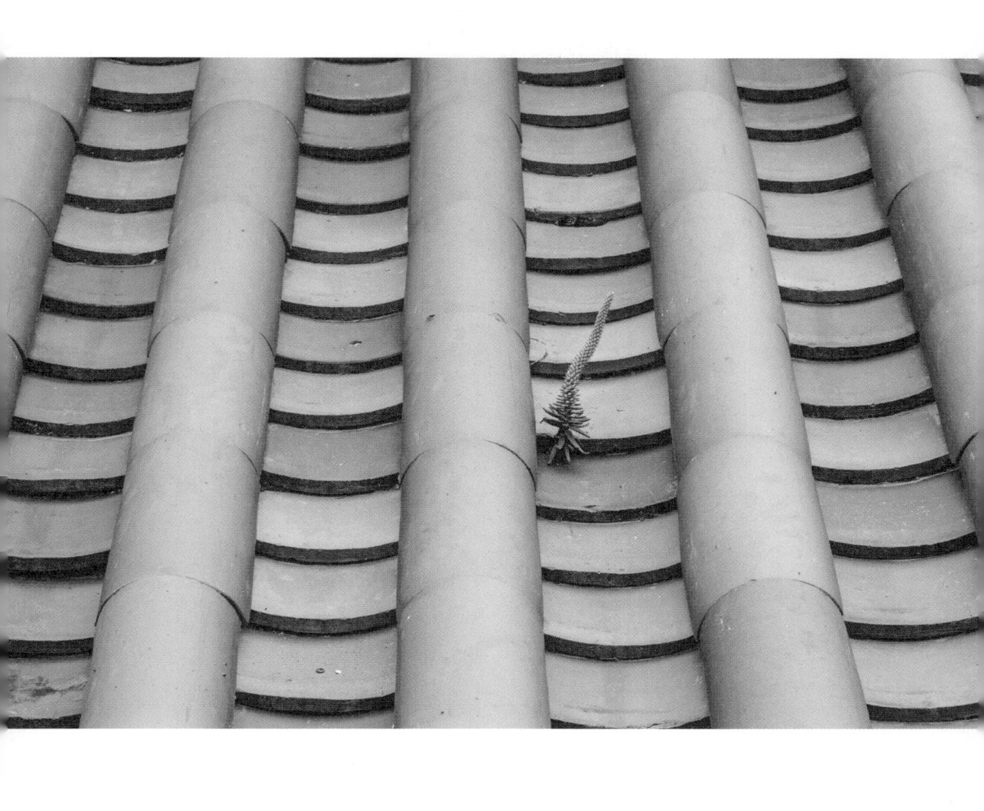

눈을
감으면

떠오르는
풍경이
있습니까
。

청
량
산

청
량
사

물소리 가득한
청명한 숲속으로

청량사 하면 찰랑찰랑 물소리다. 산속 깊은 골짜기를 따라 하염없이 흐르는 물줄기. 한여름에도 얼음처럼 차갑고 유리처럼 맑은 물이 흐르며 내는 그 상쾌한 소리 말이다. 그 물은 누구의 도움도 없이 저절로 생겨나 끝없이 순환한다. 시작도 없고 끝도 없는 물의 흐름.

청량사가 자리한 산 이름도 청량산이다. 청량이 두 번 겹치니 입안에서도 차가운 기운이 돈다. 경북 봉화, 어쩌면 우리나라에서 가장 깊은 곳에 청량산이 있다. 산이 가까워지자 차갑고 푸른 기운이 온몸으로 전해진다. 어쩜 이렇게 산의 분위기와 맞춤한 이름일까? 물과 공기가 청량하면 그것은 신비로움의 영역이 된다. 산도 절도 고요하고 맑아서 신비롭다.

봉화에는 높고 험한 산이 많다. 해발 870미터인 청량산은 최고로 높다고 할 수는 없지만, 열두 봉우리가 겹겹이 감고 있는 숲길에 들어서자 울창한 숲속에 갇힌 기분이 들었다. 숨차게 오르는 길도 신비로움 그 자체다. 680미터 자락에 자리 잡은 절집을 오르는 길은 절벽 사이에 겨우 만든 좁은 도로였다. 그 길에는 완만한 구간이 없었다. 힘들더라도 두 다리로 걷는 게 낫다. 차로 오르자면 절벽 같은 급경사의 공포를 견뎌야 했을 테니까.

청량산은 그저 분위기만으로 호명된 이름이 아니다. 화엄경에는 중국에 문수보살이 상주하는 산이 나오는데, 이를 청량산 혹은 오대산이라 했다. 청량산과 오대산은 이름은 다르지만 같은 장

청량사 오르는 길엔
물소리가 가득하다.
숲의 청량한 기운이
너무도 황홀하여
험한 경사길의
부담감을 지운다.

소를 의미한다.

오대산(청량산) 이야기는 자장율사와 관련이 깊다. 자장스님이 중국에 유학하던 시절 꿈에 문수보살을 친견했고, 신라로 돌아와 문수보살이 현현하실 만한 산을 찾아 방방곡곡을 다녔다. 그리하여 발견한 곳이 지금의 오대산이고, 그곳에 월정사를 창건하여 부처의 진신사리를 모셨다. 『삼국유사』에 기록된 이 이야기를 바탕으로 부처의 진신사리를 모신 다섯 군데 적멸보궁(석가모니부처의 진신사리를 모신 법당. 법당에 불상이 없으며 법당 뒤에 사리탑이나 계단을 봉안한다. 상원사, 봉정암, 통도사, 법흥사, 정암사를 5대 적멸보궁이라 한다)이 역사적 맥락을 갖는다.

청량사에는 완전히 다른 설화가 전해진다. 여기는 원효대사와 지장보살이 주인공이다. 원효가 창건에 분주하던 시절 아랫마을을 지나가다가 농부가 소를 몰며 밭일을 하는 모습을 보게 되었는데, 그 소가 뿔이 셋이 났더라는 것이다. 농부의 말을 듣지 않는 소를 가만히 지켜보던 원효는 그 소를 절에 시주하는 게 어떠냐고 권했다. 그리하여 시주받은 소를 몰고 절로 올라오게 되었는데 어쩐 일인지 소가 신기하게도 말을 잘 들었고, 절을 짓는 데도 큰 공을 세우더란다.

알고 보니 이 소가 지장보살의 화신이었다는 것. 절집의 완성을 하루 남기고 생명이 다한 소를 절 앞에 묻었는데, 그 자리에 가지가 세 갈래로 올라가는 소나무가 자라났다. 그 나무는 지금도 독야청청하게 청량사를 지키고 있으니…… 믿거나 말거나다.

창건 당시엔 대규모 사찰이었다는 믿기 어려운 이야기도 있다. 이 험준한 기암절벽에 절집을 짓다니, 불심으로는 둘째가라면 서러운 신라 승려들이기에 가능했을 일이다. 대찰답게 열두 봉우리마다 암자를 세우고 스님들이 들어와 수행에 몰두했다고 한다. 청량산 전체가 불가의 수행처라 해도 과언이 아니었겠다. 고려 말기 공민왕이 피란을 와서 산성을 쌓았다는 기록도 전해진다. 그 후 사찰은 천천히 쇠락의 길을 걸었다.

그러나 청량산의 신비로움은 종교를 넘어서 조선시대에는 선비문화에 깊숙이 들어온다. 퇴계 이황은 청량산을 사랑하다 못해 청량정사를 짓고 자신의 집이라고 읊었으며, 최초의 서원인 백운동서원을 세운 주세붕도 청량산을 노래한 시를 남겼다. 단원 김홍도는 청량산 언저리에서 사대부들과 함께 즐긴 아회의 현장을 「청량취소도」라는 그림으로 남겼다.

낡은 법당 하나 겨우 남아 명맥을 이어오던 청량사는 1980년대 들어 새롭게 절집의 모습을 갖췄다. 그러니 지금 보는 사찰의 품위는 아주 가까운 과거에 이룬 산물이다.

나는 사실 산도 모르고 절도 모르고 청량사에 왔다. 청량산을 배경으로 한 절집 사진 한 장만 보고 왔을 뿐이다. 사진만으로도 어찌나 시원하던지 꼭 가야겠다는 마음뿐이었다. 다녀온 뒤에 곰곰 생각해 보니 청량사만큼 큰 울림을 주는 사찰도 없었던 듯하다. 크지도 않으며 스님들이 많지도 않고 그렇다고 오래된 건물이 시선을 사로잡지도 않았는데 말이다.

열두 봉우리가 감싼 작은 법당은 그 드넓은 산속에 있음에도

청량사 범종각,
부처 얼굴이라 불리는 청량산 봉우리들이
절집을 고요히 내려다본다.

결코 작아 보이지 않았다. 말간 얼굴을 드러낸 봉우리와 바위가 부처의 얼굴 같아서, 그 아래 모여든 작은 인간들을 아무 조건 없이 품어주는 것만 같았다. 나 같은 뜨내기 행자에게도 산은 맑고 청아한 얼굴을 보여주었다. 내려갈 시간이 되었지만 조금이라도 더 머무르고 싶은 마음에 같은 곳을 맴돌았다.

절집을 내려온 뒤에도 눈을 감으면 물소리 바람소리로 머릿속이 가득해지곤 했다. 숲과 한 몸이 된 절집의 풍경이 떠오르면 나는 여전히 그곳에 있다. 나는 하늘 높이 솟은 석탑을 바라본다. 실은 석탑이 아니라 그 너머의 숲과 허공을 보고 있는 것이다. 그럴 때면 나 혼자 오롯이 세상과 마주하는 기분이다. 두렵지만은 않은 얼굴로, 오히려 말갛게 갠 얼굴로 나는 그 너머를 바라보고 있다.

마음에
약을 바르는 일

청량산 입구에 있던 일주문에서 숨 가쁠 정도로 가파른 경사로를 한 30분 정도 걸었을까? 그 길을 걷는 내내 청량한 물의 기운이 가득했다. 계곡이 보이지는 않지만 물의 기운이 확 느껴졌다. 분명 맑은 물이겠지. 샘이 열리는 곳마다 스님들이 암자를 세웠다고 하고 그 암자가 청량산을 가득 채웠다고 하는 걸 보면.

차를 마시고 가라고 권하는 인심 좋은 글귀도 발견했다. 승합차 한 대를 제외하곤 올라가는 내내 그 누구와도 마주치지 않았다.

고요한 순례길이었다. 갑작스럽게 찾아온 유월의 무더위에도 불구하고 청량산에는 차가운 공기가 머무르고 있었다. 물소리는 점점 커지고 공기는 점점 차가워졌다. 내가 가는 길이 절집 길인지, 마음 길인지 알 수 없었다.

더 이상은 10미터도 못 오르겠다 싶을 때, 사찰 입구를 알리는 안내판이 나왔다. 물소리가 더욱 크게 들린다. 자세히 보니 블록으로 잘 다듬은 길 가장자리에 나무를 반으로 잘라 만든 홈통을 놓아 물을 흘려보내고 있었다. 한창 비가 모자랄 때인데도 물줄기가 은근히 힘이 셌다. 숲이 비축해 놓은 물은 과연 어느 정도일까? 흙과 나무와 돌 어디에도 바싹 메마른 곳이 없었다. 바깥 세계와 경계를 그은 듯 청정한 도량, 머릿속에서 절로 그런 문장이 맴돌았다.

산 아래쪽에 세워진 일주문 말고는 담도 문도 없지만 종각을 지나면 본격적으로 사찰 내부다. 축대 위 높은 곳에 주불전인 유리보전이 자리하고 좌측에 지장전이 유리보전을 향해 서있다. 우측에 있는 몇 채의 건물은 스님들 생활 공간이다. 오르기도 내려가기도 까다로운 만큼 스님들 발우 공양을 돕는 장독들이 가득하다. 바위산 가까이 높은 곳에 응진전이 있다. 그 옛날 원효대사가 수행했다고 전해지는 암자다.

유리보전은 약사불을 모신 불전이다. 삼존불 하면 석가모니불이 중심이 되고 동쪽에 약사불을, 서쪽에 아미타불을 놓는다. 이 세 부처님은 각각 관여하는 공간이 다르다. 동방유리광세계를 주관하는 약사불은 현세 중생들의 고통을 없애는 데 집중하고, 서방정토 극락세계를 관장하는 아미타불은 저승길에 오른 중생들을 거둔다.

약사불이 자리하신 유리보전(위)이
절집의 중앙 높은 곳에 있다.
지장전(아래)은 지장보살의 화신이라는
전설이 담긴 삼각우송을 내려다보는
자리에 있다.

세 부처님이 같이 있기도 하지만 한 분씩 따로 주불로 모셔 전각을 짓기도 한다. 이때는 주불 좌우에 협시보살을 둔다. 약사불의 협시보살은 해와 달을 상징하는 일광보살과 월광보살이다.

부처님을 구분할 때는 무조건 손 모양을 보아야 한다. 약사불의 수인은 '약기인'이라 하는데 한 손에 약상자, 약함과 같은 특별한 무언가를 들고 있다. 다른 손은 앞에 모으기도 하고 내려놓기도 하는 등 달라져도 상관없다. 유리보전에 계신 부처님은 석가모니불의 항마촉지인과 비슷하지만 오른손에 동그란 구슬을 들고 있다. 바로 이 구슬이 약사불임을 알려준다.

약사불은 질병 치료뿐 아니라 삿된 기운도 물리치고 운도 좋게 해주는 '신의'다. 질병도 많고 전쟁도 많고 먹고살기 힘들었던 그 옛날 사람들에게는 약사불만큼 큰 의지가 되는 존재도 없었겠다. 약사불은 지금까지도 많은 사람들이 의지하고 찾아가는 부처님이다. 수능시험 때만 되면 팔공산 갓바위 약사불 앞은 인산인해가 되지 않던가.

그런데, 알아야 할 사실 한 가지! 관봉 약사여래좌상으로 알려진 갓바위 석불은 사실 약사불이 아니라 한다. 아무리 봐도 손에 약함이나 구슬이 없다. 항마촉지인을 하고 있는 석가모니불이 잘못 알려진 것이다.

청량사 유리보전의 약사불은 또 다른 특징이 있다. 청동도 목조도 아닌 건칠 기법의 불상이라는 점이다. 흙으로 형태를 만들고 삼베를 입혀 옻칠을 하고 굳힌 다음 흙을 파내고 위를 장식한 것이다. 제작연대도 8세기 후반~9세기 전반으로 추정되는, 국내에서 가장 오래된 건칠 불상이다. 또 다른 건칠 보물인 희랑대사좌상(해인사 성보박물관 소장)과 어깨를 나란히 할 만큼 오래되었다.

건칠 불상은 고려시대부터 조선 초기까지 제작되었는데 현재 20여 좌 정도 남아있는 희귀한 기법이다. 그 얇은 삼베가 어떻게 형태를 유지할 수 있을까? 삼베를 바르고 옻칠하기를 여러 번 반복하면서 단단하게 형태가 잡힌다. 청량사 약사불은 삼베가 일곱 겹이나 된다.

내부를 채운 흙을 깔끔하게 파낼 수 있게 앞면과 뒷면으로 나누어 제작한 뒤에 이어 붙였다. 접합선을 실로 꿰매고 접착제로 고정한 다음에 기다란 천을 덧대고 칠을 여러 번 하는 과정을 거쳐서 옆선도 매끈하다. 형태를 잡기 어려운 귀와 힘을 받는 팔은 나무로 조각해서 못으로 고정했다.

오른손에 구슬을 들고 있는
약사여래를 만날 수 있다.
여래는 부처의 다른 호칭이다.

고미술 분야에서 건칠불 하면 14~15세기를 우리나라의 전성기로 보지만, 청량사 건칠불의 등장으로 건칠의 활용이 매우 길게 이어졌음을 확인하게 되었다. 종이를 녹여 만든 지불이라고 잘못 알려진 적도 많은데, 건칠불을 보수하면서 녹인 종이를 활용한 것이라고 바로잡아야 할 것이다.

청량사 건칠불은 여러 번 중수를 거치면서 몸속에 다양한 복장유물을 갖게 되었다. 불상은 철불이든, 목불이든 몸속이 비어있으며 그 속에 불사 발원문이나 경전, 만다라 같은 기원을 담은 다양한 유물을 넣어둔다. 복장물 중에는 후령통이라는 원통형 도자기 통이 반드시 들어있다. 후령통에는 칠보나 오곡을 넣어두는데 불상에 생명의 기운을 불어넣어 주는 상징물이다.

이런 복장유물이 나중에 불상의 비밀을 파헤치는 열쇠가 된다. 약사불의 몸속에서 나온 유물들은 전각이 사라지고 흩어진 천년 이상의 시간을 설명하는 의연한 타임캡슐이다. 불상이 스쳐온 세상은 어떠했을까? 굽이굽이 포개어진 청량산은 어쩌면 천 년 전과 크게 다르지 않을지도 모르겠다.

크고 육중한 불상들도 많고 많은데, 청량사 약사불은 절집과 어울리게 아담했다. 세상만사의 근심 걱정을 없애주는 약사불이 근육이 탄탄한 젊은이 모습을 하고 있다니, 그 또한 당시 사람들의 미의식을 묻게 하는 대목이다. 신라인들이라면 분명 석굴암 본존불처럼 삼베를 열두 겹은 입은 듯한 후덕한 부처님을 선호했을 텐데, 당시 화공들은 어떤 생각에서 일곱 겹에서 멈추었을까?

몇몇의 가족 방문객이 있을 뿐, 절집엔 고요함이 감돈다. 유리보전에는 처사 한 분이 고요히 앉아있었다. 조그마한 책을 두 손으로 감싸 쥐고 나직이 읊조리고 있다. 약사여래를 부르는 기도였을까? 그는 어디가 아픈 것일까? 약구슬을 들고 있는 부처의 손과 경전을 든 그의 손이 하나로 겹쳐진다.

손을 맞잡은 포행

오층석탑은 분명 최근에 불사된 것이지만, 그 뒤에 서있는 소나무는 사찰 창건의 신화를 품은 삼각우송이 틀림없다. 사찰불사에 큰 공을 세우고 죽은 소를 묻으니 그 자리에서 소나무가 자랐고 가지가 세 갈래로 나뉘었더라는 바로 그 소나무. 오층석탑 안에 부처님 진신사리가 있다는 소문은 믿기가 어렵지만, 소나무만큼은 믿고 싶었다. 소나무의 자태가 시선을 빼앗길 만큼 아름다웠기 때문이다.

그 소가 지장보살의 현현이라는 그 설화를 증명이라도 하듯 청량사에는 아주 오래된 지장보살상이 있다. 목조에 금동 장식을 한 지장보살상은 1578년 불사한 것이다. 갈 곳을 잃고 유리보전에서 약사불을 협시하고 있다가 지장전을 새로 지으면서 제자리에 놓이게 되었다.

불가에는 소와 관련된 이야기가 많다. 석가모니부처님부터 소를 피해 갈 수 없었다. 속명인 고타마 싯다르타에서 성에 해당하는

유리보전에서 바라본
삼각우송.

고타마가 '가장 좋은 소', '거룩한 소'를 뜻한다. 소는 왕족의 이름에 들어갈 만큼 귀하고 거룩한 존재였다.

경작에 필요한 노동력을 제공했던 소는 절집의 불사에도 큰 기여를 했다. 청량사에서 열심히 일했던 소 이야기는 공주 갑사의 공우탑에도 그대로 이어진다. 왜구의 침입으로 잿더미가 된 사찰을 고쳐 지으려던 스님의 꿈에 소가 나타났고, 다음 날 실제 소가 등장하여 수고롭게도 모든 짐을 지고 나르며 불사를 거들었으며, 힘을 다 쏟은 소가 쓰러져 죽자 그를 기려 탑을 세웠으니 바로 공우탑이다.

만해 한용운이 서울에 살던 집의 당호인 '심우장'도 소를 상징한다. 심우는 자신의 본성을 찾아 다스리며 깨달음을 얻는 수행 과정이다. 자신도 모르는 본성을 소에 비유하여 열 단계의 수행법을 제시한다. 소를 알아보고 길들이는 단계, 자신의 본성을 깨달은 후에는 결국 소를 놓아버리는 단계, 만물이 만물의 형태 그대로 비치는 단계로 나아가는 과정을 그린 그림을 「심우도」, 혹은 「십우도」라 한다. 나는 송광사 승보전 바깥벽에 그려진 벽화에서 「심우도」를 본 적이 있다. 이렇듯 소를 다루고 소와 겨루고 소의 도움을 받으며 사찰의 안팎이 이루어진다.

소를 만나기 위해 참선이라는 긴 정진을 한다면, 천천히 거니는 포행은 소를 만나는 또 다른 과정이 아닐까? 나는 탑돌이 하듯 사찰 주변을 몇 바퀴 돈 다음에 삼각우송을 지나 오층석탑 앞에 섰다. 흠결 하나 없이 깨끗한 석탑이 비현실적이었지만, 공중 부양하듯 떠있는 석탑의 자리는 더더욱 현실을 초월한 풍경이었다. 나는 훌쩍 날아올라 석탑 꼭대기에 앉아 광활한 세계를 목도한다. 어쩌면 저 허공으로 끝없이 곤두박질치다가 바람을 타고 다시 날아올랐을지도 모른다. 보이는 건 초록이었고 들리는 건 물소리 바람소리다. 그때 나는 잠시 인간이 아니라 다른 것이었을지도, 물이고 바람이었을지도.

나중에 알고 보니 내가 올라온 급경사길 말고 정상을 향해 가는 등산로를 올라서 능선을 따라 구불구불 걷다가 하늘다리를 건너 봉우리를 넘은 다음 하산하면서 청량사에 들르기도 한단다. 그 경로는 산 한가운데 폭 파묻힌 청량사를 맞은편 능선에서 바라보는 천혜의 뷰포인트를 보유하고 있다.

능선을 내려오면서 산세에 묻힌 절집과 공중 부양한 듯한 오층석탑을 바라보는 것은 강력 추천할 만하다. 절해고도 같은 풍경을 제대로 만끽하는 절호의 기회일 테니까.

병고와 생활고, 재난과 전쟁의 고통까지도 구제해 주는 약사불의 손은 얼마나 크고 넓을까? 도움을 구하는 손과 도움을 주려는 손은 서로 맞잡는 법. 이제 그 손에 여인의 손 하나를 더 얹어야겠다. 사찰에 여인의 손이라니 어떤 사연일까? 그 이야기의 주인공은 당시엔 내가 가보지 못했던 응진전에 있다.

청량사에서 삼십 분 정도 정상으로 올라가면 연화봉 가까이 깎아지른 절벽 바로 앞에 작은 절집인 응진전이 있다. 석가모니를 중심으로 열여섯 나한을 모셔 응진전, 혹은 나한전이라고도 한다. 나한은 깨달음을 얻어 중생을 구제할 역할을 받은 성자들로 아라

청량산의 깊은 산세를
그대로 느낄 수 있는 곳에
오층석탑을 세웠다.
세 개로 가지가 난 삼각우송이
절집을 든든히 지킨다.

한이라고도 부른다. 자유분방한 자세와 익살스런 표정은 나한상의 특징이다.

그런데 청량사 응진전에는 입구 양쪽에 격식 있게 차려입은 여성 조각이 자리하고 있다. 익살스런 나한들과 달리 부처님처럼 고요한 얼굴에 부처님 수인을 하고 있다. 옷과 장식이 똑같으니 한 사람으로 봐도 될 것이다. 이 여인상은 고려 공민왕의 왕비인 원나라 노국대장공주를 묘사한 것이다. 눈이 부리부리하고 코가 높은 유럽인의 얼굴을 한 신하 둘이 수문장처럼 왕비를 호위하고 있다.

청량사에는 원 지배기의 총명한 군주인 공민왕과 조국을 버리고 고려를 선택한 노국공주의 이야기가 전해진다. 한족인 홍건적이 난립하여 원을 위협하는 가운데, 이들이 압록강을 넘어 침입해오자 고려 왕실도 도읍인 개경을 떠나 안동으로 몽진을 왔다. 청량산의 영험한 위용과 겹겹이 둘러진 산세에 왕실의 안전을 기대했던 것이다. 1361년 겨울, 공민왕은 산성을 지어 만반의 사태에 대비했고 왕비는 응진전에 나한을 봉안하며 기도를 올렸다.

나는 기도하는 여인의 손을 떠올려본다. 점령당한 나라의 왕비가 되어 언어도 풍습도 사람들 표정도 다른 곳에서, 몽고의 너른 초원과 달리 산이 너무도 많은 나라에서 살아가는 건 그 어느 것도 행복의 범주에 속하지 못했을 것이다. 당시의 많은 여인들이 그러했듯이, 그녀는 욕망도 미래도 없이 주어진 역할에 최선을 다했다. 그리고 어렵게 가진 아이를 출산하다가 난산으로 죽음에 이른다. 서른두 살이었다.

이 높고 낡은 암자에 작은 조각상으로 부활한 이방인 왕비를 자세히 살펴보면, 가느다란 눈썹과 작은 눈, 작은 입술을 가졌다. 이 얼굴은 불상의 전통에서 탄생한 얼굴이다. 그녀의 진짜 얼굴은 알 길이 없다.

지상에서 바쁘게 살아가는 우리는 약한 왕조의 이방인 왕비를 추념할 이유를 못 느끼지만, 하늘 가까운 불가에서는 기도하러 온 그 마음을 천년 동안 감싸 안으며 왕비의 자리를 마련해 주었다. 그곳이 바로 이곳 청량사 응진전이다. 노국대장공주의 이름은 몽골어로 보르지긴 부다시리, 한자로 패아지근 보탑실리. 그리고 공민왕이 다정하게 불러주었던 고려식 이름도 있었으니 아름다운 보배라는 뜻의 왕가진(王佳珍)이다.

힘차게 삶을

붙잡는 일에 대하여

팔공산 은해사 운부암

운부암
가는 길

절집을 오르는 나만의 이유 중에는 부모님과 함께 걷는 일이 포함된다. 부모님은 틈나는 대로 숲과 고찰을 찾아다니는 일을 취미 삼아 하신다. 일 년에 고작 몇 번이긴 하지만 절집 가는 길에 동행해 드리는 것만으로도 부모님은 흡족해하신다. 나로서는 큰 효도를 한다는 즐거운 착각도 들고, 여하튼 일석이조다.

부모님도 한때는 절기처럼 돌아오는 수많은 불교 행사에 참석하러 먼 곳까지 주저하지 않고 떠났던 시절이 있었다. 국내의 웬만한 사찰들은 한 번쯤은 다 가보았다 할 정도로 절집 순례도 즐겨 다녔다. 불자들과 절집 다니는 모임을 만들어서 '삼사순례'도 자주 떠났다. 삼사순례란 하루에 세 군데 사찰을 밟으며 공덕을 쌓는 행위다. 공덕을 쌓는 일은 한도 끝도 없다. 이제 부모님은 공덕에는 큰 관심이 없어졌다. 숲길을 걷고 부처님 앞에서 공손한 마음을 갖고 불전함에 약간의 성의를 표시하는 것으로 대신한다.

그러나 불교는 생활 방식으로 부모님 삶에 들어와 있으니, 이런 말씀을 하실 때다.

"일체유심조! 모든 것은 내 마음에 달렸다 안 하든? 그 말대로 살면 되는 거다."

아버지의 머리가 점점 벗겨지자 때때로 스님으로 착각하는 사람도 생겼다. 은해사에 갔을 때다. 정문에서 입장표를 판매하고 차량을 안내하는 안내자가 운전하는 아버지에게 반가운 미소를 지으며 어서 들어가시라 손짓을 한다. 아빠는 평소처럼 환한 얼굴로 화답을 하고 정문을 통과했는데, 다시 생각해 보니 안내자가 아빠를 스님으로 착각한 것이 틀림없었다. 먹물빛 옷이라도 입었다면 영락없이 스님이었겠다. 아빠는 멋쩍은 듯 모자를 고쳐 썼다. 아빠 얼굴에 반짝 광채가 돌았다.

팔공산 은해사는 신라 41대 헌덕왕 1년인 809년에 혜철국사가 창건한 해안사에서 그 역사가 시작된다. 산으로 둘러진 사찰에 안개가 끼면 은빛 바다가 된다고 해서 은해사다. 사찰 규모도 꽤 넓은 편이고 산내 암자들도 여덟 곳이나 된다. 오늘은 암자 중에 가장 위쪽에 자리한 운부암에 가보기로 했다. 산사는 걸어야 맛이지만 본찰에서부터 걸어가기엔 꽤 거리가 있다. 딱 중간 지점인 저수지 앞 갈림길까지 차로 올라가서 주차를 하고 거기서부터 걸어가기로 했다.

팔공산은 경상북도에 넓게 자리한 산으로 대구, 영천, 군위, 칠곡, 경산에 골고루 퍼져있다. 큰 봉우리에 비로봉과 미타봉이라는 불교식 이름을 붙일 정도로 불교문화가 번성했다. 우리나라 최초의 대장경인 초조대장경을 판각하고 봉안한 부인사, 임진왜란 때 사명대사가 승병을 지휘하던 동화사, 조선임금 영조의 위패를 모신 파계사, 그리고 북지장사, 지금 우리가 와있는 은해사 등 큰 절도 많다. 큰스님들이 수행했던 수많은 암자들까지 합하면 수를 헤아리기 어려울 정도다. 해마다 수능 때가 되면 기도하는 인파로 인산인해가 되는 갓바위 관봉 약사여래좌상도 있으며, 수많은 석탑과 마애불이 넘쳐난다.

암자로 가는 길은 숲길이다. 계곡을 따라 맑은 물줄기가 보기 좋을 정도로 흐르고 온통 초록색 활엽수들로 가득하다. 몸체가 굵은 깊은 숲의 나무가 아니라 빛을 투과하는 연한 잎사귀들을 가득 품은 나무들이다. 가로수처럼 길을 따라 자라는 나무들 발치에는 손톱만 한 갈색 알갱이들이 한가득 떨어져 있다.

"오오, 도토리다!"

엄마가 얼른 달려가서 도토리를 줍는다.

"전부 참나무들이야!"

여기저기 떨어진 도토리는 모두 이 나무들의 열매였다. 팔공산은 절벽 쪽에 펼쳐지는 소나무 군락을 제외하면 서어나무와 참나무류가 대부분이라 한다. 참나무는 우리나라 전역에서 자라는 온대활엽수다. 종류도 매우 많지만 우리나라는 갈참나무, 굴참나무, 졸참나무, 떡갈나무, 신갈나무 ,상수리나무의 6대 수종이 주로 자란다.

엄마 손바닥에 올려진 도토리를 보니 갈색 껍질 위에 까실한 모자를 쓰고 있다. 이건 갈참나무 도토리다. 엄마가 주운 넓고 톡톡한 잎사귀는 떡갈나무에서 떨어진 것이다.

숲길에선 엄마가 더 빠르고 위대하다. 알이 실한 도토리는 시골 아이로 자랐던 엄마 눈에만 보인다. 아빠와 나는 태생이 도시 아이라 나무를 구별할 줄도 모르고 숲에서는 그저 감탄만 할 뿐이다. 한참 골라낸 도토리를 엄마는 다시 숲에 뿌렸다. 숲의 생명체가 먹고 힘을 내라고 말이다. 나는 기념품 삼아 도토리 몇 알을 호주머

운부암 오르는 길은
쉬엄쉬엄 놀기 좋다.
도토리도 알밤도 즐겁게 하지만
뷰가 좋은 곳에 놓인
나무 둥치들에서
배려의 마음을 느꼈다.

니에 챙겼다.

“엄마, 다람쥐는 땅바닥에 떨어진 도토리를 먹지 않는다는데?”

“앗, 밤이다. 알밤이야!”

엄마는 내 말을 듣는 둥 마는 둥 새로운 놀거리를 찾아냈다. 이번엔 밤나무 군락지가 등장했다. 군밤 트럭에서 보던 커다란 밤이 아니라 도토리보다 조금 더 큰 토종 알밤이다. 밤나무도 참나무에 속한다고 하니 숲의 친구들이 나란히 자라고 있는 셈이었다. 알밤만큼은 엄마도 다람쥐에게 양보할 생각이 없었다. 토종 알밤은 엄마가 날쌔게 숲을 달리던 어린 시절을 떠오르게 했나 보다. 숲으로 스르르 들어간 엄마는 한참 만에야 손수건에 하나 가득 알밤을 담고 신난 표정으로 걸어 나왔다.

“알밤은 보늬(밤의 속껍질)째 먹어도 돼.”

엄마가 까 준 밤을 입에 넣었다. 쌉싸래한 껍질 속에 고소한 밤이 씹혔다. 밤이 달았다.

도토리 줍고 알밤 먹고 계곡물 구경하고…… 이러니 운부암 가는 길이 더딜 수밖에.

구름이 머무는 암자에선
근심도 사라지고

스님들은 어떤 이유로 출가를 할까? 자현스님은 출가의 의미를 ‘위대한 포기’라고 설명했다. 그런데 정작 자현스님은 출가를 좋아서

하는 일이라고 했다. 내 곁에도 머리만 깎지 않았다 뿐, 수도승처럼 살아가는 사람들이 있다. 그들은 자발적으로 고독과 침묵 속에 들어서고 기꺼이 절제와 정결을 추구한다. 지극히 단순한 일상을 살아가는 그들이 오히려 삶의 한계를 느끼지 않고 자유로워 보일 때가 많다. 어쩌면 수행자의 삶도 엄격한 계율만이 크게 작용하는 건 아닐 것이다. 어떤 복잡한 문제가 찾아와도 자유로울 수 있는 삶이 핵심이 아닐까? 출가인이건 아니건 우리가 추구하는 건 본질적인 자유, 그것이다.

운부암이 마중 나온 양 환하고 커다란 연못이 나타났다. 초록 숲이 연못에 가득 비친다. 물과 숲이 만나면 더 큰 세계가 열린다. 연못 중앙에는 석가산(돌이나 바위로 산처럼 꾸민 것)이 떠있다. 연못 주변에 정답게 놓인 나무 등걸 몇 개가 "여기서부터는 편히 쉬다 가십시오." 이렇게 말하는 것만 같다. 그러나 찌푸린 하늘에서 빗물이 떨어질까 오래 머물지 못하고 암자를 향해 걸음을 옮겼다.

절집 앞에는 보화루라는 누각이 수문장처럼 지키고 있다. 보화루에 다가가자 갑자기 구름이 열어지며 햇살이 건물을 뒤덮은 그림자를 천천히 거둔다. 투명하고 파란 하늘이 두 개의 호수를 가득 채우고 절집에 반짝이는 햇살을 드리운다. 절집 위를 흐르는 새하얀 구름!

은해사는 모두 여덟 개의 산내 암자를 거느리고 있다. 거조암, 기기암, 묘봉암, 백흥암, 서운암, 중암암, 백련암 그리고 운부암이다. 운부암은 711년 의상대사가 창건한 암자로 은해사에서 가장 오래된 곳이다. 창건할 당시에 상서로운 구름이 일어났다고 해서 운부암이라 했단다. 오늘 본 것처럼 그날도 흐린 하늘에서 갑작스럽게 환한 햇살이 드러나고 새하얀 구름이 모여들었을지도 모르겠다.

운부암은 담도 없고 문도 없다. 누구나 마음껏 드나들어도 된다. 보화루의 중앙 계단으로 올라가면 온전히 사찰 안이다. 주불전인 원통전이 정중앙에 자리하고 동쪽에 운부란야, 서쪽에 우의당 두 건물이 있다. 네 건물이 교차하는 정중앙에 작고 단정한 삼층석탑이 있는데, 탑 앞에 고행 중인 승려를 조각한 작은 조각상도 하나 놓여있다. 장식이라고는 하나도 없는 탑이 결국 수도승이 가야 할 길이라는 뜻이런가?

란야는 아란야의 줄임말인데, '한가롭고 알맞은 처소', '다툼이 없는 처소'라는 뜻이다. 마을에서 멀리 떨어져 수행자들이 머물기 좋은 곳을 불가에서는 아란야라 했으니 운부란야는 스님들 생활 공간이겠다. 스님들 신발과 지팡이, 커다란 목탁이 살짝 보이지만 먼지 하나 없이 정갈하게 잘 닦인 아란야는 빈집처럼 고요하다.

원통전은 관세음보살을 주불로 모신 법당이다. 관세음보살은 관음전에 계시거나 아미타불을 협시하며 삼존불로 등장하기도 하지만, 특별히 주불전에 단독으로 모시게 되면 원통전이라는 이름을 갖게 된다. 운부암에 계신 관세음보살은 금동 장식이 유난히 화려하다. 인도에서 전해졌다는 전설이 따르는데, 보물 제514호로 지정되었다. 보살은 유리문 너머에 계신다. 후불탱화도 아름답고 좌우에 봉안된 불화들도 화려하면서 기품이 넘쳐 암자의 역사와

보화루는 불법과
선의 세계로 통하는 입구다.
자연을 바라보는 너른 누각은
중앙의 창이 가장 크고
가장자리로 갈수록 작아진다.
교묘한 시각적 확장을 담은
절집이다.

정갈하고 고요한 운부란야,
운부암은 성철스님도
수행차 머물렀던
곳이라 한다.

유래를 넌지시 일깨운다.

보화루의 창 너머로 초록빛이 일렁인다. 보화루에는 다섯 개의 창이 있는데, 중간의 것이 가장 크고 가장자리로 갈수록 창문 아래에 나무토막을 하나씩 덧대어 막아 조금씩 그 크기를 줄였다. 아마도 원근법적 장치일 텐데, 자세히 보지 않으면 잘 모르는 부분까지도 섬세하게 시각적 장치를 거듭했던 손길에 절로 감탄이 나온다. 보화루는 1900년에 신축한 것이지만 처음부터 있었던 것처럼 절집 구조에 맞춤하게 들어맞는다.

작은 탁자에 단정하게 놓인 찻잔들이 들어오라 손짓한다. 다섯 개의 창으로 햇살이 밀려들고 부드럽고 연한 나뭇잎들이 찬란한 빛을 흩뿌린다. 온 세상이 속살거리고 재잘거리며 광대한 교향악을 울린다. 온 세상이 생의 기쁨을 노래하고 있었다.

하지만 나에게는 시련의 시간이 다가오고 있으니 그것은 해우소에 가야만 해결되는 일이었다. 아무리 아름다운 사찰이라 해도 해우소만큼은 아직 적응이 안 된다. 다시 내려가는 그 긴 시간을 떠올리니 두렵더라도 해우소 문을 열어야 했다. 운부암의 해우소는 보화루와 닮은 누각이었고 아래에서도 옆에서도 열린 공간이라 여기저기로 햇살이 가득 밀려들었다. 허공에 떠있는 나 자신을 인식하는 순간 양손으로 벽을 꽉 움켜쥐었다. 이런 기분은 처음이었다.

올라올 때 보았던 연못에 지금쯤 파란 하늘이 비치지 않을까? 연못가로 달리듯 다가가 본다. 그런데 이게 웬일인가! 운부암 영역을 벗어나 숲이 시작되는 연못에 이르자, 다시금 구름이 모여들고 태양이 얼굴을 감추었다. 숲길로 접어들었더니 이슬비까지 뿌려대

운부암
보화루.

는 것이었다. 운부암에서 보았던 그 흰 구름은 어디 간 것일까? 상서로운 구름이 갑자기 모여들었다는 그 전설 같은 이야기를 믿지 않을 도리가 없었다.

아미타불,
다정하고 인간적인 얼굴

숲은 축축하게 젖었다. 한적한 나무 옆이나 계곡이 보이는 너른 바위 근처에는 앉을 만하게 다듬은 나무토막이 여기저기 놓였다. 앉아서 쉬어가라는 그 의미를 우리는 금방 알아차릴 수 있었다. 유난히 습하고 축축한 곳에는 나무토막에서 버섯이 실하게 자라났다.

그 길에는 오래전부터 예술가들이 드나들었는지 어디서도 보지 못했던 돌탑들이 가득했다. 절집 오르는 길에는 돌을 쌓은 탑들이 많다. 나도 다른 이가 쌓은 돌탑 위에 돌 하나를 조심스럽게 올려둔다. 아슬아슬하게 놓인 돌들은 바람에도 비에도 무너지지 않았다. 어쩌면, 무너지더라도 같은 마음을 가진 사람들이 지나다니며 다시 예전과 같은 돌탑을 쌓았을지도.

이곳의 돌탑을 면밀히 관찰해 보니 두 가지 흐름이 있다. 하나는 아래쪽에서부터 둥글고 탄탄하게 기단을 형성하며 항아리 모양으로 쌓아 올리는 형태였다. 이런 돌탑은 서너 개씩 모여 있는 경우가 많았고, 많을 때는 일고여덟 개가 한꺼번에 등장해서 보는 이를 감탄하게 만들었다.

다른 쪽은 이들과 완전히 다른 스타일을 추구했다. 안정되게 높이 올라가는 데는 관심이 없고 모빌처럼 아슬아슬한 균형을 추구하는 추상 조각 같은 형태였다. 무기교의 기교라 할까? 항아리 형 돌탑이 주로 산등성이 쪽에 나무들과 함께 조성된 반면, 기묘한 모빌 형 추상 조각은 계곡 쪽 너럭바위에 허공을 배경 삼아 놓여있다.

이윽고, 겹쳐진 크고 검은 기와지붕들이 보인다. 천천히 걸어왔지만 어느새 은해사에 도착했다. 절집이 어떻게 구성되어 있나 보고 싶은 마음에 사찰 뒤로 둘러진 언덕으로 올라갔다. 잘생긴 소나무들이 빽빽하게 모인 숲이 보기 좋았다. 언뜻 나무에 이름표가 걸려있는 것이 눈에 띄었다. 사람의 이름이 적혀있었다. 나무들마다 이름표가 걸려있고 나무 둥치에는 꽃다발도 놓여있었다. 이 소나무숲은 수목장을 하는 곳이었다.

그래서였을까? 은해사가 모신 주불은 서방정토극락세계를 주관하는 아미타불이다. 약사여래가 동쪽 현세 중생들의 구제와 행운을 관장한다면, 아미타불은 현세를 떠난 이들을 극락세계로 이끌어준다. 아미타불이 계신 주불전은 극락전(극락보전)이다.

은해사의 아미타불은 자그마하고 친근한 표정이었다. 인중에 살짝 그려진 콧수염에도 불구하고 어린 소년 같았다. 머리는 둥글고 자그마한데 몸은 더 작고 둥글어서 후불화의 위엄에도 불구하고 귀엽다는 생각이 먼저 들었다. 어쩐지 그 손에 이끌리면 마음이 따뜻해지고 웃음이 날 것 같았다. 누구야, 같이 놀자, 하던 어린 시절도 떠오른다. 그렇잖아도 서방으로 가는 길이 낯설고 무서울 터, 그 세계를 관장하는 부처님이 염라처럼 무서울 일은 아

운부암 오르는 길엔
예술작품들이 많다.
숲 가까운 곳엔
항아리 형으로
쌓아 올린 돌탑이,
계곡 쪽 바위 위에는
아슬아슬한
균형을 자랑하는
추상작품 같은 돌탑이
자리한다.

니지 않은가.

아미타불의 수인을 '구품인'이라 하는데, 동작이 모두 아홉 가지다. 검지, 중지, 약지 중 어느 것을 엄지와 붙이는지, 두 손을 모두 아래에 두는지, 모두 위에 두는지, 한쪽은 들고 한쪽은 내렸는지에 따라 아홉 가지로 구분된다. 은해사 아미타불은 엄지와 중지를 붙이고 오른손은 위로 왼손은 다리 위에 내려놓은 하품중생인이다. 악행을 저지른 사람들도 공덕을 내려 죄를 덜어주고 적절한 세계로 안내해 주는 자비심이 담긴 수인이다.

아미타불 좌우에는 관세음보살과 대세지보살 두 협시보살이 연꽃을 들고 서있다. 부처님 머리 위에는 여의주를 물고 있는 용이 자리하고, 주변에는 극락조들이 날아다닌다. 후불화는 불단의 분위기를 훨씬 극적으로 만들어준다. 붉은 바탕의 중앙에 불상이, 주변으로 다양한 상징물과 꽃잎, 광휘 들이 그려진다. 후불화는 조각이나 실물로 보여줄 수 없는 요소들을 그림으로 표현하여 불단이 극락세계 그 자체로 보이도록 한다.

은해사의 귀한 보물 중에 극락보전 앞에 거는 괘불이 있다. 야외에서 법회나 행사를 거행할 때는 불상이 바깥으로 나오지 못하니 대신 그림을 걸었다. 이를 괘불이라 한다. 불화를 탱화라고도 하는 걸 많이 들어보았을 것이다. '탱'은 인도에서 걸개그림을 뜻하는 '탕가'에서 유래된 말인데, 초기 불교에서는 불상을 제작하거나 불단을 꾸미지 않고 걸개그림을 걸어 법회를 했었다. 그렇게 전해진 탱화는 점차 불교 그림 전체를 칭하는 용어로 확장되었다.

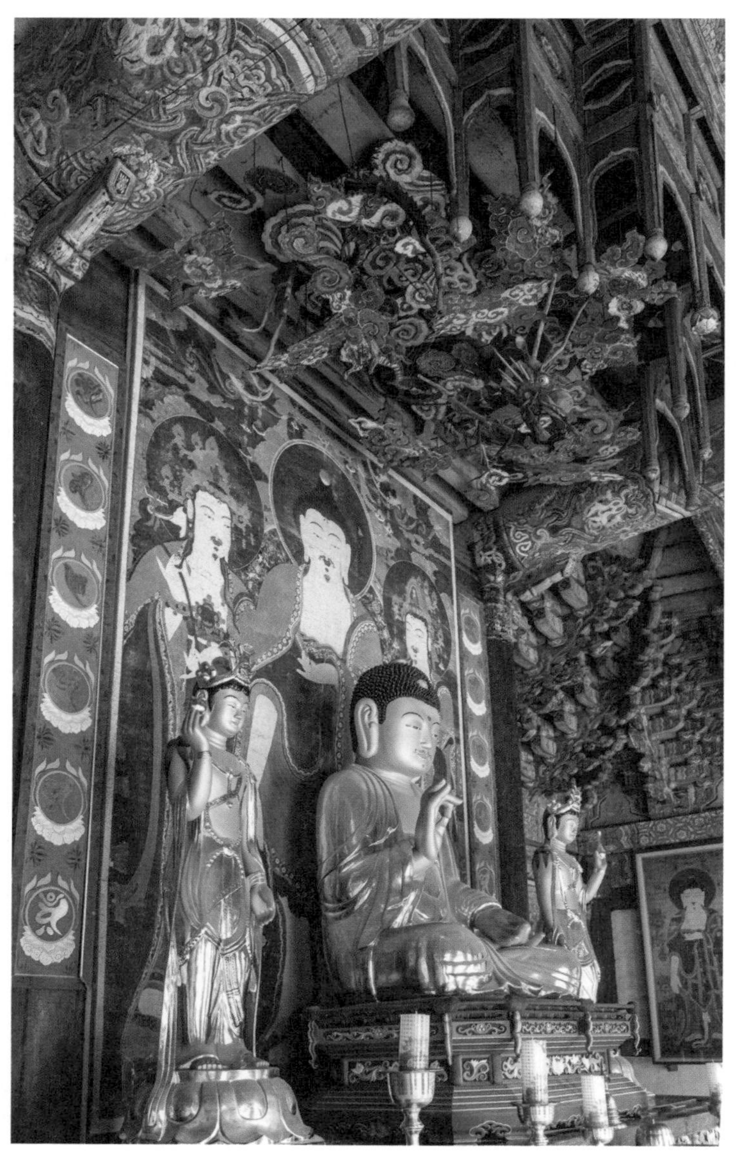

은해사 극락보전은
불단 구성이 아름답다.
궁궐처럼 화려한 천장 장식을 닫집,
불상이 앉은 곳을 수미단이라 한다.
불상 뒤에는 후불화가 걸린다.
아미타불이 좌우 협시보살과
함께 자리한다.

괘불은 크기가 엄청나다. 은해사 괘불도 세로 10미터, 가로 4.5미터에 달하는 거대한 그림이다. 이렇게 큰 괘불을 어떻게 걸었을까? 걸개그림에 사용되는 몇 가지 도구들이 있다. 극락보전 앞에 나란히 놓인 두 쌍의 돌기둥이 첫 번째 도구인 괘불지주다. 사찰을 알리는 깃대를 걸어두던 당간지주가 사찰의 초입에 있다면 괘불지주는 주불전 앞에 자리한다. 그리고 괘불지주 사이의 거리는 당연히 괘불의 너비와 일치한다.

괘불을 세우는 어마어마하게 기다란 나무기둥인 괘불대는 괘불지주와 한 세트다. 괘불화를 보관할 때는 이 큰 그림을 도르르 말아 넣을 수 있는 괘불함이 필요한 법이다. 몇 사람 키는 거뜬히 넘어가는 괘불 용구들까지 잘 보관하고 준비하는 것도 사찰의 중요한 임무였다.

은해사 괘불은 그림 기법에서도 특징이 있다. 극락보전 불상 뒤에 자리한 후불화, 그리고 산내 암자의 하나인 백흥암에 모신 「아미타불회도」와 같은 시기인 1750년에 함께 제작되어 그림의 분위기와 형식이 매우 유사하다. 이 그림은 승려 장인인 보충과 처일이 맡아 그렸다.

그렇다면 은해사의 창건을 신라시대로 보더라도 사찰의 분위기와 예술이 무르익은 것은 조선 후기에 해당한다. 숭유억불로 불교문화가 사그라들었다고 하지만, 흐트러진 사찰을 중창한 시기는 대부분 17~18세기이며, 이런 중창을 통해서 지금의 규모를 갖게 된 사찰들도 많다. 창건 시기만을 보고, 신라 사찰이다 고려 사찰이다 따질 게 아니다.

우리는 신라의 석탑, 통일신라의 석불, 고려의 불상과 불화를 불교미술의 최고봉으로 친다. 그렇지만 교세가 척박하던 조선시대에도 불교미술의 흐름이 존재했다. 조선의 부처는 석굴암 본존불처럼 이상세계를 향해 아득하게 바라보는 차갑고 이성적인 얼굴이 아니라, 인간적인 얼굴, 다정함이 한껏 묻어나는 얼굴을 하고 있다. 반듯하게 앉아 참선의 모범을 보여야 할 부처의 등은 한껏 구부정하며 심한 거북목이 되었다.

부처가 구부정한 자세로 앉아있는 이유는 불단 앞에 앉아보면 알게 된다. 불자들이 올려다볼 때 부처님의 인간적인 얼굴을 바라볼 수 있도록 하기 위해서다. 조선의 부처님은 저 홀로 깨달음의 세계에 도달하기를 거부하고 평범한 사람들의 소원과 희망에 기꺼이 공감하며 귀를 기울이고 있다.

중창을 하거나 낡아서 새롭게 불상, 불화를 조성할 때 과거의 것은 태우거나 없애는 것이 우리 불교식 관행이었다고 한다. 원본이 두 개가 되어서는 곤란하니까. 이는 과거의 것이 새로운 옷을 갖춰 입음으로써 과거에 담긴 모든 신령한 힘과 마음이 새로운 쪽으로 옮겨온다는 믿음에서 비롯된 것이다. 그런 과정을 통해서 불화도, 불상도, 사찰도, 그리고 불교도 새로워졌다.

내려가는 길은 오르는 길보다 언제나 짧다. 오르는 마음과 내려가는 마음은 어디서 어떻게 달라지는 걸까? 내 호주머니에서 굴러다니는 도토리들, 나는 동그랗고 작은 생의 조각을 잃어버릴까 봐 힘껏 쥐었다.

은해사 괘불
보총·처일,
1750년.

오랫동안

서쪽
하늘을
바라보았다

달마산

미황사

도솔암

도솔암을 찾아
달마고도로 향하다

도솔천은 천상계에 존재하는 28개의 낙원 중 하나인데, 선행을 많이 한 사람, 복이 많은 사람이 다시 태어나 행복하게 살아가는 곳이라 한다. 칠보와 광명, 연꽃으로 꾸며진 이 아름다운 세계에는 깨달음에 이르게 하는 음악이 저절로 흘러나온다. 조그마한 기쁨으로도 마음이 충만하여 사람들은 부러 넘치는 쾌락을 구할 필요가 없다. 석가모니가 속세의 왕자로 태어나기 직전까지 머무르던 곳도, 앞으로 부처가 되어 이 땅으로 내려오실 미륵이 보살로 대기하는 곳도 도솔천이다.

도솔암은 그 도솔천에서 나온 이름일 것이다. 내가 아주 어릴 적부터 고모는 도솔암에 자주 다녔다. '기도하러 간다.'와 '도솔암에 간다.'는 같은 뜻이었다. 삶이 흔들리고 마음이 들뜰 때마다, 혹은 다른 이의 슬픔과 혼란을 대신 잠재워주어야겠다 할 때마다 고모는 도솔암에 갔다. '도솔암' 하면 도와 솔 사이의 다섯 개의 음계가 도르르 귓가에 흐르며 부드러운 풀밭이 펼쳐진다. 그래서 고모가 돌아가신 지 20년이 훌쩍 넘은 지금까지도 도솔암을 기억하고 있는지 모른다. 그렇게 기분을 좋게 해주는 도솔암이 어디에 있는지 궁금해하곤 했다.

도솔암은 해남 달마산 꼭대기에 있다. 달마산은 우뚝 솟은 바위들이 긴 능선을 만들어서 이름처럼 영험한 분위기를 풍긴다. 흰 바위들을 예부터 삼천 부처라고도 불렀고 어느 시대에는 일만 부처라고도 했다. 그럴 만도 하다. 바위 하나가 부처의 얼굴과 다름없을 정도로 강인하고 강렬하다. 급경사를 이루며 흘러내린 산세는 지면에 닿으며 완만히 뻗어 땅끝 바다로 향한다. 바다를 바라보며 아득한 세월을 지키고 살아온 신령한 힘들이 이 산 곳곳에 숨어 있는 것만 같다.

불자들은 달마산의 바윗길을 굽이굽이 올라 크게 한 바퀴 도는, 대략 17.74킬로미터에 달하는 이 길을 '달마고도'라 부른다. 흰 바위가 석탑 같아서 달마고도 순례길은 거대한 탑돌이나 마찬가지다. 달마고도의 시작은 미황사이며, 그 끝은 도솔암이다.

도솔암이 궁금한 건 엄마 아빠도 마찬가지였다. 고모 생전에 함께 가보지 못했으니 지금이라도 가보는 게 좋겠다고 행장을 꾸리셨다. 부모님이 계신 부산에서 해남까지 먼 길을 달려야 했으니 산보 삼아 나선 일이 아니었다. 지금이야 도로도 잘 뚫리고 승용차로 어디든지 갈 수 있지만 고모 계실 때만 해도 오가는 길이 만만치 않았을 것이다. 고모는 운전도 하지 않았다.

"도솔암, 도솔암 이름만 들었지 이렇게 멀리 있는 줄 몰랐지. 부산에서 해남까지 이 먼 길을 그 옛날에 어떻게 다녔을까?"

"며칠은 먹고 자며 기도했으니까 맨몸으로 올 수도 없을 거야. 먹을 것 입을 것을 보따리에 이고 지고 갔었어."

그때 고모는 어떤 마음으로 절집을 올랐을까? 고모의 삶은 어떠했기에, 매번 생애의 고비가 닥칠 때마다 기도하러 이 먼 곳까지 왔을까? 나중에 알게 된 일이지만, 도솔암 능선까지 오르내리는 택시부대가 그때부터 존재했다고 한다. 일단 시외버스로 동네 어귀까지 오면 택시들이 대기하고 있다가 불자들을 태워 날랐다 한다. 도솔암은 그만큼 많은 사람들이 찾는 유명한 기도처였다고 한다.

도솔천의 음악,
도솔암의 바람

소금기 어린 바람이 잔잔한 바다 같은 논밭을 쓰다듬으며 어루만진다. 그 풍경을 바라보며 한참 달렸다. 어느덧 달마산이 힘찬 기운을 발산하며 등장한다. 푸르른 숲이 경사지를 타고 올라가는데, 정말이지 흰 바위들이 강렬한 존재감으로 산의 가장 높은 능선을 장식하고 있다. 눈과 얼음이 쌓인 봉우리 같다. 깎아지른 절벽을 형성하는 바위들은 태양의 움직임에 따라 그림자가 짙어졌다 옅어졌다 하며 달마산에 깊은 표정을 만들었다.

차는 미황사 입구를 지나쳐 도솔암이 있는 남쪽 능선을 향한다. 차가 한 대 겨우 지나갈 정도의 시멘트 도로가 급경사를 요리조리 돌며 능선을 향해 뻗어있다. 점점 정상과 가까워진다는 느낌이 들 때쯤 통신사 송신탑과 기지국이 보인다. 이 도로는 도솔암으로 가는 길손을 위한 것이 아니라 기지국 관리 때문에 생겼나 보다. 주차를 하고 돌아서니 도솔암 안내판이 보인다.

이제부터 능선을 따라 걸을 참이다. 부모님이 앞장서서 걷고 내가 뒤를 따른다. 능선 양쪽으로 흘러내린 푸른 숲이 서쪽으로는 넓은 바다를, 동쪽으로는 또 다른 벌판을 향한다. 행자들이 많이 다니던 길이라 잘 다져져 있어 걷기가 어렵지 않았다. 아슬아슬한 절벽과 아찔한 땅끝이 비현실적으로 가까워 자주 휘청거릴 뿐이다.

능선 양쪽에서 솟아오른 바람에 어질해졌다가도 끝없이 펼쳐진 땅끝 마을의 풍경에 홀린 듯 계속 바라보고만 있었다. 어떤 점을 꼬집어 보기 좋다는 게 아니라 풍경을 이루는 모든 것, 각기 제 역할을 하는 모든 것들이 조화롭고 평화로웠다. 땅도 들도 산도 물도 아름답다.

돌산이라 해도 불쑥 솟은 나무들이 많아 햇볕도 가려주고 가는 길을 편안하게 안내해 준다. 험준한 절벽에도 돌탑 쌓는 마음들이 가득하다. 가파른 바위 위에 바람을 맞고 서있는 돌조각들이 여간 의연하지가 않다.

1킬로미터도 채 되지 않은 길이지만 돌아가신 고모를 만나러 가는 길처럼 아득하다. 양쪽으로 갈라지는 길에 도솔암 이정표를 다시 만났다. 두 개의 큰 바위 사이의 좁은 통로로 암자의 모습이 조그맣게 보인다. 우리는 돌계단을 따라 끝까지 올라 두 바위를 짚고 넘어갔다. 바위 절벽 앞에 한 칸짜리 조그마한 암자가 자리하고 있다. 절벽과 절벽 사이에 동그랗게 웅크린 자리였다. 어쩌다 이런 곳에 암자를 짓게 되었을까! 암자와 바위 사이에 커다란 나무 한 그루가 자란다. 고목이 암자를 지키고 있었구나.

꽝꽝 울리는 바람소리에 얼어붙은 햇볕이 작은 암자를 향해 장엄하게 쏟아진다. 숨을 곳도, 피할 데도 없다. 하늘에 운명을 맡길 수밖에 없는, 그런 곳이었다. 여기를 봐도 저기를 봐도 절벽이고 거친 돌뿐이다. 표면이 반짝이는 단단한 바윗돌은 거칠면서도 신

도솔암 가는 길엔
기암절벽이 가득하다.
바위 위에 서있는 돌조각들이
평온하게 펼쳐진
땅과 바다를 바라본다.
돌도 부처 같다.

달마산 능선에 자리한 도솔암.

성한 분위기를 자아낸다.

절벽을 이루는 바위는 규암이라는 변성암이다. 단단하고 매끈거려서 마애불을 새길 수도 없고 글자를 적을 수도 없단다. 그런 바위를 이토록 멋지게 조각한 것은 오로지 자연의 솜씨였다. 고모가 기도를 드리러 도솔암까지 찾아온 이유를 알 것만 같았다. 신과 대면하는 장소라는 느낌이 강하게 들었다.

암자는 비바람과 혹독하게 맞선 흔적이 곳곳에 남아 있었다. 그런데도 자그마한 법당은 흐트러짐 없이 깨끗하게 정돈되어 있었다. 석가모니불이 중심에 있고 좌측에 약사불이 있다. 그렇다면 우측에 앉은 이는 아미타불이어야 하는데, 아무래도 관음보살 같다. 후불화는 석가모니불을 중심으로 좌우에 두 협시보살이 그려져 있다. 석가모니의 협시보살은 문수보살과 보현보살이다.

도솔암을 창건한 사람은 의상대사라 전해진다. 도솔천을 떠올리게 하는 이곳이 수행처로 적합했을 것도 같고 왜구들의 침입으로부터 안전하다는 이유도 있었겠다. 달마산의 암자들이 외침으로 숱하게 무너지고 사라졌다 하니 이렇게 높은 곳이어야 했을 것이다. 그러나 천 년도 더 된 수행처는 기와 몇 장만 남기고 모두 사라지고 말았으니, 1980년대에 다시 불사하여 도솔암을 일으켰다 한다. 그렇다면 나의 고모는 도솔암이 새로 터전을 잡을 무렵부터 이곳에 왔다고 봐야겠다.

절집은 시간에 부딪혀 낡아가고 있었지만 이 산에 부는 바람은 그전과 다르지 않았다. 도솔천에는 깨달음에 이르는 음악이 저절로 흘러나온다 했다. 그 음악은 마치 각성하라고 뒤흔드는 것 같은 이곳의 바람소리와 닮았을까? 고모는 그날 어떤 음악을 들었을까? 부디 이곳에서 머물던 시간이 고모가 삶에 고요히 스며들 수 있는 힘을 주었기를 나는 뒤늦게 바라고 있었다.

미황사 대웅전,
일만 부처를 이끄는 노련한 스승

도솔암을 내려와 미황사로 이동했다. 늦은 오후의 햇살이 살짝 서쪽으로 기울었다. 서쪽 먼 곳을 향해 서있는 미황사의 절집들이 저무는 볕에 노랗게 물들었다. 일주문에서 천왕문까지는 깎아지른 절벽에 촘촘히 앉은 계단이 이어진다. 계단 오를 때 조금이라도 덜 힘들게 가라고, 계단 입구에 나뭇가지를 깎은 지팡이가 수십 개 서 있다. 어머니가 지팡이를 하나 들고 계단을 향하는 나와 아버지를 뒤따랐다.

갑자기 순하게 생긴 누렁이 한 마리가 일주문을 통과해서 들어온다. 개는 군살 없는 몸을 경쾌하게 움직이며 계단을 가볍게 치고 올라갔다. 자신을 따르라는 건지, 빠르지 않지만 느리지도 않은 속도로 앞서 나간다. 한참 계단을 올라가다가 올려다보니 개는 사라지고 없었다. 주인도 없고 목줄도 없이 우리를 이끈 노란 개는 어떤 보살의 현현이런가!

신비 체험처럼 천왕문에 이르렀다. 미황사의 천왕문에는 귀공자 타입의 사천왕이 기다리고 있다. 미소년과 꽃중년의 얼굴을 한 사천왕 네 분이 소, 토끼, 원숭이, 용을 밟고 서 있다. 이 동물들은 미황사 창건설화에 나오는 검은 소, 부도전에 조각된 토끼와 원숭이, 대웅전 기둥에 새겨진 용에서 가져왔다. 미황사의 불교 유물들을 널리 알려온 주지 금강스님이 사천왕을 현대적으로 표현해 보고자 오영철 조각 장인, 심근호 불화 장인과 힘을 합쳐 2020년에 완성했다고 한다.

천왕문에는 재미난 것이 하나 더 있는데, 문 중앙에 떡하니 서 있는 윤장대다. 불경을 넣을 수 있게 만든 팔각보탑에 기다란 손잡이가 달려있다. 이 손잡이를 밀면 팔각보탑이 스르르 돌아가는데, 한 번 돌릴 때마다 불경을 한 번 읽은 만큼의 공덕이 생긴다. 중국 양나라 때 고안된 윤장대는 고려에 전해져 인기몰이를 했다. 예천 용문사 대장전에는 국보로 지정된 고려시대 윤장대가 있다.

신라, 고려가 불교국가라고는 하지만, 글을 모르는 사람들도 많았고 먹고살기 바쁜 서민들이 불경을 읽을 기회란 더더욱 없었다. 윤장대는 이들이 불교와 멀어지지 않도록 쉬운 공덕이라는 혜택을 주었다. 나도 몇 바퀴 돌려볼까 하고 다가가 보았더니, 코로나 시국이라 윤장대도 멈췄다.

눈길 발길을 사로잡는 것들이 많은 미황사의 백미는 단연 대웅전이다. 달마산의 일만 부처에 든든히 의지하며 세상과 온몸으로 맞서는 나무집! 단청이 사라진 대웅전은 목재의 연약한 속살을 여실히 드러냈다. 헐벗은 채로 사력을 다하는 것에 나력(裸力)이라는 표현을 쓴다. 나는 나력을 다하는 대웅전 건물이 달마산의 일만 부처의 비호를 받는 존재가 아니라, 평범한 중생들조차도 일만 부

미황사 천왕문은
볼 게 많다.
중앙에 자리한
윤장대(위)도
구경할 만하지만,
뭐니 뭐니 해도
사천왕상(아래)이다.
우락부락 무시무시한
얼굴을 싹 지우고
꽃미남으로 거듭난
사천왕이 기다리고 있다.

처로 일으켜 세우는 든든한 큰 어른인 것처럼 느껴졌다.

"뭣이 중헌디!"

화려해 봐야 그게 무슨 소용이냐고, 본질을 보라고 건물이 큰 소리로 일갈한다.

대웅전 수미단 위에는 닮은 세 부처가 나란히 앉아있다. 석가모니불을 중심으로 약사여래불과 아미타불이 좌우에 앉은 삼존불이다. 조선 후기 불상의 특징을 보여준다 해서 문화재로 지정(전라남도 유형문화재 제323호)되어 있다. 목조로 된 삼존불상 말고도 대웅전에는 불화도 많고 천장과 벽에 그려진 단청들도 놀랄 만한 것이 많다.

지금은 보수가 필요할 정도로 색과 형태가 흐려지긴 했지만, 대들보에 부처님들이 빽빽하게 그려져 있다. 대들보와 종도리 안쪽 여기저기에 부처님들이 무리를 지어 구름 위에 앉아있는데, 내가 결국 찾아내지 못한 부처님 그림들까지 모두 합하면 천불이라고 한다. 부처님들은 머리 모양도, 눈빛도, 의상도, 수인도 똑같지가 않고 그 표현이 조금씩 다르다. 그래서 미황사 대웅전에는 부처님이 천 분이라 한 번만 절을 올려도 천배의 공덕을 얻는다는 말이 떠돈다.

불전 천장에 매달린 연등에는 정재계 내로라하는 인물들의 이름이 빼곡하다. 그러고 보니 수미단 아래 놓인 시주물품도 상당히 많다. 낡은 절집을 중창하는 데 관심을 보인 사람들이 아닐까 싶다. 몇 해 전부터 추진되어 온 대웅전 보수복원 사업은 2022년 1월 22일부터 시작되어 천 일간 이어지게 된다.

세월이 단청 빛을
흐리게 했으나
절집의 웅장한 자태는
흐트러지지 않는다.

대웅전의 대들보와 뒷벽에는
수많은 부처님들이 그려져 있다.
헤아려보지 못했으나
이들을 모두 합하면
천불이라 한다.

미황사는 신라 경덕왕 8년(749년)에 의조화상이 창건했다고 전해진다. 신기한 창건설화가 있다. 어느 날 돌로 만든 배가 달마산 아래 포구에 닿았다. 스님이 나가 배를 살펴보니 황금으로 된 사람이 노를 젓고 있었다. 배 안에는 경전과 불보살상과 탱화가 가득 실렸다. 그중에는 검은 돌덩이가 있었는데 땅에 닿자 쩍 갈라지며 돌 속에서 검은 소가 나왔다. 금인이 스님에게 소가 멈추는 곳에 절을 지으라 했다. 소는 달마산 골짜기에 이르러 쓰러져 일어나지 않았으니 이 자리에 지어진 절이 미황사다. '미'는 소의 울음소리를, '황'은 금인의 아름다운 자태를 뜻한다.

미황사는 조선 전기까지 교세를 유지하다가 정유재란 때 왜구의 침입으로 전라남도의 모든 사찰이 불탔던 당시 함께 잿더미가 되었다. 17세기 들어 두 번의 중창이 이어졌고, 지금 남아있는 가장 오래된 건물인 대웅전과 응진전은 대대적인 3차 중창기인 1754년에 이루어졌다. 그러다 19세기에 갑작스런 몰락을 맞게 되었다. 중창을 위한 모금차 군고단(스님들의 풍물패)을 이끌고 완도와 청산도를 돌던 배가 조난을 당해 젊은 스님들을 모두 잃었다는 이야기가 마을설화로 전해진다.

황폐하던 사찰의 가치를 새롭게 조명한 것은 1980년대가 되어서의 일이다. 그래서인지 지금처럼 많은 부속 건물들이 들어서기 전, 축대도 오르는 길도 번듯하지 않던 시절의 미황사를 기억하는 행자들도 많다. 오히려 그때가 고고한 절집의 품위가 있었다며 점점 번창하는 사찰을 못 미덥게 생각하는 행자들도 있다. 그렇다 하더라도 대웅전의 품위와 응진전 앞에서 바라보는 낙조의 풍경에 대해서만큼은 누구나 각별한 애정을 드러낸다. 서쪽을 향해 앉은 미황사는 낙조를 보는 곳으로 유명하다.

일몰의 순간,
고요하게 더 고요하게

아버지가 이야기를 시작한다.

"벌써 삼십 년도 더 된 이야긴데…… 고모가 한 사찰의 어떤 스님이 참 좋으시다 해서 엄마랑 같이 스님을 친견하러 간 적이 있었단다. 그런데 그 사찰까지 가는 차편을 놓치고 어찌어찌 가다 보니 다른 사람들은 제시간에 도착을 했지만 엄마 아빠는 그만 늦어버렸지. 스님께 인사를 올리러 갔더니 퉁명스런 목소리로 '한 우물이나 팔 것이지, 어딜 자꾸 기웃거려!' 이렇게 일갈을 하시더라. 깜짝 놀라서 '스님, 그게 무슨 말씀입니까?' 하고 물었는데, 오히려 역정을 내시더라고. 영 마음이 안 좋아서 그냥 가야겠다 싶었는데 스님이 이렇게 말씀하시더라. '가는 길에 기와불사 하나 해라, 그럴 돈이라도 있는지 모르겠다!'라고."

어머니가 옆에서 거든다.

"그 스님이 참 신통하신 분이었어. 기와불사를 하려고 지갑을 찾는데, 아이고…… 지갑을 집에다 두고 왔더라고. 그리고 그때가 아빠가 다른 일을 해볼까 여기저기 살피던 때였거든. 스님이 그걸 어찌 아셨을까?"

다 지난 일이지만, 아버지는 그날 일이 거듭 생각났다. 인생의 어떤 순간에선 특히 더 선명하게 떠올랐다. 그런 후로 절집에 갈 때는 잊지 않고 기와불사를 한 장씩 올린다고 하셨다. 절집 고치거나 담을 쌓을 때 쓸 기와에 중생의 바람과 시주를 담아 올리는 게 기와불사다. 아버지가 자신의 인생을 점검하는 시간이었고 자신과의 약속을 지키는 일이기도 했다.

슬슬 태양이 기운다. 미황사는 낙조가 아름답기로 소문난 곳이다. 나와 부모님은 낙조 감상에 좋은 장소를 찾아 이리저리 자리를 옮겨보았다. 대웅전 뒤로 난 계단을 따라 축대 위에 자리한 응진전 앞이 가장 잘 보일 것 같았다.

절집 보러 온 행자들의 발길도 서서히 끊어지고 저녁예불도 없어서 절집은 하염없이 고요하다. 우리 주변에는 먹물 옷을 입은 젊은 여성이 스마트폰으로 사진을 찍고 있었다. 그녀는 미황사 낙조를 볼 결심에 아예 템플스테이를 하러 왔다고 했다.

"스님들이 응진전 앞에서 보는 게 가장 예쁘다고 하셔서요."

우리는 앞서거니 뒤서거니 자리를 차지하고 앉아 낙조를 기다렸다. 도시에서는 시간이 어떻게 가는 줄도 모르고 밤이 되었는데, 해가 지는 과정을 지켜보고 있으니 그 시간도 꽤 길고 장엄하게 흐른다. 어떤 과정도 수월하게 빨리 지나가지 않는다. 저무는 태양도 제 속도에 맞춰 차근차근 움직였다.

푸른 하늘에 노란색이 번지고 붉은 선으로 경계가 생겼다가 연분홍으로 바뀐다. 모든 색깔이 하나씩 드러난 뒤에야 모든 빛이 경계를 잃고 흐릿해진다.

극락정토에서 왕생하기 위한 수행법 중에 '일몰관(日沒觀)'이라는 게 있다. 지평선 너머로 사라지는 태양을 침묵하며 관조하는 일이다. 해가 떨어지고 어둠이 찾아오면 환한 빛 아래에서 경험한 현상들, 그 차별적인 세계는 사라지고 만다. 어둠 속에서 마음은 높고 낮음, 그 어떤 차별심도 없는 적멸의 세계로 들어간다. 감각을 통해 감각을 사라지게 하는 방식이다.

불교에서는 아미타불의 극락세계가 그런 곳이라고 말한다. 감각에 의존하지 않은 채로 정신이 깨어나는 세계. 그러므로 서방정토는 어둠의 세계가 아니라 맑고 투명한 세계라고 말이다.

해가 완전히 넘어갔으나 잔별의 온기가 넘실거린다. 희끄무레하게 번지는 일몰의 기운이 누군가의 춤사위처럼 느껴졌다. 나는 고모가 생각났고, 떠나간 사람에 대한 슬픔과 회한도 함께 밀려왔다.

고모는 평범한 가정생활을 하지 못했다. 하나뿐인 자식과도 멀리 떨어져 살았다. 그런 고모 주변에는 고모를 엄마처럼 여기는 사람들이 많았다. 일하러 혼자 낯선 도시로 온 여성들이었다. 고모네 집에 가면 늘 새로운 여성들이 있었다. 나는 젊은 그녀들을 모두 고모라고 부르며 자랐다.

희야 고모, 숙이 고모, 또 다른 희야 고모, 진아 고모…… 그들이 어떻게 나의 고모와 이어졌고 어쩌다가 서로 정을 나누며 살게 되었는지 나도 부모님도 자세히 알지 못한다. 그날의 젊고 예뻤던 고모들이 지금은 어디서 무엇을 하며 살고 있는지도 알 길이 없다. 나는 다만 고모들이 나를 친조카처럼 예뻐해 주었던 것만 기억한다. 그날의 환대와 온기를 떠올리면 지금도 뜨끈하고 촉촉한 고마움이 샘솟는다. 내게 수많은 고모를 선사해 준 나의 고모를 부디 아미타부처님이 좋은 곳으로 인도해 주셨기를.

나는 간절한 마음으로 오랫동안 서쪽 하늘을 바라보았다. 절집은 고요히 어둠에 잠긴다.

2부.

친견 親見

친히 보고 직접 보는 것.

마음을 다해 바라본다면 우리는 달라질 수밖에 없다.

친견

깊이 바라보는 마음

곱게 늙은
절집이
품은

장엄한
두 세계

○

천등산 봉정사

도산서원

부처를 만나면
부처가 되고

불교에서는 부처님을 대면할 때 친견이라는 말을 쓴다. 부처님뿐 아니라, 진신사리를 친견하기도 하고, 이름 높은 스님을 친견하기도 하고, 좋은 의미를 담은 사물들을 친견하기도 한다.

친견은 보는 것을 넘어 교류의 표현이다. 면 대 면으로 만나는 것, 신체의 감각을 활용하되, 자신의 의지와 마음을 다해 보는 것이다. 보고 난 후에 분명 변화가 생긴다. 삶과 행동에 변화가 없다면 친견은 의미가 없다.

안동으로 가게 된 건 제비원 석불이 보고 싶어서였다. 바위 덩어리에 새긴 마애불이야 새로울 것도 없지만 제비원 석불은 설명할 수 없는 기이함과 아름다움이 있다. 커다란 바위를 부처의 몸과 광배(몸을 장식하는 빛)로 삼고, 작은 바윗돌을 올려 정교하게 얼굴을 새겼다. 몸 바위는 세밀하지 않아 대충 형태를 알아볼 뿐이지만 얼굴 바위는 반듯한 이마와 깊은 눈매, 오뚝한 콧날에서 이어지는 세심한 입술선까지 또렷하다. 부처 얼굴이 미소년이고 꽃청년이다.

그 얼굴은 말을 타고 달리는 잘생긴 화랑 같기도 하고, 신선의 춤사위를 보여줄 예인의 풍모처럼도 보인다. 석불 주변의 굴곡진 석벽이 구름이나 선계의 짐승처럼 생겨 더욱 그렇게 보였다. 이마 중간에 유리구슬이라도 박혀있었던 듯 동그랗게 도드라진 백호와 머리 위에 혹처럼 솟은 육계 같은 부처의 상징이 아니었다면 관을 쓴 고려의 무인상이라 해도 믿을 수 있었다.

자연 석벽에 인공적으로 조성한 바위까지 높이가 12.38미터나 되고, 머리만 2.43미터인 거대불이다. 신심을 위해서라면 석벽에 새긴 마애불로도 충분했을 것이다. 그런데 왜 인공적으로 바위하나를 더 올렸을까? 그것이 고려의 미감일까?

사실 우리는 고려의 미감에 대해서도, 신라의 미감에 대해서도 아는 바가 없다. 기껏 고졸한 조선 선비의 미감밖에 모른다. 선비의 미감으로 천 년 전 세상을 더듬자니 역부족이다.

그래도 멋짐에 대한 감수성은 시대를 넘어선다. 어쩌면 고려인은 자연 석벽에 무심하게 그은 선각만으로는 아름답다는 감흥에 이르지 못했을지도 모른다. 그 위에 잘생긴 얼굴을 놓아야 제대로 조각 좀 했다며, 그제야 직성이 풀리는 그런 사람들이었을지도.

석불은 가까워질수록 분위기가 달라진다. 팔다리는 점점 힘차고 두꺼워졌으며 단단한 어깨가 믿음직스럽다. 해탈을 향한 수도자의 모습이라기보다는 이 지역을 수호하는 호법신처럼 든든한 존재로 다가왔다. 석불은 이 마을의 수호신으로 자리하며 누구에게나 똑같은 복과 안녕을 전해주는 그런 존재였을지도 모른다. 기복신앙으로 불교를 믿고 숭상해 왔으니 이는 우리나라 부처님이 가장 잘하는 일이기도 했을 것이다.

석불로 가는 길 앞에 자리한 연미사에서 마침 예불이 시작되었다. 작은 불당은 불자들로 가득하다. 바깥 쪽마루까지 빈틈없이 채운 사람들이 불경을 따라 읊으며 간절함을 전한다.

불(佛)은 세상의 근원이다. 그러므로 모든 만물에게 본성처럼

제비원 석불.

깃들어 있는 것이 불심이다. 하나하나 불심으로 점을 찍은 존재라는 걸 깊이 느끼게 되면 우리는 자신에게도, 타인에게도 함부로 할 수 없게 된다.

절집을 오르다 보니 많은 것들이 보이기 시작했다. 그 비슷비슷하던 절집들도 제각각 다른 특징들이 있었고, 사찰마다 모신 부처님이 의미하는 바도 조금씩 달랐다. 저 먼 시대에 만들어진 건축물과 지금 이곳을 오르는 사람들이 시간을 초월해서 만나는 풍경이 참으로 좋았다. 절집은 오고 가는 사람들이, 그들의 바람과 염원이 만들어가는 것이구나 싶었다. 오가는 사람이 많은 절은 절답지 못하다고 일갈하는 목소리도 있더라만, 나는 그 많은 발걸음이 만들어내는 반질반질 윤기 나는 절집 세상도 흥미롭게 보였다.

제비원에 뒤이어 찾아간 봉정사도 그렇게 많은 사람들이 밟으며 반질반질해진 절일 줄 알았다. 수덕사나 해인사처럼 진입로부터 넓은 주차장과 산채비빔밥 식당들이 줄지어 있을 줄 알았다. 유네스코 문화유산에 등재된 산사, 산지승원 일곱 군데 중 하나이자, 현존하는 가장 오래된 건물인 극락전을 보유한 유명한 고찰이니 그렇게 생각하는 것도 당연했다.

그런데 봉정사 앞은 아무것도 없었다. 동네 주민들이 갈고 다듬는 밭뿐이었다. 이정표도 자그마해서 여러 번 확인하며 찾아갔다. 일주문도 작았다. 현판을 보니 천등산 봉정사가 맞다. 천등산은 이름이야 근사하지만 봉정사가 없었다면 이 산을 오를 일이 있을까 싶을 정도로 아담한 산이었다.

과연 어떤 절집이 기다리고 있을까? 봉정사는 어떤 이유로 아름다운 고찰이라 불릴까? 그런 호기심 뒤에는 '건축이 아름답다는 건 어떤 의미일까?', '내 눈에도 정말 아름다울까?'라는 절박한 의문도 숨어있었다.

봉정사의 창건은 의상대사 혹은 그의 제자인 능인으로 거슬러 올라간다. 의상이 화엄의 본바탕에 입각하여 세운 절로 멀지 않은 곳에 자리한 부석사가 있는데, 봉정사도 이와 맥을 같이한다. 현존하는 가장 오래된 건축물인 극락전은 초기 주심포 양식으로 늦어도 고려 초, 이르면 신라 말에 지어졌다고 하고, 초기 다포 양식을 갖춘 대웅전도 고려 시대 건축물로 밝혀져 국보로 지정되었다. 조선시대 등장한 새로운 기법인 익공식 건물까지 있어서, 봉정사는 살아있는 건축박물관이라 불린다.

주심포는 기둥 위에만 공포가 있어 간결하고 직선적인 지붕을 올리며, 다포는 기둥과 기둥 사이에도 공포를 놓아 처마선이 날렵하게 뻗은 화려한 지붕을 올린다. 익공 양식은 기둥 위에 새부리 모양으로 조각한 공포를 올린 양식이다. 간결하면서도 위계를 나타낼 정도로 약간의 장식성을 표현하고 있어서 관아 건축이나 사대부가의 주요 건물에 사용되었다.

숲 내음을 맡으며 오르다 보니 높은 언덕 위에 만세루가 나타났다. 누각 아래로 작은 나무 대문이 열려있는데, 아무 글자도 적히지 않은 이 누하문이 해탈문을 대신한다. 문지방이 휘어져 있어 드나드는 이의 발이 걸리지 않았겠다. 그러나 작고 낮은 문을 통과하려면 몸을 숙이고 머리를 조아리며 최대한 겸손한 자세를 취해

봉정사는 사천왕이 지키는
문이 존재하지 않는다.
만세루의 작은 누하문을 통과하면서
장엄한 불세계로 들어서게 된다.
누각에 걸린 북과 운판, 목어는
소리를 내어 세상의 만물에게
불법을 전파하는
역할을 한다.

야 한다.

돌계단을 천천히 오르면 이제야 절집이 제 모습을 보여준다. 어느새 대웅전, 화엄강당, 무량해회 그리고 만세루 이렇게 네 건물이 둘러싼 네모난 마당에 서있는 나를 발견하게 된다. 이 풍경은 만대루를 통과하면 강당 앞마당이 등장하는 병산서원과 닮았고, 영남의 양반댁 안마당의 아늑함도 느껴진다.

대웅전은 단청도 거의 날아가고 오랫동안 비바람에 시달린 흔적이 역력하다. 빛나던 흔적은 앗아갔으나 그 덕분에 지붕을 지지하는 결구의 형태가 잘 드러나게 되었다. 법당 안은 빛바랜 바깥과는 사뭇 다른 장엄한 풍경이 펼쳐진다. 천장의 서까래가 보이지 않도록 막은 네모난 반자들마다 연분홍빛 연꽃이 그려져 있다. 색채도 아름답고 구성도 눈부시다. 화엄에서는 우주를 한 송이 연꽃에서 피어난 세계라고 한다. 수많은 연꽃은 수많은 우주를 한데 모은 것이니, 이 공간의 세계관이 참으로 크다.

불전에는 석가모니불과 좌우에 관세음보살, 지장보살을 모셨다. 명징한 인상을 가진 삼존불은 서로 아름다움의 조화를 이룬다. 불상 뒤에는 불상만큼 아름답고 유려한 불화가 걸려있다. 그런데 아미타불이 주인공인 「아미타설법도」이다. 후불화는 주불로 모신 부처님이 주인공이어야 하는데, 어쩌다가 이 잘못된 만남이 시작되었을까?

천 년 가까운 시간 동안 꽃비가 내리는 대웅전을 나와서 극락전으로 향했다. 첫눈에도 그전에 보아왔던 건물과 확연히 다르다. 복잡한 구조 없이 단순하게 올린 지붕선은 단정하고 단아하다. 여

대웅전에 걸린
후불화는
비단에 채색한
「아미타설법도」이며
1713년에
제작되었다.

대웅전은
연꽃이 쏟아지는 듯
황홀한 풍경을
간직하고 있다.
오래된 절집에 담긴
예술은
시간이 흘러도
변치 않는다.

닫이문이 있는 중앙 출입구와 양쪽 살창은 장식적이기보다 기능에 충실한 느낌이다. 창호를 바르지 않고 창틀에 일정한 간격으로 살대를 꽂은 살창은 채광과 환기를 좋게 한다. 다행히 나무덧문이 달려있어 비바람을 걱정하지 않아도 될 듯싶다. 살창은 해인사 장경각의 그것과 닮았다 했더니 극락전도 조선시대에는 경전을 보관하는 창고로 사용되었다고 한다.

극락전 바닥은 전체에 사각형으로 된 회색 전돌이 깔려있다. 먼 옛날 절집은 신을 신고 법당에 드나들었다고 하는데, 이를 증명하는 장소가 바로 봉정사 극락전이다. 이 역시 건물이 매우 오래되었음을 알려주는 증거물이다. 지금은 바닥에 마루를 깔았고 불단 뒤쪽 외부로 나가는 출입구 영역에만 전돌 바닥을 남겨두었다.

극락전 중앙에 황금빛으로 빛나는 아미타불이 홀로 그 자리를 지키고 있다. 가늘고 긴 몸과 얼굴을 한 부처님은 손짓 또한 날렵하고 섬세하다. 이 날씬한 비례감은 대웅전에 모신 부처님과 확연히 다르다. 이는 또 어느 시대의 미감인지! 이렇게 다른 감각의 불상을 만나면 그 시절 마음이 느껴져서 묘하게 설렌다.

말없이 들리고 보이는
봉정사의 공간 미학

우리 건축의 맛은 아무래도 마당이 아닐까? 봉정사의 마당은 결코 광활하지도 않으며 절대 좁지도 않다. 네 면에 자리한 건물들이 긴

밀한 관계를 형성할 정도의 마당이다. 사람들은 절집 구경을 하다가도 자연스럽게 대웅전 마당으로 모여들고 누가 시키지도 않았는데도 툇마루에 앉아 한참을 머문다. 만세루의 마루가 가장 인기가 높다. 누각은 푸르른 숲이 스며들어 너른 대청에서 바라보이는 풍경에 가슴이 시원해진다.

봉정사는 전각이 많지 않은데도 하나하나가 그 나름의 완벽한 이유를 갖고서 있어야 할 자리에 위치한다. 대웅전을 중심으로 하나의 세계가 형성되고, 극락전을 중심에 둔 또 하나의 세계가 그 옆에 나란히 이어진다. 그 중심에는 화엄강당이라는 공간이 있다. 지금은 종무소로 사용되지만 그 옛날에는 현판에 적힌 이름처럼 스님들이 모여 화엄의 세계를 깊이 탐구하는 장소였을 것이다.

화엄을 공부하는 장소를 중심으로 동쪽에 대웅전, 서쪽에 극락전이 장엄한 두 개의 세계를 표현하고 있으니, 이 단출하고 단아한 절집이 품은 세계관이 참으로 크고 명명백백하다. 복잡하지 않으면서도 심오한 철학적 풍경을 보여준다.

그런데 몇 년도에 지어졌는지도 모르면서 현존하는 가장 오래된 전각이란 사실은 어떻게 밝혀냈을까? 극락전의 건립연대는 1972년 전각을 해체 수리할 때 발견된 문건들에서 유추한 것이다. 한지에 쓴 상량문에는 명나라 연호인 천계5년, 즉 1625년(조선 인조3년)에 중수되었으며 고려 공민왕 12년(1363년)에 옥개(지붕) 부분을 크게 수리한 사실이 담겨있었다.

보통 전각을 지으면 통상적으로 백 년에서 백오십 년이 지나야 옥개를 수리하게 되므로, 1363년에서 백 년에서 백오십 년 전

현존하는 가장 오래된
건축물인 극락전.
장식을 배제한 단정한 건물이다.
불단에는 아미타불이
홀로 앉아 계신다.

에 지어진 건물로 추정한 것이다. 이렇게 본다면 1200년대 초까지로 건립연대가 올라갈 수 있다. 역추적으로 연대를 찾아가는 셈이다.

극락전은 어느 시점에는 대웅전처럼 꽃살문이 있고 마루가 깔린 절집으로 변화했다가, 1970년대 문화재 수리 과정에서 그 옛날 원형을 복원해 나갔다. 지금처럼 여닫이문과 살창으로 정면을 바꾸고, 측면의 창은 없앴으며 마루를 떼어내고 그 아래 남아있는 전돌 바닥을 정비했다. 지금은 찾아보기 어려운 옛 시절 건축 요소를 되살려 낸 것이었다. 바닥은 2003년 보수공사를 진행하면서 마루를 깔았다. 신을 신고 법당을 드나드는 건 이미 너무나 오래전 풍습이었다. 몸을 낮춰 절을 올려야 하는 지금 관습과는 맞지 않았던 것이다.

처음엔 조선시대 건물로 보았던 대웅전의 연대 역시 점점 더 올라가고 있는데, 거기에도 이유가 있다. 2000년 대웅전을 수리할 때 불단 바닥에서 지정 21년 신축년(1361년)에 불단을 제작했다는 내용과 시주자 이름까지 적힌 묵서를 확인한 것이다. 이로써 1361년에 대웅전의 중수가 대대적으로 이루어졌음을 밝히게 되었고, 대웅전의 연혁이 조선 초에서 고려 말로 상향 조정된 것이다. 이 묵서 내용에는 법당에 아미타불, 관세음보살, 대세지보살의 아미타삼존불이 있었으며, 관세음보살의 금박이 떨어져 3개월간 개금(금칠을 다시 하는 것)한 사연도 실려 있다. 지금의 삼존불과 후불화의 잘못된 만남을 파헤쳐 볼 실마리를 하나 갖게 되었다.

만세루 누마루에서 한참 쉬었다가, 바로 옆에 자리한 영산암을 보러 갔다. 영산암은 봉정사와 구조가 많이 닮았다. 우화루의 낮고 좁은 문으로 들어서서 계단을 오르면 정면에 주불전이 있고 양편으로 스님들의 생활 공간인 요사채와 공부하는 장소가 자리한다. 이렇듯 네모난 마당을 중심으로 전각을 채우는 건 완결된 하나의 세계를 보여주려는 의도가 담겨있다. 정말이지 이 세계는 그 자체로 충분하며 다른 것은 불필요하다. 아늑한 공간감이야 말할 것도 없다.

작은 암자답게 우화루는 작고 소박하며 생활의 흔적이 곳곳에 남아있다. 스님들 신발이 댓돌 위에 놓여있음에도 어찌나 조용한지 내 발걸음 소리마저도 세상의 요동처럼 크게 들렸다. 주불전은 응진전이다. 나한을 모신 나한전의 다른 이름이며, 16나한과 석가모니부처님이 자리한다. 봉정사 대웅전의 부처는 작고 단정한데, 영산암 응진전 부처는 열린 문으로도 다 보이지 않을 정도로 크다. 불단 주변에 앉은 나한들도 좁은 전각에 아랑곳하지 않고 크고 훤칠한 인상을 보여준다.

법당 문 앞에 나한상 얼굴에 우담바라가 피었다는 안내문이 붙어있다. 삼천 년에 한 번 핀다는 전설의 꽃 우담바라! 제8나한인 벌사라불다라 존자의 수염 근처에 하얀 티끌이 돋아나 있는데 그것이 우담바라란다. 눈을 비벼가며 찾아보면 희끗한 게 보이긴 하지만 너무 작아서 사진으로 담는 데는 실패했다. 그래도 보긴 보았다. 우담바라를 친견하는 건 상서로운 세계와 만나는 일이다. 무엇을 보았는지 확신할 수 없었지만 보았으므로 뿌듯하고 의젓한 마음이 들었다.

영산암도 봉정사처럼
우화루의 누하문을 통해
안마당으로 들어선다.
몸을 낮춰 낮은 데서
높은 곳으로 오르면서
마음이 경건해진다.

봉정사와 도산서원,
완결된 두 세계가 나란히 이어지고

1516년 봄, 열여섯 소년 퇴계가 봉정사에 왔다. 안동부사에 부임한 숙부 송재 이우가 아들 이수령과 함께 공부하라는 뜻에서 부른 것이었다. 둘은 봉정사에서 반년에 걸쳐 독서를 이어갔다. 두 젊은 선비의 공부를 위해 짓고 있던 애련정이 완성되자 그들은 봉정사를 떠났다.

그로부터 오십 년 후 퇴계는 다시 봉정사를 찾았다. 오십 년 전 거닐고 바라보던 명옥대 골짜기에 올라 지난 시간들을 떠올렸다. 함께 놀던 친구들은 모두 세상을 떠났다. 홀로 남은 쓸쓸함이 밀려왔다. 퇴계는 봉정사 만세루에 남아있는 선비들의 시문에 이어 봉정사에서의 감회를 담은 시를 지었다.

법당 서쪽에 누각 하나 가로질러 있는데
신라 때 창건하고 몇 번이나 중창되었던가.
부처가 등불 타고 내려왔다는 말은 참으로 허황되고
태가 왕기를 일으켰다는 말도 정히 진실이 아니네.
빗기를 잔뜩 머금은 산은 녹음이 더욱 짙고
화창한 봄을 전송하는 새는 정답게 지저귀네.
젊은 시절 머물렀던 곳에 표류하듯 이르고 보니
백발노인 헛된 명성 구한 세월이 한탄스럽네.

_ 퇴계 이황, 『퇴계집』

조선시대 유학자들에게 봉정사는 학문의 공간이자 사색의 장소였다. 많은 선비들이 소년 시절 공부하러 사찰에 드나들었다. 퇴계의 형제들도 모두 용수사를 공부방으로 삼았다. "내 나이 열여섯 살에 이곳에서 독서를 하였다."라는 퇴계의 회고는 만세루에 서있던 소년의 맑은 얼굴을 떠올리게 한다. 그때 읽은 책은 유학서의 기본인 사서삼경일 것이다. 우리 주변에도 공부하러 절에 들어간 사람들 이야기가 심심찮게 들리곤 하는데, 이런 학업 행태가 조선시대부터 이어지는 유구한 역사인 줄은 몰랐다.

시문에 등장하는 법당 서쪽 누각은 조금 전에 내가 올랐던 만세루다. 만세루는 당시 남덕루, 덕휘루라고도 불렸다. 남덕과 덕휘는 중국 고사에서 유래된 말이니, 유학자들의 인식 속에서 빚어진 언어들이었다. 퇴계가 시로 썼듯이, 봉정사가 신라 때 창건된 절이라는 사실은 당시에 널리 알려진 이야기였던 모양이다. 능인스님이 수행하던 중에 하늘에서 천 개의 등이 내려와 산을 환하게 밝혔다는 데서 산 이름이 천등산이 되었다는 설화나 고려 공민왕 때 왕자의 태를 묻은 태실을 두었다는 등의 신령스러운 이야기를 퇴계는 썩 탐탁잖게 여겼던 것 같지만, 그럼에도 이런 시문들이 사찰의 역사를 밝히는 데는 매우 유용한 정보가 된다.

퇴계가 머물렀던 곳이니 퇴계의 제자들은 봉정사를 성지처럼 여겼다. '봉황이 머문다'는 봉정의 의미가 퇴계가 머물던 곳에서 비롯된 것으로 남다르게 받아들였다. 명산이고 명찰이라서가 아니라 퇴계 선생이 독서한 곳이라서 봉정사는 중요한 장소로 강조되었다. 유학자들은 지금 우리와 다른 의미로 사찰을 중요하게 여기고 또 증오하기도 했다. 사찰의 의미와 역할이 시대마다 다르게 적힐 수 있다는 점이 흥미롭다.

1997년 또 하나의 사건이 봉정사에서 발생했다. 대웅전 삼존불상 뒤에 걸린 후불화를 수리하느라 걷어냈더니 벽화가 나온 것이다. 석가모니부처님이 영축산에서 법회를 열었던 장면을 담은 「영산회상도」였는데, 불보살의 얼굴이 날카로운 것으로 긁혀 훼손된 상태였다. 전문가들은 인위적인 훼손이라고 판단했다. 긁힌 자국 위에는 붓질한 자국과 종이와 접착제의 흔적도 있었다. 사건 현장을 덮으려 시도했으나 여의치가 않았던 것일까? 훼손된 벽화는 그 위에 족자 형태로 된 아미타불의 후불화를 걸어서 가렸다.

누가 어떤 이유로 벽화를 훼손했을까? 여기에는 두 가지 해석이 존재한다. 새로운 불화를 조성하게 되면, 과거의 불화는 의식을 행하고 태워버리는 게 불교의 전통이다. 그래서 후불화를 새로 조성할 시점이 되자, 종교성을 상실한 벽화를 폐기하는 의식으로 얼굴을 훼손하고 한지를 덮었을 것이라는 의견이다.

또 다른 쪽에서는 조선 초기 유생들이 범인이라는 의혹을 제기한다. 조선 초에는 혈기왕성한 젊은 선비들이 사찰을 파괴하고 불상을 훼손하는 일이 심심찮게 발생했다. 퇴계를 봉황이라 여겼던 유학자들이라면 능히 가능했을 것이다. 수백 년이 흘러버린 지금은 영구미제사건이 되고 말았지만, 보기 드문 조선시대 벽화를 확인한 것만으로도 고미술계에서는 중요한 성과로 남게 되었다.

이런 생각을 따라서 도산서원으로 향했다. 봉정사에서 동쪽으로 30킬로미터 떨어진 곳에 자리한 도산서원은 봉정사만큼이나 단단하고 작은 집들이 유기적으로 연결되어 하나의 세계를 완성하고 있었다. 오래된 절집을 보는 것처럼 준엄하면서도 인간미가 풍겼다.

퇴계가 직접 짓고 후학을 가르쳤다는 도산서당은 지금도 서늘하고 소박한 품격이 있었다. 경사에 놓인 계단을 올라가며 서고, 기숙사인 동재와 서재, 강학을 하는 전교당, 사당을 둘러보고 다시 내려오면서 일꾼들이 살림을 하는 상고직사, 하고직사와 제자들의 생활 공간인 농운정사를 쭉 훑어보았다. 키 낮은 매화나무가 어우러지며 공부 공간과 생활 공간, 사당 공간으로 영역을 구획하고 있었다.

도산서원도 문을 통과하면서 새로운 세계가 하나씩 열린다. 문지방에 휘어진 나무를 사용한 것이며 네모난 마당을 사이에 두고 동서남북으로 건물을 세워 오롯이 하나의 세계만을 바라보게 한 것이며, 물길로 막히고 숲 따라 난 외길로만 바깥으로 나갈 수 있는 은둔적인 분위기도 사찰과 크게 다르지 않았다. 봉정사가 아름다운 만큼 도산서원도 눈부셨다.

도산서원 앞을 흐르는 낙동강 건너편에 '시사단'이라는 유적지가 있다. 동그란 인공섬인 그곳은 때때로 물이 줄어들면 육지가 되는 기묘한 장소다. 과거를 볼 때 한양까지 오지 말고 도산서원에서 보라는 교지가 내려진 것에 감읍하여 세운 비석이 있다. 시사단은 신비로운 분위기를 풍겼다. 연못에 조성하는 인공자연인 석가산 같았고 불가에서 세계 중앙에 솟아있다는 수미산 같았다.

완벽한 하나의 세계 옆에 또 다른 완벽한 세계. 나는 이 두 세계가 적어도 공간적으로는 매우 닮아있음을 알 수 있었다. 서로 통할 수 없을 줄 알았던 두 세계였지만, 사실 이쪽과 저쪽의 경계란 애초에 없었다. 정점을 향한 세계는 서로 닮는다. 그리고 서로 통한다.

도산서원 앞을 흐르는 낙동강에
인공섬을 쌓고 시사단을 세웠다.
이상 세계의 신비로움이 가득하다.

끽다거,

차
한잔
들고
가시게
。

만덕산 백련사,

두륜산 대흥사 일지암

유학자와 승려가
차로 교류한 사연

불교를 배척하던 유학자들은 과연 스님들과 친구가 될 수 있었을까? 숭유억불 정책으로 불교를 억압하던 조선시대에도 엄연히 불교문화가 유지되었고, 유학을 공부하는 사대부들도 어린 시절부터 절집을 다니며 공부하고 사찰 숲의 풍요로움을 즐기며 시문을 남긴 사연들이 적지 않다. 어느 시대나 똑 잘라 말할 수 없는 뒤섞임의 풍경들이 있다. 알려지지 않은 그 삶의 틈새들이 참으로 흥미롭다.

이윽고 정조에 이르면 『부모은중경』처럼 효를 강조하는 불경에 깊은 감흥을 받아 용주사를 세우기까지 한다. 정조는 그 자신이 법신인 비로자나불의 현현으로 나서며, 유학의 근간을 이어가면서도 불교와 접목하여 백성들에게 다가가려 했다.

이 장면은 다음에 다시 이야기하기로 하고, 오늘은 스님과 선비, 둘 사이의 브로맨스에 집중해 보기로 하자.

불교문화가 새로운 중흥기를 맞게 된 18세기 즈음, 강진에서는 주목할 만한 만남이 탄생했다. 유배를 떠난 다산 정약용과 혜장 스님의 만남이 그것이다. 만덕산 깊은 골짜기에 초당을 짓고 공부하고 책을 쓰며 제자를 길러냈던 정약용은 동쪽 골짜기 너머에 있는 백련사(정약용이 유배 왔을 무렵엔 만덕사라 했다)의 주지 아암 혜장과 깊은 교유를 나누었다.

하루는 다산이 혜장의 거처로, 그다음에는 혜장이 다산의 거처로 왔고, 그러다 어느 날은 서로의 중간에서 만나 끝도 없이 담화를 나누고 헤어졌다는 아름다운 장면이 만덕산에 아로새겨졌다. 다산이 『시경』 『서경』 『주역』을 읊으면 혜장은 『화엄』 『능엄』 『원각경』으로 답했다.

이들의 교류는 유학과 불교가 서로 섞이며 각자의 활동을 더욱 깊게 했다. 다산은 대흥사와 백련사의 역사를 기록한 『대둔사지』와 『만덕사지』를 편찬하도록 지도했고, 삼국시대부터 고려 초까지 불교 역사를 정리한 『대동선교고』를 짓기도 했다. 『논어』를 좋아하던 혜장이 40세의 젊은 나이에 입적하자 정약용은 "묵명유행(墨名儒行), 승려의 이름으로 선비의 행실을 보였다."고 비문을 기록했다. 이렇듯 학문적 영역에서 정약용이 우애를 보였다면 혜장은 무엇으로 그 우애에 답했을까? 그것은 바로 차였다.

이들의 만남에 차를 빼놓을 수 없다. 다산과 혜장의 교유는 차 문화연대기인 『동다송』을 쓴 초의선사, 경계를 넘나드는 예술문사 추사 김정희, 차를 빚고 글을 빚던 정약용의 제자 이시헌까지 이어지는 선비와 승려의 만남을 이루어냈다. 그리고 언제나 그 중심에는 차가 있었다.

초의는 스물넷이었던 1809년 혜장을 통해 마흔셋의 정약용을 만나 스승으로 모시며 여러 유학자들과 교류했다. 추사와는 동갑으로 40여 년간 우정을 이어갔다. 다산과 함께 조선 최고의 다인으로 추앙받는 추사와 초의도 차로 맺어진 인연이었다. 차를 빚고 차를 나누고 차를 마시며 관계도 더없이 끈끈해졌던 것이다.

과연 차가 무엇이기에, 꼬장꼬장 기고만장했던 선비들이 스님들에게 차를 좀 내놓으라 구걸하고, 차를 보냈다고 생색을 내고, 차를 주지 않겠다고 으름장을 놓고, 차를 맛나게 잘 좀 만들라고 충고와 조언을 했을까? 그리고 어째서 스님들은 선비들에게 나눠줄 만큼 차를 많이 갖고 있었을까?

중국의 차가 우리에게 전래된 것은 통일신라 때인 8세기 전후로 본다. 흥덕왕 때(823년) 당나라에서 가져온 차나무를 지리산 자락에 심고 진감선사가 가꾸어나간 그곳이 바로 하동 쌍계사에 가면 볼 수 있는 차나무 시배지다. 이때부터 국가행사, 그리고 불교행사에 차를 공양하는 다례문화가 탄생했다. 부처님 그리고 스님에게 향, 등, 과일, 차, 밥, 꽃을 올리는 육법 공양은 지금까지도 널리 행해진다.

사찰에서 차의 쓰임새도 많아져서 사찰 주변에는 차를 만들어 사찰에 제공하는 다촌이 형성되었다. 참선을 통해 스스로를 깨닫는 선사상이 널리 퍼지면서 차는 수행을 돕는 존재로 스님들 곁을 지켰다. 선다일미(禪茶一味), 선과 차 곧 그 경지가 같았다.

스님의 화두에도 차가 등장한다. '끽다거'는 당나라 선승인 조주 종심이 던진 유명한 화두다. 불법의 뜻을 구하러 온 수행자에게 '차 한잔 들고 가시게.' 즉 '끽다거'라는 말을 던졌으니, 뜻을 구하는 모든 사람들은 같은 차를 마시며 각기 다른 진리를 얻어 갔다고 한다.

승려들이 수행을 위해 차를 마셨다면 선비들 역시 수신(修身)을 위해 차를 즐겼다. 차는 온전한 품성을 회복하도록 도와주는 존재였다. 정약용은 10대 시절 부친의 부임지인 화순의 동림사에서 차를 접했다고 한다. 세밀한 관찰력과 취향을 가진 다산은 20대가 되자 햇차를 기다렸다가 받아 마시고 찻물까지 품평할 정도로 섬세한 차 습관이 형성되었다.

> 백아곡의 새 차가 싹이 처음 나왔는데
> 그곳 마을 사람에게 한 포를 겨우 얻었네.
> 제천이라 수질은 그 얼마나 맑은지
> 은병에 길어다가 시험 삼아 끓여보네.
>
> _ 다산 정약용, 『여유당전서』

정약용의 차 생활은 차의 고장인 강진에서 유배를 하면서 더욱 깊어졌다. 정약용의 거처이자 학문의 중심지였던 만덕산 깊은 곳의 초당. 차나무가 많던 그 산을 다산이라 불렀던 데서 정약용의 호가 '다산'이 되고 초당의 이름도 다산초당이 되었다. 다산초당은 차를 만들고 나누며 차인(茶人)을 양성했다는 점에서도 의미가 깊다.

표표히 명맥을 이어오던 강진의 차 문화는 다산과 만나 깊고 큰 뿌리를 형성한다. 차 문화사를 정리한 책 『동다송』을 쓴 대흥사의 초의선사가 다산의 제자가 되어 유불을 함께 교류했고, 다산의 제자인 이시헌이 백운봉 아래에서 자란 찻잎으로 차를 만들어 지금까지도 그 후손이 '백운옥판차'의 명맥을 이어오고 있다. 강진은 고려시대부터 도기를 굽던 가마터가 있어 그 파편을 확인할 수 있는 지역도 흩어져 있다. 그 흐름은 지금까지 이어져 이 지역에는 차와 도예를 겸한 장인들이 다수 활동한다.

강진 월출산 자락에는
너른 차밭이 형성되어 있다.
봄에 어린 찻잎을 수확하고 나면
가을엔 흰 꽃이 핀다.

그러니 강진에선 사찰만 보아서도, 초당만 보아서도, 차만 맛보아서도 안 된다. 이 세 가지를 함께 경험해야 강진의 풍경을 꿰어놓을 수 있다. 그러니까 나는 백련사에서 차밭을 보고 초당으로 넘어가면서 다산과 혜장의 걸음을 흉내 내어볼 것이고, 월출산 아래 펼쳐진 너른 차밭과 백운동별서에서 실컷 찻잎의 기운을 흡입할 것이다. 그러고 나면 해남으로 내려가 초의선사가 은거했던 대흥사의 일지암으로 올라갈 것이다.

백련사에서 대흥사까지 약 25킬로미터의 길은 그냥 길이 아니었다. 각자의 길을 찾으려 하면서도 서로의 길을 아꼈던, 학문과 취향과 마음으로 이어진 길이었다. 나는 차 향기 감도는 문화루트를 되살려 보고 싶은 마음이었다.

제 방식의 질서대로
움직이고 살아가고

구름은 지평선에서 계속 생성되고 커졌다가 사라진다. 물기를 머금은 바람이 부드럽다. 만덕산에 이르렀을 때는 태양도 노란빛이 강해져서 나무도 절집도 따뜻하게 보였다. 혜장스님이 계셨다는 만덕사는 이제 백련사라 불린다. 일주문에 들어서자마자 동백나무가 가득하다.

동백꽃은 겨울꽃인데, 백련사에서는 2월에서 4월까지 핀다. 지금 10월은 씨앗이 여물어가는 계절이다. 아기 주먹만 한 열매를 들춰보니 호두처럼 두껍고 단단한 씨방 속에 육쪽마늘 모양으로 씨앗이 들어있다. 그 많은 동백나무마다 열매가 한가득 달려 가지가 휘어질 지경이다. 몇 알을 주워 호주머니에 넣었다. 동백나무와 차나무는 친척이다. 차나무를 만나기 전에 동백의 인사를 받으니 마음이 흡족하다.

남도의 지역적 특색일까? 사찰도 온화하고 다정한 느낌이 든다. 드러내려 애쓰지 않으면서도 멋스러움이 살아있다. 태백산맥에 얹힌 사찰들이 거친 자연에 내면의 웅대함을 투영하면서 다른 세계로 향하는 문을 발견하려 했던 것과는 과연 기운이 다르다. 절집의 기운은 자연의 기운과도 이어진다. 땅의 기운은 사람의 기운이기도 하다.

백련사는 크지 않은 사찰이지만 다채로운 장면을 품고 있다. 누각 아래의 문을 통과하면 대웅보전 영역으로 성큼 들어선다. 점차 상승하며 다양한 전각을 보여주다가 마지막에 주불전이 있는 게 보통의 가람 양식이라면 백련사는 감정의 '밀당' 없이 주불전으로 직진하는 호방함이 있다. 대웅보전의 번듯한 위엄은 가히 아름답다 하지 않을 수가 없다.

신라 문성왕 때인 9세기경 무염국사가 산 이름을 따서 만덕사를 창건했다. 만덕사가 널리 알려진 것은 고려 말 승려들이 불교를 쇄신하고 나라를 바로잡고자 펼친 백련결사 운동의 중심이 되면서부터이다. 백련결사는 누구나 참된 마음으로 수행하며 정토세계를 염원하면 해탈할 수 있다는 민간수행운동이다. 대웅보전 안에는 백련사(白蓮社)라는 결사의 이름이 적힌 현판이 걸려있다.

고려 말 왜구의 침입으로 소실된 사찰을 조선 초 효령대군의 후원으로 중창하면서 큰 도량으로 키웠다. 지금의 대웅보전은 화재로 불타버린 건물을 중건한 것으로 1762년에 완성되었다. 그러니 이곳 역시 우아한 조선 후기 스타일의 전각이며 불당에 모신 석가모니불, 약사불, 아미타불의 삼존불상도 천진하고 순수한 어린 아이의 표정을 한 조선 후기 양식이다.

절집에도 꽃나무가 가득하다. 나는 이미 한 무더기의 차나무를 만나 기쁨을 나누었다. 차나무는 손톱만 한 흰 꽃을 피우며 씨앗을 키울 준비를 한다. 배롱나무 몇 그루도 아름다운 자태를 보여준다. 응진전 앞에 차양을 드리우듯 배롱나무가 서있는데, 한여름의 쨍한 진분홍색 꽃은 온데간데없고 그저 늙은 가지뿐이다. 꽃의 시절이 그토록 짧은 게 야속하기는커녕 빈 몸으로 서있는 나무의 자태가 고결하다. 스님들은 이 아름다움을 진작 알아보았던 것이다.

절집 구경에 여념이 없는 나에게 한 처사가 인사를 건넨다. 그는 아내와 함께 선방에서 한 달째 머물며 수행하고 있다고 했다. 서울에서 힘든 시절을 보내던 그는 우연히 강진에 왔다가 백련사에 매료되고 말았다. 한 달에 하루 이틀 다녀가던 걸음을 멈추고 아예 백련사에 머무르게 되었다는 그의 얼굴은 평온해 보였다.

처사는 일반 관람객은 보기 어렵다는 진영각의 문을 열어주었다. 백련결사 8대국사의 진영을 모신 곳이다. 대웅보전의 현판이 원사 이광사의 글씨라며 원사와 추사 사이의 해묵은 이야기도 들려주었다. 대웅전 안의 백련사 현판 글씨에 대해 알려준 사람도 그였다. 그리고 우리는 먼 풍경, 강진의 물길을 따라 바닷물이 밀려

백련사 해탈문,
백련사 앞은 동백나무로 가득하다.
2월에는 만덕산 전체가
붉은 동백꽃으로 물든다.

들어 오는 풍경을 한참 바라보았다. 물가의 농토에서 흰 연기가 느릿느릿 피어올라 하늘로 사라졌다.

모든 것이 제 방식의 질서대로 움직이고 살아가는 풍경이었다. 식물은 식물의 길로, 물은 물의 길로, 농부는 농부의 길로, 스님은 스님의 길로. 매일같이 이루어지는 잔잔하고 고요한 풍경을 보는 것으로도 마음이 충만해졌다. 나는 처사가 하루 이틀 오가던 걸음을 멈추고 아예 절집에 머물러 살게 된 이유를 알 것 같았다.

그리고 이 풍경은 다산의 마음 역시 충만하게 했을 것이다. 이 풍경이 있었기에 백련사까지 오는 산길을 기쁘게 걸었을 것이다. 강진의 풍물에 익숙해지기까지 오랜 시간이 필요했을 까다로운 선비도 어느 순간 이곳이 마음에 들어왔을 것이다.

초당으로 가는 길에 그 유명한 백련사 동백숲을 만났다. 빳빳한 푸른 잎사귀에서 생명력이 물씬 올라온 걸 느낄 수 있었다. 동백숲은 동글동글하게 솟아있는 차나무 밭의 풍경을 살짝 감추고 있었다. 동백나무도 차나무도 제 계절이 아니었지만 느슨한 그림자 아래 자신의 속도대로 푸름을 간직하고 있었다.

동백숲에서 30~40분 걸었을까? 깊은 계곡 그늘진 자리에 다산초당이 있었다. 볕이 잘 들지 않아 습한 기운이 뼛속까지 깊게 몰려들었다. 해는 더디 뜨고 빨리 저물었다. 바다를 바라보며 햇볕을 쬘 누정이 가까이에 있으니 그나마 다행이었다. 그렇게 몸을 말리지 않고서는 버티지 못했을 그런 곳이었다.

다산은 자주 앓았고 그럴 때면 차를 마시며 치료했다. 초당에 살 때야 차가 떨어지는 걸 걱정하지 않았겠지만 해배되어 고향 양

백련사는
크지 않으면서도
다채로운 장면을
품은 절집이다.
대웅보전
안에 걸린
현판에는
백련결사에서
이어진
사찰의 역사와
품위가 담겨있다.

평으로 돌아간 뒤론 차를 구비하는 일에 문제가 생기곤 했다. 차를 보내달라며 혜장에게 보낸 '걸명소'는 구구절절해서 애틋할 지경이다.

> 전해 듣자니 석름봉 아래서
> 예로부터 좋은 차가 난다던데
> 지금은 보리 익을 계절인지라
> 기도 피고 창도 돋아났겠다.
> 궁한 살림 굶는 것은 습관이라
> 누리고 비린 것은 비위가 상해
> 돼지고기와 닭죽 같은 음식은
> 호사로워 함께 먹기 어렵고
> 더부룩한 체증이 아주 괴로워
> 이따금 술 취하면 깨지 못한다네.
> 스님의 숲속 차 도움을 받아
> 육우의 차솥을 좀 채웠으면.
> 보시하여 병만 낫게 만들면야
> 물에 빠진 자 건져줌과 뭐가 다르겠는가.
> 불에 쪄 말리기를 법대로 해야
> 우렸을 때 빛깔이 해맑으리라.

_ 다산 정약용, 『여유당전서』

속탈이 많았던 선비가 차를 달라며, 이왕이면 맛있게 잘 만들어서 보내라며 까탈스럽게 보챈다. 차를 달라고 요청하는 시문을 '걸명소'라 하는데, 차에 대한 수요는 많으나 차가 부족했던 당시 선비들은 차를 구걸하는 시문을 자주 나누었다. '걸명소'는 이 시기 우리 차 문화가 중흥을 맞으면서 생겨난 재미난 사건이었다.

두륜산 일지암에서
월출산 백운동으로

오래전 어느 무더운 여름날, 고창 선운사에 도착한 나와 일행은 매우 지쳐있었다. 대웅전 옆에 작은 누각이 있었는데, 탁자 위에 찻잔과 뜨거운 물이 든 보온병이 있었다. 열기에 빨갛게 익은 우리는 차탁에 둘러앉아 찻잎을 뜨거운 물에 우려 조금씩 나눠 마셨다. 갈증이 내려가고 몸에 힘이 돌았다. 몇 잔 더 나눠 마시고 나서 그릇을 닦아두고 나왔다. 따뜻한 차의 힘으로 우리는 여행을 이어갈 수 있었다. 그때 이후로 절집에서 마시는 차에는 값을 매길 수 없는 가치가 있다는 생각을 갖게 됐다.

대흥사의 산중 암자인 일지암은 초의선사와 차 이야기가 흐르는 곳이다. 우리 차 문화를 이야기할 때 초의선사, 그리고 초의가 쓴 『동다송』을 빼놓지 않는다. 『동다송』은 정조의 부마인 해거도인 홍현주의 요청으로 우리 차 문화에 대해 쓴 책이다. 초의선사는 직접 차를 재배하고 차를 빚은 풍부한 경험으로 차의 전설과 효능, 차의 이름과 품질, 차를 만드는 법, 끓이는 법, 마시는 법을 두루 아우르는 글을 남겼고, 우리 차가 중국차에 뒤지지 않는다는 생각을 선비들과 나누었다. 초의도 차인, 해거도인도 차인이었다.

두륜산 대흥사는 아름다운 숲길을 지나 한참을 올라가야 나온다. 단풍이 막 시작된 숲은 조금씩 붉게 물들어 가고 있었다. 찰찰한 물소리를 내는 냇가를 건너기 전에 커다란 고택 여관이 있었다. 오래전부터 그 자리에서 대흥사에 오는 손님들을 맞았다는 유선여관이다. 현대적으로 매만진 고택이 주변의 숲과 물에 어울려 청명한 운치를 풍긴다.

대흥사는 천왕문 대신 해탈문이 있다. 불교에서는 수미산 정상에 제석천이 다스리는 도리천이 있고 그곳에 불이문, 즉 속계를 벗어나 법에게 들어가는 해탈문이 서있다고 한다. 그러니 불이문, 해탈문, 천왕문은 이름은 달라도 모두 '여기서부터는 부처님 세계'임을 알리는 문이다. 양쪽으로는 코끼리와 사자에 올라탄 어린 동자가 연꽃을 들고 있다. 사자 쪽은 문수보살, 코끼리 쪽은 보현보살이다. 해탈문은 2002년에 새로 조성한 건물인데, 우락부락한 사천왕보다는 귀엽고 다정한 인물을 두는 게 요즘 스타일인가 보다.

두륜산은 대둔산, 대흥산 등의 이름으로 불렸고, 그에 따라 사찰 이름도 대둔사였다가 대흥사가 되었다. 산은 높지는 않으나 봉우리가 물결치듯 이어져 붉게 물든 골골 어디로 이어질지 가늠하기가 어렵다.

대흥사는 사찰 구조가 매우 특이하다. 금당천이 동서로 흐르며 절집을 북원과 남원으로 갈라놓았다. 대웅보전이 있는 북원 영역은 사찰 창건부터 형성된 영역이고, 천불전과 승방이 있는 남원

두륜산 대흥사.

금당천이 대흥사 경내를
남북으로 나눈다.
북원에는 주불전인
대웅보전이 있으며(위),
남원에는 천불전과 승원을 포함한
많은 전각들이 자리한다(아래).

은 확장된 영역이다. 남원의 남쪽에는 표충사 영역과 대광명전 영역이 따로 조성되어 있는데 이곳은 별원이라 구분한다. 표충사는 임진왜란 때 승병을 이끌었던 서산대사의 진영이 봉안된 곳으로 유물이 전해져 온다. 절에서는 흔치 않은 유교식 사당이다. 이런 이유로 대흥사는 호국사찰과 차의 성지라는 두 가지 별명을 가진다. 산중 암자는 열 곳 정도 된다.

일지암 가는 길이 급했으나 유네스코 문화유산 산지승원에 속하는 대흥사를 그냥 지나칠 수 없다. 금당천을 지나 북원으로 들어서자 지금까지 흐르던 시간의 문이 닫히고 다른 문이 열린다. 아늑하고 고요한 세계. 이제야 불이문을 제대로 통과했나 보다.

일찍이 서산대사가 전쟁을 비롯한 삼재가 미치지 못할 곳으로 만년 동안 훼손되지 않는 땅이라 했다는 이곳! 장소의 온화한 기운이 깊게 다가온다. 여기는 오래전부터 이런 형태로 절집이 있었을 것만 같았다. 만년의 시간이 하루처럼, 하루가 만년처럼 시간이 흐를 법도 했다.

높은 기단 위에 자리한 대웅보전은 백련사 대웅보전처럼 우아한 권능이 가득하다. 대웅보전이라는 편액도 백련사와 마찬가지로 원교 이광사의 글씨인데, 대(大)자가 사람이 걸어가는 것처럼 율동감이 넘친다. 그 앞에 스님들 생활 공간인 백설당의 현판은 추사 글씨다. '무량수각'이라는 글씨도 추사가 제주도 유배 중에 썼다고 한다. 두 사람의 글씨는 영 딴판이지만 각자의 영역에서 명필이라 여러 사찰에서 모각해 갔다.

이 글씨에는 전설 같은 이야기가 따라다닌다. 유배지로 가던

원교 이광사가 쓴
대웅보전 현판.

길에 대흥사에 들른 추사가 이광사의 글씨를 크게 비난한 일이 있었다. 그 뒤 유배에서 풀려나 고향으로 돌아가던 길에 다시 대흥사에서 원교의 글씨를 마주한 추사는 그때와 생각이 달라져 있었다. 제주에서 산전수전을 다 겪으면서 추사는 유배의 울분을 떨리는 붓끝에 담아냈던 원교의 마음을 깊이 이해할 수 있었다. 그는 이전의 비난을 부끄러워하며 거둬들였다.

추사와 원교 하면 언급되는 이 사연은 유홍준 선생의 책에서 비롯되었다. 이 에피소드의 진위 여부에 대해서는 학자마다 의견이 분분한데, 최근에는 사실이 아니라는 쪽으로 기울고 있는 것 같다. 그러고 보면 우리가 틀림없는 역사라고 알고 있는 것들도 얼마나 진실에 가까울지 장담할 수 없다.

나란히 자리한 건물에는 추사가 쓴
현판이 있어 함께 살펴볼 만하다.

일지암이 자리한 산 중턱까지 올라갔다. 앞으로 보아도 산, 뒤로 보아도 산이다. 속세의 그림자가 들어설 여지가 없는 고요한 세계가 두둥실 떠있다. 조그마한 수행처였던 일지암은 초의스님이 입적한 후 돌보는 이가 없어 폐허가 되었고 '초암터'라는 이름만 남아있었다고 한다. 대흥사 주지이기도 했던 응송스님이 1980년대에 이 터를 확인하고 일지암을 다시 세웠다.

담으로 둘러싼 주불전보다는 숲과 가까운 곳에 자리한 작은 초옥에 왠지 마음이 더 끌렸다. 일지암이라는 현판을 걸고 있는 이 초옥이 옛 암자를 닮게 만든 것임을 쉽게 알아차릴 수 있었다. 바위틈에서 솟아오른 물이 물확에 고였다가 자연스럽게 흘러넘쳐 냇물을 이룬다. 그 앞으로 층층이 차밭이 펼쳐진다.

초의선사 시절
일지암 초당이
이렇지 않았을까?
선방을 지키는
견공이
고요한 암자에
생기발랄한 기운을
불어넣는다.

냇물 건너 초옥으로 향하는데 순하게 생긴 견공이 길목을 지키고 있다. 내가 초옥을 구경할 동안은 관심이 없는 듯 몸을 낮추고 있더니, 누마루가 있는 산방으로 다가가자 벌떡 일어나 으르렁거린다. 짐작건대 산방은 스님들 공간이고, 견공은 주인의 공간을 지키려는 듯했다. 견공에게도 견공의 뜻이 있으리라. 나는 견공의 심기를 거스르지 않기로 하고, 손톱만 한 흰 꽃이 송골송골 맺힌 차밭 쪽으로 방향을 돌렸다.

차꽃의 향기에 이끌린 벌들이 한창 꿀을 저장하느라 바쁘다. 파란 하늘 아래 굽이굽이 두륜산이 펼쳐진다. 이 풍요롭고 거대한 산에게 만년의 시간은 그리 긴 시간이 아니었겠다. 인간의 수명은 한 번의 호흡이라 했던 사람이 누구였더라. 호흡을 할 때마다 죽고 다시 태어나는 존재와 영원처럼 살아가는 존재, 그 둘이 과연 서로 다르다 할 수 있을까?

산을 보고 절집을 보니 시간을 헤아리는 일이 무색해진다. 인간사에 대해 우리가 들을 말은 오직 이것뿐이다. "차 한잔 들고 가시게!" 그런데 차를 내어줄 스님이 오늘은 절집에 아니 계신다.

마지막으로 가볼 곳은 정약용의 제자 이시헌의 손길이 남아 있는 별서정원이다. 백운동원림이 있는 월출산 자락으로 향한다. 월출산은 풍요롭고 활기찬 생명력을 가진 두륜산과 다른 느낌으로 힘차고 아름답다. 범이 누운 모습을 닮아 범바위라 불리는 흰 봉우리가 산세를 이끌며 거침없는 웅장함을 내비친다. 봉우리 아래는 완만하게 펼쳐지며 짙은 초록의 동글동글한 차숲이 빽빽하게

깊은 숲속에 자리한 백운동별서는
다산으로부터 이어진 강진 차문화의 역사를 간직하고 있다.
이곳에서 이어져 온 백운옥판차의 전통을
강진 이한영차문화원에서 맛볼 수 있다.

들어서 있다.

강진 월출산 다원은 태평양의 녹차 브랜드 설록차가 시작된 곳이다. 제주에 다원을 크게 가꾸고 있지만 월출산에서 가장 넓은 차밭 역시 태평양다원의 것이다. 다산의 제자인 이시헌이 살면서 차를 만들던 백운동별서는 태평양다원과 이어지는 숲 안쪽에 자리하고 있다.

이시헌의 할아버지 이담로는 별서를 짓고 분가하여 살면서 둘째 손자인 이시헌을 데려와 공부를 가르쳤다. 다산 정약용을 만났을 때 이시헌이 겨우 아홉 살. 그러나 품성이 진실했던 그는 다산의 제자가 되어 가르침을 받았다. 그는 할아버지의 별서를 보금자리로 하여 가정을 꾸렸고 이곳에서 학문을 이어갔다. 그리고 온갖 곡식이 윤택해지는 곡우절기 즈음 새로 피어난 찻잎을 따서 차를 만들어 스승에게 보냈다. 속앓이를 자주 하던 스승이 마시기 편하도록 차는 순하고 부드럽게 만들었다.

다산이 마신 차는 찻잎을 세 번 찌고 덖은 뒤 잘 갈아서 엽전처럼 뭉쳐서 굳힌 떡차였다. 다산의 방식대로 빚은 차는 대대로 이어졌다. 후손인 이한영은 가장 어린 새싹만을 골라 덖은 녹차에 백운옥판차라 이름을 붙였다. 이한영의 후손들도 계속 차를 빚어왔고 덕분에 이백 년 전의 차 맛을 지금에 와서도 경험할 수 있다.

나는 이한영차문화원에 들러 떡차와 옥판차를 맛보았다. 옥판차는 맑고 은은하며 입안에 감도는 향이 좋았다. 홍차처럼 붉은 빛이 감도는 떡차는 신기하게도 찻잎이 풀어지지 않고 계속 동글납작한 엽전 형태를 유지했다. 향기롭고 따스한 차 맛에 쌓인 피로

가 서서히 풀린다.

그래도 선비와 승려라면 차를 마시는 데서 그치지 않았을 것이다. 차는 본성에 이르는 도구이며 홀로 있을 때 더욱 순수해지는 벗이었으므로.

> 홀로 마시면 그윽하고 둘이 마시면 배어난 것이요,
> 셋은 멋이라 하고 대여섯은 덤덤할 뿐이요,
> 일고여덟은 그저 나누어 마시는 것이다.
>
> _ 초의선사, 『동다송』

초의선사가 『동다송』에서 말한 찻자리는 이처럼 고요했다. 홀로 혹은 둘, 많아도 셋까지만 함께하라는 충고는 새겨들을 만하다. 일지암을 새로 일으킨 응송스님은 초의선사의 다풍과 다선을 계승해 온 차인이기도 하다. 그런데 스님이 쓰던 차 도구는 초의선사의 것으로 추정되는 옹기 주전자 하나와 손때 묻은 청자 찻잔 두 점이 전부였다고 한다. 내가 평소에 마시는 티테이블을 생각해 본다. 찻주전자 하나와 찻잔 두 개, 내가 가져야 할 차 도구도 그 이상일 필요가 있을까?

끝없이
방랑하는
도시

○

경주

폐사지 산책

서쪽은 부처님,
동쪽은 수호자

경주의 절집 하면 감은사지가 가장 먼저 떠오른다. 죽더라도 동해 용왕이 되어 나라를 지키겠다며 바닷속에 능을 세우라던 왕이 있었다. 그 왕이 마침내 용이 되어 감은사 지하의 비밀스런 통로로 은밀히 드나들었다. 왕의 자리는 죽어서도 끝나지 않은 책무였던가 보다. 금당 자리에서 돌로 된 각기둥을 우물마루처럼 쌓은 흔적이 나오자, 감은사에 용이 된 왕이 드나들던 통로가 있었다는 풍문은 사실이 되었다.

지금은 바다가 훌쩍 멀고 문무대왕릉도 결코 가깝다고 할 수 없다. 그런데 그 옛날에는 감은사 언덕 앞까지 대종천이라는 물길이 흘렀고 더 먼 옛날에는 바닷물이 들어왔다는 사실이 밝혀졌다. 그렇다면 그 물길을 따라 사람도 오가고 동해 용도 드나들었겠다.

이야기는 은유이자 상징이지만 사실일지도 모른다. 그 물길을 따라 경주 왕성 깊은 곳까지 잠입했던 왜구 무리들이 동종을 약탈하려다가 이 근처에서 전복된 사건이 있었으니, 수도 경주를 지키기 위해서 이 자리에 감은사를 세우고 두 개의 탑을 쌓은 것도 이해가 간다.

전설 따라 나부끼는 이야기가 많아서 경주의 절집은 흥미롭다. 오래된 탑이야말로 쌓고 쌓아간 이야기의 시대를 증언하는 존재들이다. 감은사 자리에 남은 커다란 두 탑은 무수한 비밀을 감춘 채로, 마치 찾아와 묻는 사람에게만 보여주겠다는 태도로 그 자리에 서있다.

본존불을 모신 금당도, 강론이 펼쳐지는 강당도 이제는 터만 남은 이곳에 의연히 서있는 두 개의 탑. 탑은 멀리서도 그 존재가 완연해서 숙연해진다. 똑같은 크기의 탑이건만 탑은 어디에서 보느냐에 따라 느낌이 달라진다. 서탑 쪽에 서서 두 탑을 바라보면 힘차고 고집스러운 당당함이 느껴지고, 동탑 쪽에서 보면 우아하고 평온하다. 들판 너머 맞은편 산의 능선이 아스라한 선을 그리며 탑과 탑 사이를 이어줄 때가 느낌이 가장 좋다. 신라 사람들은 탑을 바라보는 방향까지 살펴가며 탑의 위치를 정했을지도 모른다.

금당과 강당 터를 훌쩍 벗어난 귀퉁이에 고목이 되어 늘어진 느티나무가 한 그루 서있다. 마을 신앙 속에 탑과 함께했을 귀기 서린 나무도 절터가 간직한 비경이라면 비경이다. 어둠이 내리고 달과 별이 반짝이면 탑과 고목이 일정한 주파수로 소통을 나누는 건 아닐까? 그 사이에 조용히 생성된 이야기들이 바람에 나부끼며 멀리멀리 떠다니고 있을지도.

감은사지 탑신에서 나온 사리함에 대해서도 알아두어야겠다. 1959년에 서탑을 수리 복원하기 위해 해체하는 과정에서 사리함을 발견했고, 1996년에 동탑을 수리 복원할 때도 마찬가지로 사리함이 나왔다. 사리함은 예술품이라 해도 손색이 없을 정도로 화려하며 그 기법이 섬세했다. 네 면에 사천왕이 압출된 금동제 외함 속에 청동으로 된 사리기가 들어있었다. 사리기는 불단처럼 화려하게 꾸며졌고, 그 중앙에 수정으로 만든 작은 사리병이 놓였다. 사리병에서 사리가 나왔을까? 당연히 나왔다. 서탑에서는 사리 1과, 동

감은사지 삼층석탑.

감은사지 서탑에서
출토된 사리함.
진신을 모시듯
정교하게 불단을 꾸며
탑 속에 봉안한
그 마음을
더듬어보게 된다.

탑에서는 사리 55과!

왜 두 탑의 사리 개수가 이렇게 다른 것일까? 닮은꼴의 두 사리함을 면밀히 조사한 결과 학자들은 서탑의 것이 조금 더 화려하게 장식되어 있다고 판단했다. 그리고 압출된 사천왕이 미세하게 다르며 표현된 조형이 조금씩 다른 것도 파악해 냈다. 그리하여 두 사리함이 동시에 만들어진 것이 아니라는 결론을 내린다. 그렇다면 동탑과 서탑도 한날한시에 조성된 것이 아니라는 뜻이 된다.

매의 눈을 가진 연구자들은 사리병이 놓인 좌대의 장식도 약간 차이가 있음을 알게 된다. 서탑 사리병좌에는 주악천인이, 동탑에는 사천왕과 동자가 장식의 주인공이다. 이 부분에서 학자들은 서탑의 것을 부처님 진신사리로, 동탑의 것을 문무왕의 사리로 조심스럽게 추정한다. 주악천인은 열반에 든 부처님의 다비의식이 끝난 후에 향과 꽃을 뿌리며 주악을 울렸던 존재로 석가모니의 상징물이다. 한편, 불법의 수호신인 사천왕은 호국불교를 앞세운 문무왕 대에 즐겨 사용한 상징물이었다. 무엇보다도, 1과의 사리가 55과의 사리보다 훨씬 더 훌륭한 곳에 모셔졌다면 응당 더 고귀한 인물의 사리가 틀림없었다.

1300년이 흘러 옥개석이 열리던 그 순간을 탑은 기다리고 있었을지도 모른다. 장엄하고 숭고한 장면을 감춰둔 채로, 탑신에 금이 가고 면석이 흘러내리면서도 전해야 할 이야기를 품은 스스로를 잃지 않으면서 말이다. 나는 절터 가장자리에 서서 한참 탑을 바라보았다. 한 여인이 탑돌이를 하다가 멈춰 서서 머리를 숙여 절을 올린다. 서탑 앞에서 긴 기도를 올린 여인은 동탑은 그냥 지나쳤다.

그건 어떤 이유에서였을까?

황룡사,
사라진 폐허에서 꾸는 꿈

처음엔 금성이라 했고, 나중에는 왕경이라 불렸던 경주. 통일국가가 된 신라는 천년왕국의 꿈을 꾸면서 왕경의 규모를 키웠다. 통일국가의 도읍지가 너무 치우쳤다 하여 여러 차례 천도를 시도했으나 결국 이루지 못한 것도 경주의 규모가 남달리 거대했던 까닭이었다.

사찰도 매우 많았다. 경주 시내에 들어섰던 사찰은 신라시대를 통틀어 도심에 106개, 남산에는 154개라 한다. 우리가 익히 들어 알고 있는 분황사, 황룡사, 흥륜사, 황복사, 감은사, 사천왕사 등은 국가적인 행사가 거행되던 대사찰이었다. 그러나 분황사를 제외하고 모두 사라졌다. 분황사마저도 허물어진 탑과 관음전만 겨우 남겨놓았을 뿐 과거의 유세를 찾을 길이 없다.

폐사지에 남아있는 건 돌이다. 당간지주나 석탑, 기초석의 일부라도 그 자리에 남아서 더 먼 과거로 우리의 시선을 이끌 수 있었던 건 돌이기 때문이다. 돌을 매만지고 돌을 바라보고 돌 위에 몸을 일으키며 역사 속 그 장소에 와있다는 강렬한 체험을 한다. 길고 긴 강둑의 너른 들판 같은 황룡사지에서는 그 느낌이 더욱 강렬하다. 실제로 황룡사지는 물길을 막고 흙을 판석으로 다져 넣어 땅으로 만든 곳이다.

어째서 이 넓은 터에 드문드문 자리한 돌들은 이토록 거대할까? 인공적으로 잘린 매끈한 돌무더기들은 황룡사의 규모가 상상하는 그 이상이라고 말하고 있다. 황룡사 구층목탑이 서있던 자리는 눅눅한 습지에 흙을 쌓아 높인 곳이었다. 커다란 돌로 점을 찍듯 탑의 자취를 남긴 터는 너무 넓어서 저 높이 날아가는 새의 눈에서나 아름답게 보일 뿐이다.

조금 더 나아가면 커다란 굴삭기로 도려낸 듯 판판하고 넓은 세 개의 돌을 보게 된다. 돌의 중심엔 인공적으로 갈고 다듬은 흔적, 그리고 박았던 중심축을 뽑아낸 흔적이 또렷하게 남아있으니 커다란 무언가를 고정했던 흔적이다. 불상의 발바닥에 고정했던 틀이라 한다면 이 자리는 삼존불이 있었을 것이다. 자리가 넓은 만큼 크기도 컸을 이 거대불을 '장육존상'이라 한다. 장육은 1장 6척이다. 대략 5미터에 이르렀을 거대불을 상상해 본다.

황룡사는 진흥왕 때 짓기 시작했다. 삼국 중 불교를 가장 늦게 국교로 삼은 신라는 다양한 불교 상징을 활용해서 국권과 왕권의 강성함을 보여주고자 했다. 아육왕, 즉 아소카왕은 인도에서 가장 위대한 왕으로 칭송되며 전륜성왕이라 불렸는데, 신라의 전륜성왕을 자처했던 진흥왕으로서는 충분히 해내야 했던 대사업이었다.

『삼국유사』에는 장육존상에 대한 내용이 있다. 서축(천축국: 인도) 아육왕이 다량의 황철을 실은 배를 보내어 그 배가 당도한 곳에 장육존상을 세우게 했는데, 그것이 진흥왕이 다스리는 신라 경주에 어느덧 도달하여 장육상을 만들었다는 내용이다. 설화의 옷을 벗고 보면 장육존상을 세우기 위해 신라 왕실에서 중국에 발주한 다량의 황철과 황금을 실은 배가 경주 인근의 항구로 입성했고, 장육존상을 만들어 봉안하는 데 성공했다는 뜻이 된다. 신라는 동축, 그러니까 동쪽에 있는 천축이라는 의식을 갖고 있었다. 그러니 기원전 3세기경의 아소카왕과 진흥왕 사이의 800년이라는 시차도, 『삼국유사』에 의하면 서축과 동축 사이의 거리에 불과하다.

거대불의 시대가 시작되었다. 황룡사의 장육존상은 삼존불에서 그치는 게 아니라 16보살을 합하여 모두 19불보살이었다고 전해진다. 열아홉의 거대불이 도열한 높고 화려한 금당의 풍경은 상상조차 어렵다. 모든 신라인들의 마음에 파문을 던질 만큼 웅장하고 숭고했던 황룡사도, 아시아를 통틀어 가장 높았다는 목탑도 우리가 감지할 수 없는 인식 너머 아득한 곳에 존재한다.

황룡사 탑은 통일전쟁이 이어지던 선덕여왕 재위기에 세워졌다. 진흥왕에서 이어진 불사가 선덕여왕 때 화려한 꽃을 피웠다. 우리는 거대한 탑, 상륜부 찰주 끝까지 대략 80미터가 넘는 목탑과 마주한다. 왜 구층으로 지었을까? 『삼국유사』에는 이런 대목이 나온다.

> 신라 27대에는 여자가 임금이 되니 비록 도는 있으나 위엄이 없어 구한이 침략했다. 용궁 남쪽 황룡사에 9층탑을 세운다면 이웃 나라의 침략을 억누를 수 있을 것이다. 1층은 일본, 2층은 중화, 3층은 오월, 4층은 탁라, 5층은 응유, 6층

황룡사 터에서
거대불과 거탑의 자취를 찾으며
먼 과거의 시간 속을
거닐어본다.

은 말갈, 7층은 거란, 8층은 여적, 9층은 예맥을 억누른다.

_ 일연, 『삼국유사』

말 그대로 이해하기 어려운 구석이 있다. 외침을 두려워하는 나라가 과연 유례없이 거대한 탑을 세울 수 있을까? 탑은 보호를 바라는 약자의 신앙이라 할 수 없다. 오히려 삼국통일의 과업을 달성하려는 의지를 거대한 목탑을 세우면서 표출했다고 보아야 그 시대가 더더욱 선명해진다.

황룡사는 발굴이 시작된 1964년 이전까지만 해도 이야기로만 남아있던 장소였다. 이 발굴로 황룡사의 존재를 확인하고 엄청난 유물이 나오자 전설은 역사가 되었다. 그중에서 가장 눈부신 발견은 황룡사의 건립 과정을 기록한 「찰주본기」라는 유물이다.

경첩으로 연결된 금동판 다섯 장. 이 단순한 유물에 새겨진 글자들이 후세의 궁금증을 속 시원히 풀어주었다. 황룡사에 구층탑을 세우면 해동 아홉 나라가 모두 신라에 항복할 것이라 하여 선덕여왕 때인 645년에 건립되었다며 건립 이유를 분명히 했다. 그리고 거탑이 백 년 이백 년 세월이 흘러 노후되어 기울어진 사연과 경문왕 때인 871년에 옛것을 허물고 중수했다는 구체적인 내용이 실려 있었다.

최고로 높았다는 황룡사 탑, 다시 지을 엄두조차 낼 수 없는 그 탑은 당당한 자세로 꼿꼿하게 낡아간 것이 아니었다. 계속되는 재난과 자연재해, 그리고 시간의 흐름을 고스란히 맞닥뜨리며 탑은 점점 기울어지고 낡아갔다. 그러니 어느 시대에는 평생을 기울어진 탑을 바라보며 원래부터 그랬겠거니 하며 살았던 경주 사람도 있었을 것이다. 『삼국유사』에는 목탑이 다섯 번 벼락을 맞고 여섯 번 새로 지었다고 나온다. 그러다 탑은 몽골의 침입으로 1238년 완전히 산화되었다.

야생초들로 뒤덮인 들판에 저물녘의 햇살이 내려앉는다. 나는 역사의 뜨내기가 되어 사라진 회랑과 금당을 거닌다. 절집 마당과 당간지주를 스쳐 지나가는 한 줌의 먼지바람처럼, 나는 조그마한 존재가 된다. 절집 앞 너른 뜰의 한쪽은 청보리밭이 푸르고, 한쪽은 개양귀비꽃밭이 붉다. 사라진 천년왕국의 절터에서는 마음을 쓰라리게 하는 것도, 마음을 하늘 높은 줄 모르고 뛰어오르게 하는 것도 아득하게 흩어진다. 그저 걷고 있는 나 자신만 오롯할 뿐이다.

다만 사람들의 마음이 궁금하다. 신라인들은 어떤 부처님을 가장 좋아했을까? 그리고 어떤 말씀을 가장 좋아하고 따르려 했을까?

분황사의 아름다움을
바로 알기 위하여

경주는 택시로 이동하는 게 득이다. 택시기사의 경주연대기를 듣는 일이 꽤 쏠쏠하다. 오늘 만난 택시기사는 설명을 잘한다.

"경주가 얼마나 큰지 아시나요? 분명 작은 동네로 잘못 알고 오셨을 겁니다."

그의 목소리에는 과거 왕경의 놀라운 면모를 보여주겠다는 의

분황사의 당간지주.

지가 자못 가득하다. 짧은 거리를 이동하는 게 아쉬울 정도로 실속 있는 정보들도 있었다.

"저기 선덕여고라고 보이시죠? '선덕'이라는 이름은 여학교에 붙는답니다. 남학교는 '화랑'이죠. 경주에서 수재들만 가는 학교예요."

"오호라! 선덕 출신과 화랑 출신이 만나 사랑에 빠지면 그것도 이야기가 되겠네요!"

최근에는 초기 신라시대의 왕족과 귀족들의 고분군이라 알려진 쪽샘지구 발굴에 박차를 가하고 있다. 2007년부터 본격 발굴된 이 지역은 옛 무덤 150여 기가 확인되었고 수천 점의 유물이 수습되었다고 한다. 발굴과 연구로, 질문과 답을 찾으면서 역사의 빈틈도 점차 메워지고 잘못 짚었던 사실들도 바로잡아 간다. 그 옛날 교과서에서 배운 것들이 뒤집힌 것도 많다. 가령, 이제 안압지는 존재하지 않는다. '동궁과 월지'로 명칭이 바뀐 것이다.

나는 분황사 앞에서 내렸다. 선덕여왕이 즉위한 634년에 건립한 사찰이다. 어제도 여기까지 왔지만, 황룡사에서 많은 시간을 보낸 바람에 분황사 관람 시간을 넘겨버렸다. 담장 바깥으로 솟아오른 분황사 석탑은 단단한 형태와 검은 석재의 위용이 가히 충격적이었다. 이 탑만큼은 온전한 모습으로 다시 보고 싶었다.

그리하여 이른 아침 달려와 분황사 탑과 마주한다. 힘차고 단단한 정육면체의 탑신은 사리기의 모양 그대로 돌로 쌓은 것 같다. 안산암을 벽돌처럼 깎아 차곡차곡 쌓아 올렸고, 탑신의 비례감과 돌의 양을 살폈을 때 최초의 탑은 황룡사 탑과 같은 구층이었으리라 짐작한다.

탑신은 중앙을 파서 감실(불상이나 성체를 모신 곳)을 만들고 네 면에 각기 돌문을 만들어 달았다. 문을 지지하는 문설주마다 문지기 역할을 하는 금강역사가 새겨져 있다. 금강역사는 사찰의 문, 불탑의 감실, 석굴 바깥 등에 새겨진다. 불법을 수호한다는 점에서 사천왕과 역할이 같다. 다른 점이라면 사천왕이 크고 우락부락해서 두려움을 주는 존재인데 반해, 금강역사는 용맹스럽고 날렵하며 젊은 육체를 가졌다. 분황사 탑은 금강역사를 새긴 탑으로도 남아있는 가장 오래된 것이다. 상의를 벗은 상태로 근육질의 몸을 드러낸 금강역사! 역시 신라 사람들은 관능미를 아는 사람들이었다.

다보탑보다 석가탑이, 또 그보다는 백제탑인 정림사지 오층석탑이, 또 그보다는 다른 어떤 탑이 최고의 경지라고 교과서에서 배웠던 것들이 영 마뜩잖다. 분황사 석탑을 중국 벽돌탑을 모방한 사례로 보고 비례에 맞지 않아 어색하고 불완전하다 평가했던 사람은 누구였을까? 하늘로 솟을 듯 가뿐한 신라 후대의 삼층탑의 완벽한 미감과 기술에 못 미친다는 평가를 내린 사람은? 그렇게 배웠고 알아왔던 시절이 무색하게도 지금은 오류와 편견을 바로잡아 줄 연구들이 많아졌다.

분황사 탑은 통일 전 신라에서 세운 탑 중 남아있는 유일한 사례다. 그런 이유로 조선고적을 조사하던 일본인 사학자들에게도 관심의 대상이었다. 조선총독부의 후원을 받아 한반도의 고적을 조사하던 일본연구자들은 『조선고적도보』 같은 자료집과 연구 자료를 통해서 분황사 탑이 중국의 벽돌탑을 모방하고 있다고 했는

안산암을 납작하게 깎아 쌓은 분황사 탑.
상부가 무너진 탑을 일제강점기에 보수했으며
원래는 구층탑이었을 것이라 짐작한다.

구 황동 유적지에서
발굴된 금강역사들.

데, 이 내용을 이후의 한국사학자들이 그대로 받아쓰면서 중국 전탑을 모방한 모전탑이 정설화된 것이다.

그런데 분황사 탑을 중국의 탑을 모방한 게 아니라 탑의 기원이 되는 인도의 스투파를 재현한 것으로 보는 시각이 설득력 있게 등장했다. 선덕여왕의 아버지 이름은 백정, 어머니의 이름은 마야이며, 이는 석가모니부처의 속세 시절인 고타마 싯다르타의 부모의 이름이다. 그런 이유로 선덕여왕은 자신을 동쪽 부처라 칭하며, 불교의 정통성을 무척 중요하게 여겼다. 불교는 통일의 과업과 국민 통합을 이루는 데 큰 역할을 할 터였다. 그러므로 중국을 경유한 탑이 아니라 인도와 직접 연결되는 탑을 조성했다는 가정은 무척 타당하게 보인다.

어떤 것이 진실에 가까운지 누가 확신할 수 있을까? 그 먼 시절을 다른 관점에서 들여다보는 새로운 생각들이 지속적으로 펼쳐져서 이 드넓은 땅의 사연이 그저 유적지에 붙은 안내판 속의 납작한 언어로만 남지 않았으면 하는 마음이다.

우뚝 솟은 높은 신체를 절반 이상 내다 버리고 납작하게 웅크린 분황사 탑. 그 뒤로 작고 낡은 관음전이 오직 하나 남은 사찰 건물로 명맥을 이어온다. 관음전에 안치된 거대불은 몸을 일으켜 선 채로 신도를 맞이한다.

예불이 시작되는 일요일 오전, 여인들이 좁은 관음전에 빽빽하게 앉아 소리 없이 절을 올린다. 나와 함께 온 친구는 아버지를 추모하는 등을 달고 싶다고 요청했지만 분황사는 영가등을 달지 않는다고 답했다. 이곳은 오로지 축원의 연등만 가능하다.

분황사 옆은 발굴 중인 넓은 황무지다. 그 흙더미 속에 가라앉은 구황동 원지의 옛 풍경은 무엇을 보여주게 될까? 있으나 없는, 없으나 있는 그곳을 상상하는 과정은 경주에 거대한 이야기의 탑을 쌓아 올리는 것과 같다. 이미 수많은 보이지 않는 이야기의 탑이 수두룩하게 솟아오른 경주에 천오백 년 전 탑과 절을 복원이라는 이름으로 되살려 놓는다한들 그것이 무슨 의미를 지닐까? 위대함의 흔적을 재현하다 보면 이미 펼쳐져 있는 너른 상상의 이야기는 도리어 점점 지워진다.

그보다는 변방의 고대 왕국이 얼마나 대국적인 마인드로 세계와 교류했는지를 더 선명하게 규명하는 작업이 훨씬 중요하지 않을까?

조선총독부의 후원을 받아 세키노 다다시 일행이 조사한 자료와 사진을 정리한 『조선고적도보』는 고대 유적지들의 초기 발굴 현장을 보여준다. 1915년부터 20년에 걸쳐 15권이 출간된 이 책의 제3권은 고신라시대의 유적을 담고 있는데, 특히 분황사 탑은 매우 자세히 다뤄졌다. 잡풀이 숭숭 자라고 상층부가 흐트러져 곧 무너질 듯한 탑과 수리 복원한 탑의 사진이 실려있어 당시 발굴가들이 분황사 탑을 속속들이 들여다보았음을 알 수 있다. 탑 속에 봉안된 사리함과 유물도 여러 페이지에 걸쳐 등장한다. 사리, 곡옥, 색색 가지 구슬, 염주, 실, 침, 가위, 그리고 조개껍질. 이 유물들을 흑백사진으로만 보여주기는 아쉬웠는지 그다음 페이지에 컬러 수채화로 채색된 그림 자료가 크게 실려 있다.

유물 중에는 아름다운 회오리 무늬를 가진 원뿔형의 조개껍

질이 있다. 오키나와에서 '이모가이'라 불리는 특별한 조개다. 여성들의 장신구로 사용된 조개라고 하니, 순백의 매끈한 이모가이에 스며있는 기이한 매력이 이해가 된다. 남방의 야광 조개류는 고려시대의 유명한 교역품 중 하나이다. 그러나 분황사 탑이 감추어 둔 오키나와 조개로 인해 5~6세기에 이미 한반도에 상륙한 남방의 해양문화를 확인할 수 있다. 분황사 탑은 그 옛날 인도와 오키나와 그리고 그보다 더 넓은 세계를 만나는 오래된 통로가 된다.

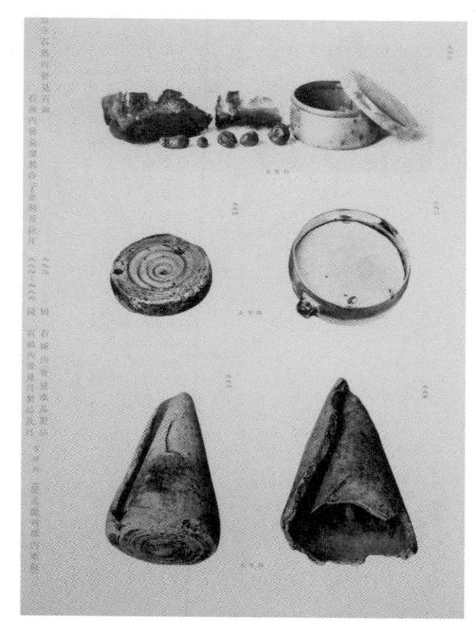

『조선고적도보』
제3권에 실린
분황사 탑 출토 유물(일부).
사리와 사리함,
원뿔형처럼 말린
오키나와산
이모가이 조개(맨 아래)다.

할매
부처가

부르는
노래

○

경
주

남
산
순
례

남산을 모르면 경주도 모른다

경주에는 낭산도 있고 남산도 있다. 낭산은 경주 시내 동쪽에 자리한 나지막한 산이다. 옛 경주의 진산이어서 선덕왕릉을 비롯해서 왕릉도 많고 사천왕사, 망덕사, 황복사 등 왕실 사찰들도 많이 세웠다. 신성한 산으로 불린 이 작은 산은 일제강점기 동해남부선 철도가 지나가며 산의 모양새를 많이 잃었다.

남산은 경주를 대표하는 산이며 동시에 경주 최고의 유적지 중 하나로 꼽힌다. 남북으로 길쭉한 타원형이며 경주 시내 남쪽에 자리한다. 산 북편에서 가장 높은 금오봉은 해발고도 450미터, 남쪽에서 가장 높은 고위봉은 480미터지만, 굽이굽이 계곡이 아름답고 곳곳에 숨은 보물이 많아 그보다 두 배 세 배 이상으로 광활하게 느껴진다. 숨은 보물이라 하면 석탑과 불상이다. 석탑, 불상 만드는 장인의 아틀리에라도 있었는지 그 흔적이 수천 개에 이른다고 한다.

계곡을 따라 부처님 얼굴을 계속 보게 된다는 경주 남산! 한데, 남산 초심자의 마음은 어둡기만 하다. 이 넓은 산을 어떻게 올라야 멋지신 부처님을 만나게 될까? 그러니까 나는 감실 부처도 보고 싶고 용장사 탑도 보고 싶은데, 어디로 가야 할까?

관광홍보용 지도부터 학술자료집 자료까지 찾아보고 내린 결론은 역시 일반인 답사용으로 만든 자료집이 일목요연하고 가장 보기 쉽더라는 것. 경주남산연구소에서 만든 답사용 지도와 유적

배동 석조여래삼존입상.

별로 정리해 둔 자료집을 다운로드하고서야 비로소 길 잃을 염려는 없겠다며 안심할 수 있었다.

남산은 남북 방향의 능선을 따라 동서로 수많은 계곡이 흐르고 있다. 보통은 능선을 경계로 서남산 코스, 동남산 코스로 나눈다. 남산을 처음 오르는 사람이라면 이 산이 품고 있는 것을 좀 넓게 보는 걸 추천한다. 서쪽 계곡에서 시작해서 금오봉 정상에 올라 경주를 조망한 뒤 서쪽의 여러 계곡 중 하나로 내려오는 서남산 코스가 좋다. 나 역시 고민 끝에 서남산 코스를 택했다. 삼릉에서 계곡을 따라 올라가면서 몇 개의 마애불과 석불들을 보고 상선암을 통과하여 금오봉 정상에 오른 뒤, 능선을 따라 용장사지로 이동했다가 하산할 예정이었다.

오전 10시경, 남산 자락의 삼불사에서 합장을 올리는 것으로 남산 순례를 시작했다. 돌로 빚은 삼존불을 모신 전각 앞에서 스님이 예불을 올리고 있으니 더없는 축원이었다. 시무외인과 여원인을 한 노사나불이 중앙에 서고, 인사하듯 한 손을 올린 두 협시보살이 양옆에 서있는 배동 석조여래삼존입상이다. 주변에 흩어져 묻힌 석불을 모아 지금의 자리에 세웠다. 두 볼이 볼록하게 부풀 정도로 푸근한 미소를 짓고 있는 부처님. 남산에서는 이런 얼굴의 부처님을 자주 만나게 되리란 예감이 들었다.

바로 옆에 자리한 망월사에서 고양이들과 인사를 나누고 나서 오솔길을 따라 걸었다. 아침 햇살이 스며든 숲길이 묘지를 지나간다. 동글한 봉분 앞에 달랑 작은 목비 하나 서있는 서민들의 묘지가 대거 등장하더니 곧이어 소나무 숲으로 둘러싸인 삼릉이 나왔다. 사후의 공간이 이렇게 다르기도 하다.

애써 왕릉 곁에 묘를 쓰고자 했던 서민들의 마음을 왠지 알 것 같다. 남산에는 좀 전에 지나친 공동묘지 말고도 봉분이 남아있는 묘지를 여러 번 목격했는데, 그 옆에는 '묘를 이장할 시 지원하겠다.'는 경주시의 간곡한 안내문이 세워져 있었다. 석불의 장대한 시간만 생각했지, 인간의 찰나 같은 삶을 잠시 잊고 있었다.

불상도 목이 잘린 채로, 좌대에서 떨어져 곤두박질치며 부서진 채로 여러 차례의 죽음을 경험했을 것이다. 남산에서 발견된 부처님 중에는 고요히 잠든 얼굴도 있고 세속의 모든 것을 잊은 묵상의 얼굴도 있지만, 표정을 알아보기 어려운 부처님이 더 많다. 두상이 잘려 몸만 남아도, 비바람에 얼굴이 닳아 희미한 흔적만 남아도 불상은 그 터를 지킨다. 죽어도 다시 되살아나 다음 세상을 보는 일이 부처님의 역할이니 그 책임을 다하려는 게 아닐까?

기본 초심자 코스라고는 해도 볼만한 불상들이 속속 등장한다. 너른 바위에 세심한 선으로 여섯 불보살을 새겨놓은 선각육존불도 만났고, 산등성이에서도 잘 보일 정도로 거대한 삼릉계곡 마애석가여래좌상도 보았다. 자세히 보니 얼굴은 두드러지게 입체적이나 몸은 선으로 대충 표현했다. 이 또한 이유가 있을 터인데, 밝혀진 것은 없다.

부처님 주변에는 오가는 사람들이 돌을 하나씩 올려 높이 세운 돌탑들이 즐비하다. 어떤 불상 앞에는 술잔과 물병이 놓였다. 남산의 부처님은 지금까지도 누군가의 마음을 챙기고 있었다.

연꽃 좌대 위에 정좌한 석가모니부처님의 잘생긴 얼굴도 목격했다. 이 부처님은 발굴 당시엔 얼굴 하관이 심하게 마모되고 광배도 깨진 상태였지만 수복 과정을 거쳐 지금처럼 멋진 모습으로 되살아났다. 자료를 살펴보니 1970년 이전에 다소 미흡하게 얼굴 성형이 한 차례 이루어졌고, 2008년에 지금의 얼굴로 재수술을 받았다.

그사이에 남산을 오른 사람들은 마음이 상해서 단단히 부어 있는 부처님을 친견했겠다. 그 얼굴이 어디선가 마주쳤을 법한 평범하고 무뚝뚝한 아저씨 같아서 친근한 맛은 있지만, 눈과 이마의 반듯함이나 날렵함과는 격이 맞지 않는 무심하고 무거운 하관이었다. 신라 부처님이었으니 용모에 얼마나 예민했을까? 성에 안 차서 삐친 맘을 나는 이해할 수 있었다.

정처 없는 방랑자를 위로하는 용장사 탑

상선암을 한참 지나쳐왔으니 절집 향냄새를 느낄 리는 만무한데, 울리는 불경 소리는 산을 넘어 온 마음에 향불을 피운다. 초심자 코스는 가장 많은 사람들이 다니는 길이란 뜻도 된다. 모두 한마음으로 불상을 바라보며 감탄하고 더 멋진 포즈로 부처님과 한 컷을 남기려고 애를 쓴다.

그렇듯 줄지어 선 한 무리들과 어울려 나는 금오봉이라고도

삼릉계곡
마애석가여래좌상.

삼릉계
석조여래좌상.

하고 금오산이라고도 하는 정상에 올랐다. 경주는 산으로 둘러싸여 폭 파묻힌 평평한 땅이었구나, 감탄이 흘러나온다. 그 터가 포근하고 아늑해 보인다.

오르긴 같이 올랐어도 내려가는 길은 수만 가지, 무리 지어 능선을 걷던 사람들이 갑자기 하나도 보이지 않았다. 아예 능선을 넘어 동쪽 계곡으로 내려가는 길도 있고, 능선을 타지 않고 근처 계곡으로 하산하는 길도 있으며 한참을 더 가다가 남쪽 봉우리인 고위봉으로 가는 길도 있다. 나는 탁 트인 능선을 따라 양쪽에서 화려하게 흘러내리는 수많은 계곡들을 바라보며 전망 좋은 길로 걸었다. 좋은 전망은 험한 지역을 부른다. 조심스럽게 걸음을 내디디며 감탄사를 연발하다 보니 이윽고 용장사 터에 도착했다.

아슬아슬한 계곡 정상에 삼층석탑이 서있다. 상륜부가 사라진 채 기단과 탑신만으로 비바람을 견딘 탑. 자세히 보니 기단 아래에 여러 층을 쌓아 지지하는 하대석이 없다. 세간에서 말하듯이 이 탑의 장인이 진짜로 용장골 바윗돌을 하대석으로 보았던 것일까? 남산 전체를 이 탑의 기초석으로 삼을 만큼 그들은 호방한 사람들이었을까? 나는 오랫동안 탑을 바라보았다. 내려다보기도 하고 앞에도 뒤에도 서보고 조금 멀찍이 떨어져서도 보았다.

"아, 좋다!"

나도 모르게 감탄사가 나온다. 어느 면에서나 완벽한 균형감이었다. 아름다운 것을 대하면 우리 마음은 기쁨으로 차오른다. 으스대거나 남들 위에 서있다는 권위 의식이라고는 조금도 없는 서늘한 시선과 고요한 자태. 탑은 어떤 경지에 오른 수행자의 모습이었다. 곁으로 다가갈수록 탑은 크고 높아졌다.

나는 탑과 함께 세상을 내려다본다. 오늘이 세상 끝에 도달한 날이라면 그래도 되겠다. 정처 없는 방랑자도 이 탑 앞에서는 쉴 자리라고 생각하지 않았을까? 세월도 장소도 인생도 모두 잊은 고귀한 탑 앞에서는.

그 옛날 매월당 김시습도 방랑하다 오게 된 곳이 경주 남산 하고도 용장사였다. 김시습은 이름난 유학자였으나 세조의 왕위 찬탈을 지켜보며 자신을 지지하던 그 무엇이 무너지는 것을 느끼고 그 길로 출가하여 전국을 떠돌았다. 고뇌하는 방랑자로 출가와 환속을 반복하던 그는 31세에 경주에 왔다. 그가 경주 남산에 온 것은 여러 이유가 있겠지만 전국적으로 사찰이 얼마 남지 않았던 것도 하나의 이유라 한다. 지금은 사라지고 없는 용장사가 그때는 방랑자가 찾아와 머물만 한 절집이었던 모양이다.

그는 용장골 계곡 중턱에 금오산실이라는 집을 짓고 7년을 살았는데 그때 최초의 한문소설로 알려진 『금오신화』와 유랑의 기록인 『유금오록』, 글 모음집 『산거집구』를 써냈다. 매월당이 한양으로 돌아간 뒤 남산을 그리워하며 쓴 시를 읽으며 시가 품은 광활한 풍경이 무엇인지 알 수 있었다.

> 구름 걷힌 금오산에는 봉우리가 천 겹이요.
> 바람 자는 큰 바다에는 조각배 하나 떠 있네.
>
> _ 김시습, 『유금오록』

남산 용장사곡
삼층석탑.

그 조각배를 타고 나는 남산에서 가장 크고 깊다는 용장골을 흘러간다. 용장사가 있어서 용장골이고 용장리라는 이름이 생겼다고 하니, 용장사는 사라졌으나 그 호방함이 충분히 상상이 된다.

용장사 금당 안에는 장륙 미륵불이 있었고 승려 대현이 미륵불을 돌 때마다 미륵의 얼굴이 따라 돌았다는 이야기가 전해진다. 이 높은 곳에 어떻게 장륙상을 세웠을까? 석탑 아래 계곡 길에는 우러러볼 만큼 높이 쌓은 돌좌대 위에 돌부처님이 앉아있고 그 옆 바위에 부처님이 정교하게 새겨져 있다. 석조좌상은 머리가 잘린 채로 우뚝한데, 그 자세에서도 결기가 느껴진다. 불상을 보듬은 금당은 어떤 형태였을지 상상해 보다가 어쩌면 이 불상이 옛 문헌에서 말하는 그 장륙상일까 생각해 보았다.

불두는 어디로 갔는지 알 수 없다. 조선 유생들은 불상과 석탑에 불편한 심기를 표현했고 과격한 유생들은 불상의 목을 치고 탑을 무너뜨렸다. 분황사 우물에서도 불상과 무너진 석탑, 목 잘린 불두 등이 나왔다고 한다. 불상은 긴 죽음의 시간을 맞았겠지만 신라 천년왕국의 이야기를 사랑하는 후대 사람들의 손길에 살아나서 다시금 추앙받는다.

계곡을 따라 내려오는 길을 안내서에는 '전망이 없는 숲길'이라고 친절한 설명을 덧붙여 놓았다. 의외로 초록 숲의 기운에 폭 파묻혀 미끄러지듯 내려오는 길이 나쁘지 않았다. 가뭄이 길어 길은 푸석푸석하고 계곡은 물이 말라갔으나 숲은 향기도 소리도 싱그럽고 시원하다. 너럭바위가 넓게 펼쳐지기도 하고 계곡 따라 출렁다리가 연결되기도 해서 심심하지가 않다. 길마다 돌탑을 쌓은 손

용장사곡
석조여래좌상(위).
발굴 당시를
담은 유리건판
(아래, 국립중앙박물관
제공).

길도 만났다. 절골 약사여래상은 결국 찾지 못했으나 몇 개의 불상은 경주박물관으로 옮겨졌다는 걸 안내판으로 확인할 수 있었다.

햇볕이 살짝 기울어졌다. 이제 빨리 가야겠다는 생각을 버린다. 그러자 용장리 마을이 보이며 여정의 끝자락에 닿았다. 내려오고 보니 오후 네 시. 장장 여섯 시간 동안 산속에 있었다는 게 믿어지지 않았다. 화장실도 안 가고 먹지도 않고 그저 산과 하나가 되었던 것이다.

그렇게 산은
어머니가 된다

경주 시내의 폐사지가 신라의 국례를 맡아 했던 대사찰이라면, 남산의 절집은 평범한 신라 사람들이 대소사를 치르고 작은 바람을 소망하던 곳이라 할까? 남산 절터의 특성을 낱낱이 알 수 없지만, 수많은 사람들이 함께 그리고 남몰래 산을 올라 크고 작은 돌부처와 돌탑을 두고 기도하는 모습을 상상하는 일은 그리 어렵지 않다.

남산 유적의 대부분이 불상과 석탑에 치중되어 있다고는 하나 더 오랜 신앙문화의 흔적 역시 간직하고 있다. 청동기시대 고인돌과 암각화도 있으며 신라의 시조 박혁거세의 탄생설화가 전해지는 나정도 남산 가까이에 있다. 근처 선도산은 신성한 어미 성모설화를 간직하고 있다. 시조의 상징적 어머니인 성모가 깃들인 산! 산은 영웅을 낳고 보듬으며 그렇게 어머니가 된다.

남산을 오르면서도 촛불과 동전, 술잔과 물병 같은 기도의 흔적을 여러 번 보았다. 그중에는 한참을 술잔 앞에 앉아서 구슬픈 얼굴을 하고 있던 여인들이 있었다. 오가는 발걸음이 많아지자 그녀는 그제야 그릇가지를 치우며 일행에게 내려가자고 잠긴 목소리로 말했다. 자식을 잃은 어미, 일가붙이를 보내고 만 혈육 같았다. 돌부처님의 선량한 얼굴 앞에서 슬픈 눈으로 기도를 올리는 이유는 가족이 아닐 수가 없다. 가족만이 일부러 시키지도 않는 애도를 계속하게 한다.

그런 마음으로 감실 부처를 만나러 갔다. 분황사에서 영가등을 달지 못한 친구는 감실 부처를 보고 싶다고 했다. 부처님 조각이 많다는 불곡과 탑 조각이 많은 탑곡은 남산의 동편 계곡에 있다. 감실 부처는 불곡 골짜기 가장 아래쪽에 계시니까 가벼운 숲 산책 정도의 거리다. 숲으로 늦은 오후의 햇살이 들어온다. 친구가 말했다.

"감실 부처를 경주 사람들은 할매 부처라고 부른대요."

어떤 얼굴이고 어떤 마음이기에, 부처님을 할머니라 부를까? 천천히 오르는 숲길은 비를 못 만난 지 오래된 탓에 바스락거리고 푸석거린다. 나는 감실 부처를 누군가의 사진에서 보았다. 바위 속에서 수행 중인 부처는 둥근 얼굴에 깊은 미소를 품고 있다. 아침 햇살이 곧바로 돌부처를 비추며 깊은 음영을 드리웠는데 그때의 그 얼굴에는 수많은 표정이 담겨있었다.

고요한 숲길을 걸어 올라간다. 몇 번의 산모퉁이를 돌아서자, 우리 앞에 홀로 부처가 나타났다. 부처는 남산에 깊이 박힌 거대한 바위의 한 자락을 두르고 오도카니 앉아있었다. 담담하게 우리를

감실 부처,
할매 부처라 불리는
불곡 마애여래좌상.

맞는 그 모습이 왠지 우리가 오리라 알고서 기다린 것만 같았다.

먼저 온 사람들이 있었다. 두 여인은 우리가 나타나자 부처님 앞에 놓아둔 잔들을 치웠다. 역시 눈가가 촉촉한 사람들이었다. 우리는 해야 할 말은 허공에 걸어둔 채로 돌부처 앞에 섰다.

감실 안에 고요히 정좌한 불상이었다. 연꽃좌대 위에 가부좌를 했으니 부처의 상이지만 두 손을 포개어 잡은 그 자세가 매우 특이하다. 그것보다도 얼굴이 마음에 들었다. 두툼한 눈두덩을 가볍게 감았고 납작하고 넓은 코와 의연한 입술. 통상적으로 불상이 추구하는 이목구비와 전혀 닮지 않은 얼굴이다. 그 옛날 그 어떤 인물을 모델로 한 건 아닐까? 바위를 깊이 깎아가며 비바람을 막아줄 감실을 형성하고 그와 함께 불상을 조각했으니 놀랄 만한 솜씨가 틀림없다. 윤곽이 뚜렷한 얼굴과 목에 비해 팔과 그 아래는 선각으로 처리했는데, 이것은 굴곡진 바위를 정확히 재단하지 못한 것인지, 당대 많은 마애불들의 유행이었는지 알 수가 없다.

할매 부처라고 부르는 이유를 알 것 같았다. 소녀 같기도 하고 보살 같기도 했지만, 나이가 많이 들어 어린아이로 돌아간 할머니랑 가장 많이 닮았다. 할매 부처는 찾아온 사람들이 자신 앞에 머리를 조아리기보다 그 곁에 앉아있기를 바랐나 보다. 돌감실에서 커다랗고 부드러운 바위가 이어져 있다.

우리는 오랜 세월 층층이 모양이 잡힌 바위에 앉아 이런저런 생각을 떨쳐냈다. 할머니라 생각하니 부처님에게는 못 하는 이야기도 할 수 있을 것 같았다. 울어보고 싶은 맘, 앙탈을 부리고 싶은 맘을 가져도 괜찮을 것 같았다. 그래서 위로받을 일이 많은 우리는 감실 부처를 할머니라 부르고 싶었으리라.

할매 부처는 어디를 향해 무엇을 보고 있을까? 할매 부처가 자리한 불곡의 맞은편에는 왕경의 지산인 낭산이 있다. 그리고 낭산 꼭대기에는 '성조황고(聖祖皇姑)'라 불린 선덕여왕의 무덤이 있다. 죽음에 앞서 여왕은 도리천에 장사 지내라 하며 묘의 위치를 낭산 위쪽으로 지정했다. 후대 문무왕은 선덕왕릉 아래에 사천왕사를 지었다. 왕릉은 천왕문을 지나 불법의 세계로 들어서는 사찰과 같은 구조로 조성되었다. 선덕왕릉은 사찰에서 가장 높은 곳인 불전의 위치에 자리한다.

'성조황고'는 신성한 혈통을 이어받은 할머니라는 뜻이다. 선덕여왕이 즉위할 때 백성들이 올린 존호라 한다. 여기서 할머니는 나이 많은 사람이자 지휘가 높은 사람이다. 그러니까, 할매 부처는 신라 할머니를 바라보고 있었다. 신라 할머니를 보호하고 수호하는 그런 존재일지도. 어쩌면 신라 할머니의 분신일지도.

스스로를 동쪽 부처라 했던 선덕여왕은 야망이 크고 신라인답게 흥미진진한 인생을 살았다. 한편으로는 기이하고 비운의 냄새도 풍기는 그런 사람이었다. 한마디로 인생을 아낌없이 쏟아부으며 살아간 사람이었다. 죽음에 이르러 피 끓는 고단한 삶을 끝냈으니 그가 잠든 곳을 지켜주는 존재 하나쯤 곁에 세워주어도 되지 않을까?

감실 부처가 선덕여왕과 관련이 있는지 연구된 바는 없다. 부처인지 보살인지 할머니인지 소녀인지도 확신할 수가 없다. 그러나 사람들의 오랜 믿음이 향하는 곳은 언제나 진실에 가깝다. 감실 부처는 고요한 바다 같은 얼굴로 오가는 이들을 맞이한다.

석탑을 경주 박물관으로 옮긴 그 자리에
작은 모형이 놓여서 존재를 알린다.

부처님
진신사리를
모신 곳,

적멸보궁에
오르다

◦

영축산

통도사

부처님 진신사리는 진짜 부처님의 것일까

절집을 다니다 보니 궁금한 게 생겼다. 진신사리는 진짜 부처님에게서 나온 것일까?

청량사에 갔을 때의 일이다. 마치 딴 세계에 온 듯 기이하고 황홀한 산 풍경에 감동하고 있을 때 산 너머를 향하며 서있는 오층석탑에 부처님 진신사리를 모셨다는 글귀를 읽게 되었다. 가만 있자…… 부처님 진신사리를 모신 곳을 적멸보궁이라 하고, 우리나라에는 월정사, 통도사, 봉정암, 법흥사, 정암사 다섯 곳의 5대 적멸보궁이 있지 않던가? 적멸보궁은 부처님의 신체 일부를 모시고 있기 때문에 주불전에 불상을 모시지 않는다.

그렇다면 5대 적멸보궁에 속하지 않는 청량사 탑에 어떻게 진신사리를 모시게 되었을까? 입적한 지 이천육백 년이 넘은 석가모니부처님의 사리가 자가 증식이라도 한단 말인가? 아니면 사리를 빌려 오거나 사고팔기라도 하는 걸까? 유럽 기독교에서도 교회를 세울 때 봉헌할 성인의 유골과 성물을 훔치고 빼앗고 사고팔았던 역사가 있었다. 21세기에도 사리를 사 오고 빌려 오기도 하는 모양이니, 불교에서 사리에 대한 믿음은 여전히 강렬한 것 같다.

적멸보궁의 사리라 해서 진짜 부처님의 사리인지 확인할 길도 없다. 이미 탑 속에 안치된 사리를 무슨 수로 꺼내어 본단 말인가? DNA 검사를 해볼 수도 없다. 그렇다고 전설로만 치부하기엔 사리에 관한 기록들은 매우 질서 정연하다.

사리에는 세 가지 종류가 있다. 진신사리는 연골이나 치아 등 뼈 사리를 말하며, 사리갖춤에 포함된 구슬은 변신사리라 한다. 부처나 대승이 지녔던 유물도 법신사리라 해서 중요한 유물로 간주한다. 진신사리는 자장법사와 관련이 깊은데, 앞서 살펴본 5대 적멸보궁은 자장법사가 들여온 진신사리와 관련된 장소들이다. 그러나 신라나 고려 왕실에서는 사리를 입수하는 다른 루트가 있었을 테니, 더 많은진신사리가 돌고 돌았을 것이다.

부처의 진신사리가 우리나라에 온 건 신라 선덕여왕 때의 일이다. 『삼국유사』를 살펴보자.

> 선덕왕 때 자장법사가 (당나라에서) 부처의 두개골과 어금니, 부처의 사리 백 개, 부처가 입던 자줏빛 비단에 금색 점이 있는 가사 한 벌을 가지고 왔다. 그 사리를 셋으로 나누어 하나는 황룡사 탑에 보관하고 하나는 태화탑에 보관하고 하나는 가사와 함께 통도사 계단에 보관했다. 그 나머지는 어디에 있는지 알 수 없다. 통도사 계단은 2층으로 되어 있으며 위층 가운데에 돌 뚜껑을 모셔두었는데 마치 가마솥을 엎어놓은 것 같았다.
>
> _ 일연, 『삼국유사』

황룡사 탑이 불탔다는 사실은 우리 모두 알고 있고, 태화탑은 지금의 울산에 있던 신라의 대찰 태화사의 탑이며 지금은 탑은 고사하고 절 또한 완전히 사라졌다. 그러나 통도사는 그때는 물론 지금까지도 이름도 자리도 그대로 남아있는 대찰이다.

통도사 계단은 대웅전 뒤쪽에 자리한 금강계단을 말한다. 돌로 쌓은 울타리가 있으며 그 중앙에 『삼국유사』에서 말한 대로 길쭉한 항아리 모양의 탑이 있다. 전설이 사실임을 확인하고 싶은 마음은 고려 사람들도 마찬가지였던 모양이다. 『삼국유사』는 이렇게 뒤를 잇는다.

> 상장군 김이생 공과 시랑 유석이 고종의 명을 받고 강동을 지휘할 때 부절을 갖추어 절에 도착하여 돌을 들고 예를 올리려 했다. 안에는 작은 돌 상자가 있었고 돌 상자 속에 유리통이 있었는데 통 안에 사리 네 개만이 들어있었다. 서로 돌려 보며 경의를 표했는데 통에는 깨진 흠집이 약간 있었다. 그래서 유공이 마침 가지고 있던 수정 상자 하나를 시주하여 함께 보관하게 하고 그 사실을 기록해 두었다.
>
> _ 일연, 『삼국유사』

이것은 1235년의 일, 자장법사가 통도사에 사리를 봉안한 지 600년 가까이 흐른 뒤였다. 통도사 진신사리는 중국 사신들도 참배하고 친견했던 신성한 대상이었다. 매우 영험하고 길한 기운이 있어 친견하는 사람들의 바람을 들어준다고 믿었던 것이다.

불교학자들은 이 기록의 신뢰성이 매우 높다고 말한다. 자장법사가 봉안한 세 군데 탑의 사리에 대해서는 의심의 여지가 없다는 것이다. 그렇다면 경주 왕성에서 가장 큰 사찰인 황룡사, 그 거대한 목탑에 봉안된 사리의 행방은 어찌 되었을까?

황룡사지 발굴 작업은 어마어마한 탑의 존재를 알게 된 역사적인 순간이었지만, 이 거대한 목탑이 불탄 후 800년 동안 행방이 묘연하던 사리를 수습하는 대사건이 숨어있었다. 발굴 도중에 사리함을 포함한 귀한 유물들이 몽땅 도굴되었다 소동 끝에 되찾은 엄청난 사건도 있었다. 그 뒤 국립중앙박물관의 유물로 오랫동안 잠들어 있던 사리는 유골로 인정된 뒤에야 2019년에 조계종으로 이양될 수 있었다.

이에 불국사 무설전에서는 돌아온 진신사리를 널리 알리고 천일기도를 올리는 큰 행사가 이어졌다. 황룡사 터에서 나온 사리 5과, 1913년 해체 수리할 때 수습되어 박물관에서 보관해 온 분황사 탑의 사리 4과, 탑을 수리할 때 세상 빛을 보게 된 감은사 서층탑에서 나온 사리 1과 등 모두 10과의 진신사리가 각각 은합에 담겨 2019년 4월 5일부터 불자들에게 공개되었다. 천일기도가 끝나는 날인 2021년 12월 29일에 황룡사 사리는 금동불상의 몸속에, 다른 사리들은 고향인 탑 속으로 돌아가 봉안되었다.

그러니까 전설의 진신사리, 『삼국유사』 속에 등장하는 그 사리를 두 눈으로 확인할 기회가 무려 천 일이나 있었던 것이다. 그런데도 나는 진신사리가 각자의 고향으로 회향한 다음에야 이 대사건을 알게 되었다. 나는 아직 진신사리와 인연이 닿지 않은 것이다.

금강계단일까,
적멸보궁일까

통도사 오르는 길에 사리 이야기가 빠질 수 없다. 석가모니부처님의 다비 이후 그 사리는 인도의 8대 강국이 골고루 나누어 8개의 탑을 세우고 봉안되었다. 그 후 100여 년이 지나자 부처님의 사리가 봉안된 탑이 8만 4천 개가 되었다고 한다. 불교사원은 부처님의 무덤인 탑을 세우면서 형성되고 확산되었다.

진신사리는 매우 신성한 존재로 경배되었고 이웃 불교국가로 귀하게 전해지기도 했다. 인도 아소카왕이 불교 포교를 위해 중국 법륜사에 진신사리를 보냈을 때, 법륜사는 이 사리를 탑에 모셨다. 이 진신사리는 당나라 때부터 지금까지 30년에 한 번만 탑을 열어 친견의 시간을 갖는다.

통도사는 646년 자장법사가 중국에서 가져온 사리를 봉안하고 사찰을 열었다. 통도사에 모신 사리는 정수리뼈라고도 하고 어금니뼈라고도 한다. 가사와 발우도 모셨다는 기록도 있지만 정확하지 않다. 통도사 용화전 앞에는 돌로 만든 거대한 봉발대(발우 조각)가 서있는데, 이는 기록을 상징하는 조각이다. 용화전은 미래의 부처님인 미륵불을 위한 전각이며 봉발대 역시 석가모니불에서 미륵불에게 전해지길 기다리는 중이다.

통도사는 복잡하면서도 느슨하고, 대담하면서도 질서 정연하다. 이 커다란 사찰은 강압적인 그 무엇이 하나도 없다. 오히려 엄격한 질서를 배제하듯 축이 조금씩 흐트러져 있고 비껴나 있다. 공

많은 전각들이
무심한 듯 느슨하게,
그러나 분명한 질서를
갖고 있는 통도사.
그 중심에 대웅보전이
자리한다.

용화전 앞에 서있는
발우 조각 봉발대.

간은 힘들여 걸으라고도, 감정의 전이를 느끼라고도 하지 않는다. 강요하지 않으며 넌지시 공간의 질서를 감지하게 되는 것도 이 오래된 사찰의 미덕이다. 이것이 사찰 건축의 정신성이라면 나는 고개를 끄덕일 수 있다.

수많은 전각들이 그림과 조각으로 자기 이야기를 하고 있으나 훌쩍 낡고 퇴색되었다. 통도사는 낡은 단청과 벽화를 다시 칠하지 않은 채로 지나온 시간을 고스란히 보여준다. 진리를 말하는 곳은 곱게 치장할 필요가 없다는 지엄하고 당당한 태도가 느껴진다. 그러니 낡음도 오래된 수행과 같다.

영축산은 그 옛날 석가모니가 깨달음을 얻은 뒤 제자들에게 설법을 한 곳이다. 통도사를 둘러싼 산도 같은 이름을 갖고 있는데, 부처의 가르침을 널리 전하기에 충분하다는 자부심이 담겨있다. 이 큰 사찰에 스님이 보이지 않는다는 점도 통도사의 특징이다. 영축산의 긴 산자락을 타고 열일곱 개의 암자가 있다. 스님들은 그곳에서 수행한다고 들었다.

일주문, 천왕문, 불이문. 각각의 문을 통과할 때마다 절집은 조금씩 높아지고 분위기도 심화되면서 대웅전으로 향한다. 대웅전은 동서남북 어느 쪽을 보더라도 정면처럼 보이는 특이한 구조를 갖고 있다. 불이문을 통과하면 대웅전으로 나아가게 되는데, 그때 보이는 대웅전은 심지어 '대웅전'이라는 편액을 달고 있음에도 불구하고, 건물의 정면이 아니라 동편 옆구리 쪽이다.

통도사의 많은 전각들과 마찬가지로 단청이 사라질 정도로 낡아있으나 대웅전의 우아함은 남다르다. 동쪽은 대웅전, 남쪽으로

단청이 흐려지고
나무의 결이 드러나면서
절집은 더욱 장엄해진다.
용이 지붕을 받들고
연꽃이 바닥을 감싼
대웅보전.

金剛戒壇

는 금강계단, 서쪽으로는 대방광전, 북쪽에는 적멸보궁이라는 각기 다른 편액이 걸려있어 각각의 방향에서 건물의 의미를 다시 한번 되새김하게 된다.

대웅전 안은 언제나 기도를 올리는 불자들로 가득하다. 그들은 북편을 향해 있으나 그곳에는 불상도 그 어떤 부처님의 형태도 없이 길쭉한 창이 뚫려있을 뿐이다. 그 창 너머에 실질적인 금강계단이자 진정한 적멸보궁이 있다. 그러므로 대웅전은 적멸보궁과 한 몸이며 쉽게 들어가지 못하는 적멸보궁을 대신한 불전이다. 실제로는 丁자형으로 생겼는데, 왕릉을 우러르며 제례를 올리는 정자각과 형태도 역할도 닮았다.

적멸보궁은 석가모니가 화엄경을 설법한 보리수나무 아래의 적멸도량을 재현한 공간이다. 통도사는 이곳을 금강계단이라고도 부른다. 금강계단에서 스님들이 계율을 지키는 승려임을 인정받는 수계식이 이루어진다. 부처님에게서 직접 계를 받음으로써 그 정통을 이어가고 있음을 상징한다.

적멸보궁 혹은 금강계단의 중앙 탑에 모신 진신사리가 그 자리 그대로 지금껏 고요히 지내온 것은 아니다. 『삼국유사』의 기록에서 보듯이, 고려시대에는 여러 차례 돌을 들어 올려 사리를 친견했다. 국내외 스님들의 성지순례처가 되기도 했다. 참배의 대상이었던 만큼 왜적들이 약탈하려는 시도도 여러 차례 있었다. 고려시대 통도사 주지였던 월송대사는 침범이 있을 때마다 사리함을 피신시켰고, 조선시대에는 왜구가 금강계단을 파괴하고 사리를 약탈해 가자 백옥거사가 일부러 포로로 잡혔다가 사리함을 되찾아 온 일도 있었다.

그러한 이유로 사리함을 두 군데로 나눠 금강산의 서산대사에게 보내어 맡아달라 했는데, 서산대사는 원래의 자리에서 보관하는 게 옳겠다며 사리함 하나는 돌려보내고 하나는 태백산 갈반사에 봉안했다. 갈반사는 지금의 정암사이며, 이 이야기는 정암사 적멸보궁의 진정성을 뒷받침해 준다. 이때 통도사로 돌아온 사리함이 다시 봉안되어 지금에 이른다.

금강계단은 통도사의 근본이다. 그리고 불자들이 가까이 다가가 기도하도록 허락된 곳이기도 하다. 금강계단으로 향하는 문이 늘 열려 있는 것은 아니다. 지장재일(음력 18일), 관음재일(음력 24일), 음력 보름, 음력 초하루에서 초삼일까지, 이렇듯 한 달에 여섯 날, 열두 시에서 세 시까지, 그때만 이 계단을 오를 수 있다.

반야용선, 우리는 어디서 와서 어디로 가는가

통도사는 언제나 찾아오는 길손이 많지만 어떤 날은 더더욱 많다. 초파일과 개산대재를 제외하고 절집이 분주한 시기는 영각 앞에 홍매화가 피는 계절과 수능을 100일 앞둔 시점이다. 옛 스님들의 진영을 모신 영각 앞에 홀연히 피어난 홍매라 해서 자장매화라고도 부르며 칭송한다. 곱게 늙어가는 절집에 돋아난 분홍빛 생기가 눈에 띄게 아름다워 사람들을 불러 모은다.

한번은 늦여름에 통도사에 왔다가 전각마다 가득가득한 인파에 놀란 적이 있다. 이들이 수능을 염원하는 학부모들이란 걸 알고 고개를 끄덕였다. 절을 올리는 불자들이 쪽마루까지 넘쳐나서 긴 발을 달아 볕을 가렸다. 행자들이 조아리는 손과 발이 간절함을 말해주었다. 이날은 스님들도 전각마다 많이 보였다. 수능기원법회도 열렸으니 역시 대찰은 대찰이었다.

개산대재는 산의 문을 여는 날, 즉 사찰의 창건을 기념하는 행사다. 음력 9월 9일, 일주문 앞 부도전에서 고승들의 부도에 차를 올리는 부도헌다례 행사로 시작을 알린다. 스님들이 열을 지어 통도사 괘불을 이운하는 장관도 볼 수 있다. 통도사에는 수많은 그림이 있지만 가장 화려하고 큰 그림이 바로 이 괘불이다. 화려한 보관을 쓴 여래가 연꽃을 받들고 있는 그림으로 정조 16년인 1792년에 불사했다.

통도사는 그림책이라 불러도 될 만큼 온 전각이 그림으로 가득하다. 벽에 그려지고 불전을 장식한 불화들, 불단 뒤에 걸린 후불화도 눈에 띌 만큼 멋진 그림들이 많지만, 전각의 구석구석에 그려지고 새겨진 상징들도 볼만하다. 무엇보다 용이 많다. 용화각의 곳곳에 그려진 용 벽화와 전각을 꿰뚫은 채색 용머리 조각, 극락전 뒤편에 그려진 「반야용선도」가 눈에 띈다. 용이 구불구불 지나가는 모양의 계단 조각도 있다. 인도에서 지혜의 상징인 뱀이 중국을 거치면서 용으로 바뀌었다. 그러므로 통도사의 용은 지혜로운 존재다.

용은 자장법사의 창건설화와도 관련이 있다. 금강계단 자리가 원래 악한 용들이 살던 연못이었는데 자장이 설법으로 이들을 모두 승천시켰고 그 뒤 연못을 메워 금강계단을 조성했다는 이야기가 전해진다. 다만 눈먼 용 한 마리를 위해서 남겨두었다는 연못이 대웅전 옆에 조성된 구룡지다. 연꽃이 가득한 구룡지는 큰 가뭄이 들어도 수위가 내려가지 않는다고 한다.

설화를 못 믿겠다는 건 아니지만, 이 연못은 화재가 났을 때를 대비해서 만든 게 아닐까 생각해 본다. 옛집에선 화재가 가장 큰 재난이었다. 통도사도 전각마다 화재를 막으려는 각고의 노력이 숨어있다. 이를 테면 전각마다 상단 가장자리에 놓인 작은 소금단지들. 소금은 바다, 즉 용왕을 부르는 상징물이며, 바다의 기운이 화재로부터 절집을 지켜주기를 바랐던 마음의 산물이다.

자장법사가 날려버린 용들은 못 돼먹은 애들이었을지 몰라도 통도사 곳곳에 자리한 용은 의젓하고 믿음직한 존재들이다. 천왕문을 통과하면 극락보전 뒷모습과 맞닥뜨리는데, 바로 그곳에 용이 배처럼 사람들을 싣고 먼 바다를 날아가듯 항해하는 「반야용선도」가 그려져 있다.

신나는 모험이라도 떠나는지 용의 표정에 흥분감이 가득하고 모든 사람들이 서편을 향해 기대에 찬 얼굴로 두 손을 모으고 있다. 배의 뒷머리엔 지장보살이 든든한 배후처럼 서있다. 때마침 동풍이 불어오니 물결도 출렁출렁 신이 났다. 극락왕생을 바라는 그림치고는 너무나 유쾌하고 즐거움이 가득하다. 극락은 그토록 어서 가고 싶은 곳일까? 반야는 불세계에서 지혜를 뜻하는 말이다.

봉발대가 서있는 용화전은 정면 출입구에 두 마리의 용이 불

극락전 뒷벽에 그려진
「반야용선도」.
원래는 바다 위에 연꽃이
여러 송이 떠있지만
거의 다 지워져
형태를 알아보기
어렵다.

쑥 솟아나 있다. 용의 길고 단단한 몸은 대들보가 되어 불전을 받친다. 이는 불전이 배가 되어 중생을 태우고 가는 또 다른 반야용선이다. 고해로 가득한 현실의 삶을 어떻게든 살아내는 길이 이곳에 있다는 것처럼.

'불이', 우리 모두가 하나라는 불세계에서는 삶과 죽음도 따로 떨어진 것이 아니라고 하지만, 죽어서 가는 극락이 무슨 소용일까! 우리는 살아서 극락을 보아야 한다. 그러니 반야, 지혜의 빛을 피안이 아니라 이 세계에서 찾을 일이다. 이 세계, 우리가 발을 딛고 살아가는 이곳에서 연꽃을 찾고 싶다.

나는 영산전으로 향한다. 통도사에서 가장 아름다운 그림이 이곳에 있다. 영산전은 부처님이 영축산에서 제자들에게 설법한 이야기를 상징하는 공간이다. 통도사 영산전에는 부처의 일대기를 여덟 장의 그림으로 표현한 「팔상도」가 있다.

지금 영산전에 걸린 그림은 새로 그려 봉안된 것이고, 원본 「팔상도」는 보물로 지정되어 성보박물관에 있다. 낡은 불화와 새 불화의 종교적 의미는 같다고 보겠지만 그림의 가치로는 옛것을 따라갈 수 없다. 불상에 기도를 올리러 올라온 불자들이 그림 앞에 다가가 들여다보고 기도를 올린다. 이곳 영산전의 주인은 「팔상도」가 맞다.

「팔상도」의 여덟 그림의 내용은 이렇다. 부처가 도솔천에서 내려와 마야부인의 몸에 입태하는 「도솔래의상」, 마야부인의 옆구리에서 세상에 나오는 「비람강생상」, 생로병사의 고통을 알게 된

후 출가를 결심하는 「사문유관상」, 왕자라는 신분과 일체의 것을 버리고 출가하는 「유성출가상」, 수행 과정을 담은 「설산수도상」, 깨달음에 이르러 수행을 방해하는 모든 마군의 항복을 받는 「수하항마상」, 설법을 펼치는 「녹야전법상」, 열반에 드는 장면을 담은 「쌍림열반상」이다.

그림마다 두세 개의 에피소드가 동시에 녹아있는데, 치밀한 구조로 그려진 장면들이 물 흐르듯이 자연스럽게 이어진다. 클라이맥스와 대단원에 이르기까지 극적 긴장감으로 끌고 가는 영화 같다. 수많은 인물군, 도감을 방불케 하는 정교한 식물군, 전각이나 바위 같은 공간적 요소 등이 빈틈없이 빽빽하게 표현된 것이 특징이다.

나는 국립중앙박물관에서 통도사 「팔상도」를 본 적이 있다. 볼수록 아름다운 그림이었다. 국립중앙박물관이 소장한 「팔상도」 밑그림과 통도사의 진본을 나란히 배치해 두었는데, 그러자 복잡한 줄로만 알았던 그림 속 세계가 선명해지고 흥미로워졌다. 밑그림을 옮겨 그리고 채색하는 손길이 눈에 보이는 듯했다.

그림은 글을 알지 못하는 사람들에게 쉽게 설명해 주기 위한 방편이었다. 길고 복잡한 이야기가 압축적으로 표현된 동시에 예술작품으로서도 완벽해야 하니 「팔상도」처럼 어렵고 아름다운 불화가 또 있을까? 나무와 바위도 잘 그려야 하고, 전각과 인물도 훌륭해야 하며, 의복의 고증은 물론 불교적 지식까지 겸해야 했으니, 이런 그림은 주로 승려 장인들의 몫이었다. 통도사 「팔상도」는 당대 최고의 실력자로 꼽히는 포관스님, 유성스님 등 다섯 화승이 함

통도사 영산전.
고요히 가부좌한 석가모니불의 미소가
마음을 편안하게 한다.
영축산 설법 장면을 담은
「영산회상도」 후불화와
석가모니의 일대기를 담은 「팔상도」가
장엄의 세계로 이끈다.

부처님과
마주 보는 벽에 그려진
「견보탑품」.

께 그렸다. 이 그림은 이후 다른 사찰에서 제작하는 「팔상도」의 표본이 되었다.

불단 맞은편 벽에 그려진 「견보탑품」도 놓치기 아까운 그림이다. 온갖 보석으로 장엄하게 장식된 구층탑 주위로 부처님과 보살들이 모여있다. 새하얀 뭉게구름이 몰려오고 환한 웃음을 짓는 불보살을 보니 축원의 그림이 틀림없다. 탑신 중앙에 문이 열려 있고 부처가 자리한다. 부처가 탑 속에 있으니, 이것은 진신사리를 모신 탑이라는 의미가 아닐까?

이윽고 금강계단의 문이 열렸다. 수많은 불자들이 몰려들었다. 나도 그들 뒤를 따랐다. 정사각형의 돌난간이 여러 겹 둘러싼 그 중심에 길쭉한 항아리 모양의 보탑이 서있었다.

누가 먼저랄 것도 없이 두 손을 합장하고 탑돌이가 시작되었다. 머리를 끄덕이며 걷는 사람, 아이의 손을 붙잡고 걷는 사람, 천천히 혹은 빨리 걷는 사람, 소원을 나직이 읊조리는 사람, 아무 말도 못 하고 하늘만 바라보는 사람. 나처럼 탑을 뚫어져라 바라보는 사람도 많았다. 아마도 우리는 돌탑이 쩍 갈라져 수정함에 든 진신사리가 공중 부양하기를 바라는 마음이 아니었을까? 무엇이든 이 세상의 것이 아닌 것을 보고 싶은 마음, 그게 무엇이든 보고 싶다는 간절한 마음이었다. 미래의 약속이 아니라, 지금 이 순간을 열렬히 추구하는 마음으로.

『삼국유사』에 이런 문구가 있다.

사리 백 개를 세 곳에 나누어 보관했는데 지금 여기에는 네 개뿐이다. 이것은 보는 사람에 따라 숨겨지기도 하고 나타나기도 하여 많고 적고 할 뿐이니 이상하게 생각할 것이 못 된다.

_ 일연, 『삼국유사』

보거나 못 보거나, 많거나 적거나, 하나도 이상할 것이 없다니, 사리란 참으로 지혜롭지 않은가!

통도사 적멸보궁.
부처님 진신사리를 모신 탑이
정중앙에 자리한다.
불자들은 한마음이 되어
탑돌이를 한다.

어디로든
가게 되고,

누구라도
만나게
된다
。

통도사 암자순례

산은 산이요,
암자는 암자로다

불세계는 평행우주에 입각해 있다는 이야기를 들은 적이 있다. 석가모니부처님이 보리수나무 아래에서 깨달음의 경지에 이른 그날을 설명하자면, 그것은 어두운 밤 외롭게 정좌한 한 인물의 투쟁이 아니었다. 수많은 타방세계의 부처와 보살, 천신, 천왕 들이 모여 방해하는 마군을 함께 물리쳤으며 깨달음의 기쁨 또한 함께 나누었다. 그러므로 이 세계는 유일하지 않다. 우주 속에는 더 많은 우주가 있고, 나는 여기에 있으면서도 다른 곳에도 있으니, 만물이 서로 다르지 않음과 통한다는 것인데…… 알 듯 말 듯 어려우니 여기까지만 하자.

통도사에 갔다가 근처 암자를 돌아보던 날, 나는 우주 속에 우주, 하나의 우주와 공존하는 또 다른 우주가 무엇인지 알 것 같았다. 통도사라는 하나의 완결된 불세계가 존재하지만, 영축산에는 열일곱 개의 암자들이 각자 자신들의 세계를 구축하고 있다. 암자마다 갖추어놓은 풍경도, 절집의 색깔도, 향기도 모두 다 달랐다. 스님들의 수행 풍습이 다 다른 까닭일 수도 있겠다. 윗대 스승의 가르침을 따르다 보니 달라졌을 수도 있다. 그리고 이 또한 선을 구하는 불법의 다양한 얼굴일지도 모른다.

극락암은 꽃과 그림으로 가득했고, 서운암은 된장과 고추장으로 가득했다. 자장법사가 통도사를 세우기 전에 지었다는 자장암은 적요로운 산의 풍경이 압도적이었고, 장경각은 내려다보는 풍경이 까마득하고 아스라했다. 강아지가 사는 절이 있고 고양이가 다니는 절이 있다. 수국이 아름다운 곳이 있는가 하면 단풍이 절경인 곳이 있다. 그러니 어느 암자가 최고다 말할 수도 없다.

가장 먼저 가본 곳은 통도사와 비교적 가까운 곳에 자리한 서운암이다. 장독간이 이렇게 넓은 암자가 또 있을까? 두세 군데 너른 터에 가득 늘어선 장독 안에선 된장, 고추장, 간장이 익어간다. 우리 식구들은 서운암 된장과 고추장을 좋아한다. 많이 맵지 않고 그렇다고 많이 달지도 않은 약고추장은 쌈을 먹거나 비빔밥에 툭 넣어 먹으면 그만이다. 집된장이 그리울 땐 서운암 된장이다.

조계종 종정(종단을 상징하는 최고의 정신적 지도자)이 되신 통도사 방장 성파 큰스님은 별명이 된장스님이다. 서운암의 장독간은 스님의 생각과 실천을 보여주는 장면이다. 장독들이 크기도 할뿐더러 상한 곳 없이 반짝반짝 빛나는데 알고 보면 모두 버려진 옹기 항아리를 모아놓은 것이란다.

1980년대 아파트 붐이 일면서 사람들이 버린 장독을 하나하나 챙겨둔 것이 오천 개나 된다. 그렇게 모은 장독에 전통 방식으로 장을 담가 나누기 시작하면서 그 유명한 서운암 된장, 간장, 고추장이 되었다. 매화꽃이 피고 매실이 익는 화사하고 서늘한 곳에서 장독이 숨을 쉬고 장을 익힌다. 예불시간에는 독경 소리도 듣고 향불 냄새도 맡으며 익어간다.

서운암에서 산 쪽으로 올라가다 보면 금목서가 짙은 향기를 뿌리고 드문드문 파초가 서있는 야생화 공원이 있고, 산 정상으로

매화의 향기 속에
익어가는 장.
드넓은 장독간은
서운암의
자랑이다.

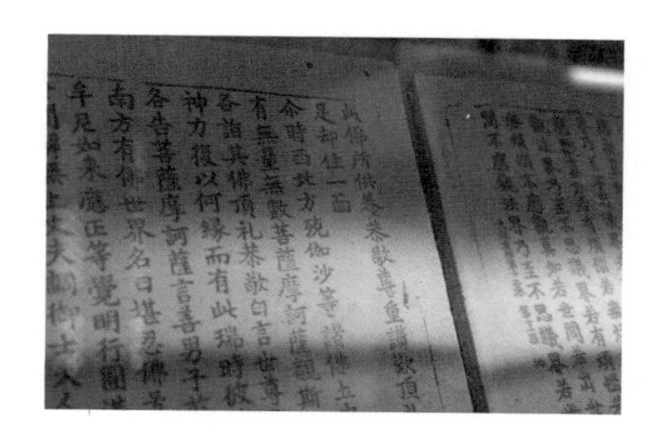

서운암 위쪽
산 위에 자리한 장경각은
도자기로 제작된
대장경판이
봉안되어 있다.

오르면 장경각이라는 안내판이 보인다. 통도사에도 장경각이 있다. 도자기판으로 제작한 십육만대장경이 보관되어 있다. 1991년부터 10년간 서운암 경내의 가마에서 작업한 것으로, 초벌구이를 한 도자기판에 해인사 팔만대장경 인출본을 실크스크린 전사 기법으로 새기고 유약을 발라 다시 구웠다. 목판은 앞뒤로 새겨져 있으나 도자기판은 한 면만 글씨가 있으므로 팔만대장경의 두 배인 십육만대장경이 된 것이다.

경판각 내부는 도서관 서가처럼 꾸며진 방과 미로처럼 형성된 서가가 있다. 만(卍)자 도형을 겹겹으로 그린 법계도로 구성되어 있어서 이 서가를 한 바퀴 도는 것만으로도 장경을 한 번 독경한 만큼의 공덕을 쌓는단다. 그걸 미리 알았더라면 빨리 나갈 생각을 하지 않고 천천히 정성을 들여 포행을 했을 텐데…… 이렇듯 장경각은 서가인 동시에 수행 장소다.

아름다운 암자로 유명한 사명암에는 단청 장인으로 활동하는 동원스님이 계신다. 스님은 단청뿐 아니라 탱화, 불화도 그린다. 그 옛날부터 불전의 장식을 맡은 수많은 화승들이 있었듯이 스님은 평생 불화와 단청을 그리는 일을 하고 있다. 그래서인지, 사명암은 고요한 가운데 꾸밈의 아름다움이 남달랐다. 단청과 꽃나무의 색채가 어우러져 경내가 화사하다.

이렇게 아름답게 매만지고 정성껏 꾸민 암자가 처음엔 건물 두어 채만 남은 폐허였다는 사실은 믿기가 어렵다. 사명암은 그 옛날 사명대사가 부처님 진신사리를 지키기 위해 작은 거처를 세운 자리라 한다. 간결하고 아름다운 영각은 사명대사의 진영을 모신

단청이 곱고
꾸밈이 남달랐던 사명암.
물을 내려다보는 정자인
무작정(위)과
사명대사의 진영을 모신
영각(아래).

곳으로 이 암자의 중심이다.

물고기가 헤엄치는 연못 앞에 관음보살상이 서서 불자들을 맞이한다. 목련나무, 자두나무, 복숭아나무, 벚나무, 박태기나무, 단풍나무 등등 사철 꽃이 피고 울긋불긋 치장을 한다. 물길 위에 넓은 산을 내려다보며 높이 서있는 정자가 있으니 그 이름이 '무작정'이다. 불자들은 법당보다 무작정에서 보내는 시간을 더 좋아하는 것 같았다. 거기선 무엇이 보이려나, 나는 큰 기대를 갖고 정자가 비기를 기다렸으나 그 누구도 무작정을 나올 생각을 하지 않았다.

영축산은 넓고
암자는 많다

영축산이 얼마나 깊은지 아는 사람만 알리라. 고개를 넘어가니 넓은 들판이 나오고 그 앞으로 다시금 고갯길이 펼쳐진다. 오른쪽 고개에도 암자들이, 왼쪽 고개에도 암자들이 있다. 하룻길에 다 보지 못한다는 말이 사실이었다.

나는 계곡을 따라 올라가는 왼쪽 고개 쪽 자장암으로 향한다. 물이 많지 않은데도 졸졸졸 찰찰찰 물소리가 깊이 울린다. 청량한 물의 기운이 산길을 더욱 신비롭게 만든다. 이 물줄기는 통도사 입구까지 이어진 천년소나무숲길 옆 계곡까지 흘러간다.

자장암은 산허리에 자리한 마애불을 중심으로 조그만 관음전이 있는 작은 암자다. 오히려 선원이 크게 자리하면서 암자 규모가 넓어졌다. 108개의 돌계단을 하나씩 밟고 올라 돌로 된 불이문을 통과하면 계곡 너머 건너편 산의 장대한 풍경과 마주하게 된다. 구름이 산봉우리에 걸려있으니 이 몸도 구름 속으로 솟아오른 듯하다. 산과 계곡, 절벽으로 이루어진 자장암 자리는 자연의 신비로움과 아름다움으로 가득하다.

그런 이유로 바로 이 장소가 자장법사가 통도사를 세우기 전에 수도하며 머물렀던 곳이라는 이야기는 믿지 않을 도리가 없다. 저 산, 저 계곡, 저 바위에서 불보살들이 나타나더라도 하나도 이상하지 않으니까. 불가의 이상세계와 닮은 곳에 수행처를 두는 선승의 절집으로 이보다 더 좋은 곳을 찾을 수 있을까?

자장암은 1870년에 회봉스님이 중건했다. 관음전과 세존각, 자장전, 자장문, 요사를 지으며 절집을 완성했다. 문도 작고 절집도 작다. 절집은 이 자리에 솟은 바위들을 솎아내지 않고 그대로 둔 채로 지어졌다. 관음전의 문턱과 마룻바닥 그리고 지붕은 불쑥 솟은 바윗돌이며, 뒤편의 아미타불을 새긴 바위를 거스르지 않고 조심스럽게 앉혀졌다. 아미타불은 양쪽으로 접힌 바위에 두 협시보살을 거느리고 있다. 그러니까 감실에 자리한 마애삼존불이다.

관음전에 모신 관음보살과 석가모니불도 자그마하다. 아늑하고 작은 불당 뒤편엔 금와보살 전설이 흐르는 바위가 있다. 자장법사가 수도하던 시절, 개구리 두 마리가 맑은 물을 흐리는 것을 보고 바위에 구멍을 뚫어 아이들을 들여보냈는데, 이들이 금개구리가 되었다는 것이다. 그런데 지금도 바위 안에 개구리가 출몰할 뿐 아니라 몸 색깔이 금색이라 해서 화제가 된 모양이었다. 돌구멍을 들

자장암은 장엄하고 신비로운
산과 물의 기운이 넘친다.
108개의 계단을 오르면
돌문이 기다리고 있다.
아무런 이름이 적히지 않은
이 문을 불자들은
불세계로 향하는
불이문으로 여긴다.

자장암 관음전.
바위를 그대로 두고
절집을 지었다.

여다보려는 사람들이 길게 줄을 선다. 개구리보살이 놀랄 수도 있으니 사진은 자제해야 한다.

"어허, 어허……."

감탄사를 연발하며 한참을 들여다보는 한 불자에게 내가 물었다.

"진짜 있어요?"

"응, 있어요."

"금색 개구리요?"

내가 또 묻자 그는 웃으며 자리를 비킨다.

"직접 보시구랴!"

미심쩍은 얼굴을 했더니, 이런 말도 남긴다.

"잘 보면 보이는데, 안 보인다는 사람도 있지 싶고."

나는 조그만 검은 구멍에 눈을 가까이 댄다. 암흑 속에 암흑 속에 암흑 속에…… 아무것도 보이지 않는다. 그냥 내 눈엔 텅 빈 검은색만 보일 뿐이다. 금와보살은 잠시 어디로 간 것일까? 깨달음을 얻어야만 어둠 속의 존재를 보게 되려나!

암자들은 극락세계, 이상세계를 표방한 곳이 많다. 극락보전을 갖춘 사명암이나 선(禪)의 세계를 보여주는 자장암, 이름 그 자체가 극락인 극락암과 극락의 다른 이름인 안양암도 있다. 암자들은 속세와 멀리 떨어진 채로 그곳만의 시간 법칙으로 흘러가는 듯했다.

극락암은 입구부터 다른 세계로 들어온 듯 아름다웠다. 둥그런 아치형 석조다리가 놓인 극락영지가 대담하게 절집의 분위기를 주도한다. 수국이며 꽃과 나무가 흐드러져 시간이 다르게 흐르는 듯했다. 불이문이라 적힌 작은 나무대문을 통과하면 오래된 전각들이 나름의 질서를 갖고 놓여있다. 주불전인 극락전 주변에 선원으로 사용하는 큰 건물들이 겹겹이 놓여있다. 스님들이 방방마다 계시니 스님들을 돕는 보살들도 많다. 공양간도 크고 오가는 사람들도 많았다.

극락암은 고려 말에 창건해서 1758년에 중건했다. 극락선원이 있어 많은 수행자들이 정진하고 있다. 오래된 전각도 많아 역사를 읽을 수 있다. 삼소굴이라는 세 칸짜리 옛집이 특히 귀하게 보존되고 있는데, 이곳은 경봉 큰스님이 계시던 곳이라 한다. 스님이 극락암에서 수행하게 되자 많은 스님들이 따랐고 법회도 매주 열려 불자들을 맞이했다. 암자는 스님의 공간, 스님의 철학을 담은 곳이다.

극락전 외벽에 파란 바탕에 검은 붓을 휘둘러 그려놓은 원 하나를 보았다. 텅 빈 원은 완전한 깨달음의 상태. 좀 더 복잡하게 말하자면, 깨달음으로 향하는 길을 안내하는 「심우도(십우도)」에서 여덟 번째 단계인 「인우구망」, 즉 소와 사람 모두 공(空)이라는 것을 상징한다. 커다란 원은 인물이 빽빽하게 그려진 불화보다 더 선명하게 다가왔다. 너와 내가 다르지 않다는 것, 우리는 이어져 있다는 것, 삶은 모두 다르지만 추구하는 것은 하나라는 것.

뜬구름 같은 마음의 말을 듣고 말하는 것이 절집에서는 전혀 어색하지도 이상하지도 않다. 좋은 말씀을 기분 좋게 나눌 수 있으니 절집이다. 우리는 하나! 그러니 나에게 하듯 너에게도, 그 누구라 하더라도 따뜻하게 대해주어야 한다. 이것만 명심하기로 했다.

햇볕이 절집을 그림자 없이 밝혀준다. 바람이 나풀나풀 불어온다. 나는 아무런 이유 없는 단순한 기쁨을 느낀다. 꽃도 좋고 볕도 좋으니 극락이 따로 없다. 스님, 보살, 불자, 여행객이 구분 없이 기도를 올리고 툇마루에 걸터앉아 쉰다. 꽃을 감상하고 사진도 찍는다. 절집을 자기 집으로 삼은 강아지 한 마리가 어슬렁거리다가 주저앉아 눈을 감는다. 환한 빛이 흰 털을 부드럽게 어루만지자, 강아지는 스르르 잠에 빠져들었다.

도래할 부처와 도래한 부처, 우리는 하나다

마지막으로 가볼 곳은 수도암이다. 오십 년 전 수도암에 한 예술가가 찾아와 머물렀다. 조각가 권진규는 그 두어 달 동안 나무를 깎아 불상을 만들었다. 불상은 몹시 독특했다. 생각에 잠긴 듯 눈을 반쯤 감고 있는 얼굴엔 만족감이랄까, 충만함이 어려 있다. 좌대 위에 앉아 있으면서 항마촉지인을 하고 있으니 석가모니불이다. 그런데 머리에는 미륵보살의 관을 썼다. 석가모니불과 미륵불이 한 몸에 있다.

어째서 조각가는 아직 오지 않은 부처와 이미 도래한 부처를 한 몸에 새겨 넣었을까? 조각가가 불상을 잘 몰라서 실수를 저지

암자는 살림집처럼 아기자기한 맛이 있다.
강아지는 망중한을 즐기고, 스님은 절집을 손본다.

른 것일까? 그런데 이 조합이 무척 의미심장하게 느껴진다. 예술가의 내면 깊은 곳에서 생겨난 마음의 움직임이 이런 조합을 만들어 낸 것이 아닐까?

권진규는 불교와 가까운 예술가였다. 법주사 청동불상 제작에 참여하면서 조각가의 길을 시작했고, 일본 무사시노 미술대학에서 조각을 공부하고 예술가로서 본격적인 활동을 펼쳤다. 그러다 1956년 어머니를 돌보기 위해서 한국으로 돌아왔다. 그 결정은 권진규의 생애를 더 어둡고 더 치열하게 바꾸었다. 일본에서 환영받던 그의 작품은 한국에서는 큰 관심을 받지 못했다. 조각가는 어둠 속에서 스스로의 길을 찾기 위해 고군분투했다.

권진규는 불상을 자주 만들었다. 자신을 승려로 표현한 자소상도 여러 버전이 있고 비구니 조각도 여러 점이다. 머리를 밀고 가사를 입은 모습이 자신의 본질을 표현한다고 생각했을지 모른다. 표정을 없앤 얼굴, 동작을 드러내는 팔도 몸통도 없애고 오로지 기다란 목과 좁은 어깨, 그것만으로 인간의 본질을 꿰뚫는 작품을 제작했다. 권진규의 마지막 작품은 흰 소의 머리였는데, 「심우도」에 등장하는 소, 깨달음을 의미하는 바로 그 소였다.

1971년 4월 권진규는 수도암에 왔다. 당시 그는 서울대학교에 출강하고 있었으나 수업을 팽개치고 불상 제작에 매달렸다. 그때 나무를 깎아 만든 불상이 바로 미륵의 관을 쓴 석가모니불이었다. 서울로 돌아간 그는 목재 불상을 원본으로 삼아 두 점의 불상을 더 제작했다. 흙을 빚어 구워내는 테라코타로 한 점, 불상 제작에 쓰이는 전통 방식인 건칠로 한 점.

테라코타와 건칠은 권진규의 주특기다. 그런데 테라코타와 건칠로 표현된 불상은 완전히 다른 느낌을 준다. 테라코타 불상은 질감이 매끈하고 부드러운 얼굴이다. 젊고 수줍으며 다른 세계를 바라보는 듯 반쯤 눈을 감은 그 얼굴은 금동미륵보살반가사유상처럼 고요하고 평온하다. 그러나 건칠 작품은 완전히 다르다. 부처의 얼굴과 몸이 거친 요철감으로 가득해서 흉터투성이처럼 보인다. 고행하는 수도승 모습이다.

테라코타와 건칠은 하나의 석고틀, 같은 원본에서 나온 작품이다. 그러나 결과물은 다르다. 도래할 부처와 이미 도래한 부처가 상처투성이로 견디고 있는 이유는 과연 무엇일까? 어쩌면, '사람이란 무엇이며 인생이란 무엇인가?'라는 질문을 끝까지 파헤치다 보니, 여기까지 온 게 아닐까? 매 순간 우리를 찾아오는 질문을 이렇듯 치열한 조각으로 표현한 것이 아니었을까?

이런 권진규를 마음에 담고 수도암을 찾아갔다. 불전과 요사밖에 없던 작은 암자는 찾아오는 발걸음이 늘어나면서 절집의 모양새를 갖춰갔다. 요사를 공양간으로 넓히고, 불전 뒤 절벽에 계단을 쌓아 그 위에 산신각을 세웠다. 스님들은 불전의 한쪽을 늘여 그곳에서 생활한다. 불전 옆에 스님들 신발이 놓여있다. 수행과 생활을 같은 공간에서 하는 것이다.

수행과 생활이 분리되지 않는 삶, 그건 예술가의 삶과 비슷하다. 매일 추구하는 것과 매일 살아내야 하는 생활이 서로 다르지 않는 삶. 그런 삶을 추구하면서 우리는 매일 조금 다른 인간이 된다.

권진규가
1971년에 제작한
건칠 불상.
(©권진규기념사업회)

낡은 대로, 수수한 대로, 생채기가 있는 그대로, 잘 자란 은행나무를 앞에 두고서 수도암 불전은 불심 가득한 보살들의 보시로 가득하다. 지금도 낡았으나 권진규가 왔던 그때도 분명 낡았을 절집을 상상해 본다. 권진규가 어디서 잠들고 조각을 했을지 이리저리 둘러보았다. 작업실로 삼기에 마땅한 곳은 없었지만, 다시 보면 모든 장소가 나무를 깎기에 적당했다.

서울의 좁고 높은 골목길에 자리한 작은 작업실에서 나와 푸르고 푸른 영축산의 품으로 온 그는 지병도 내려놓고 나무를 깎았다. 다시 그 작고 닫힌 작업실에서 흙터투성이 불상을 완성하면서 그는 어떤 깨달음을 향해 가고 있었다. 수도암의 부처님은, 저 나무들은 마지막 불꽃을 피우던 한 인간을 기억하고 있을까?

수도암에서 나와 통도사로 향하는 길에 차밭을 발견했다. 이 차밭도 불세계에 존재하는 또 하나의 우주일 것이다. 동글동글하게 뭉쳐진 차나무숲이 마음을 푸근하게 한다. 다가가서 살펴보았더니 어린 찻잎을 막 수확한 상태다. 올해의 첫 봄차가 완성되었겠다. 도심에서 멀지도 가깝지도 않은 이곳에 이렇게 차밭이 숨어있었다니, 나는 꽁꽁 숨겨둔 보물이라도 훔쳐본 것처럼 통쾌해졌다. 통도사의 삼천 평 차밭은 1980년대부터 '차와 수행이 곧 하나'라는 선다일미 정신에 입각해서 조성했단다. 혹시나 했더니 이 차밭을 조성한 이도 성파스님이다. 앞으로는 통도사의 봄차를 기다려도 되겠다. 성파스님, 성불하십시오!

권진규의 흔적이 남아있는 수도암,
삶과 수행이 하나라는 점에서
스님과 예술가는 닮았다.

3부.

합장 合掌

두 손바닥을 마주하며 합하는 것.
마음의 경건함과 한결같음을 나타낸다.

합장

하나로 이어지는 마음

인생의
다음 여정을
오를 때면

늙은
절집으로
가자

◦

봉황산

부석사

가장 어두울 때가
가장 아름답다

부석사에 처음 왔던 때는 해가 산등성이에 걸렸다 넘어갈 무렵이었다. 어스름이 찾아온 절집엔 아무도 없었다. 저녁예불을 올리는 스님도 안 계셨다. 무량수전에 아미타부처님만이 고요히 앉아계실 따름이었다. 그때 일주문 밖에 줄지어 선 사과나무에는 흰 꽃이 만발했고 예쁜 등도 달려있었다. 오르는 길도 내려가는 길도 심심치 않았던 이유가 꽃과 등 때문은 아니었겠지만.

십여 년 전의 일이다. 경주에서 하룻밤을 자고 청송 주산지에 갔다가 영주 부석사에 왔더니 산 너머로 해가 늬엿늬엿 넘어간다. 어둠이 몰려오는 절집을 힘겹게 올랐으나 법당 안으로 들어갈 엄두를 내지 못했다. 그 유명한 부석도 기억에 없다. 다만 배흘림기둥은 점찍듯 보았던 것 같다. 그 모든 것을 다 내치고 내가 보았던 것은 안양루 앞에 펼쳐진 먼 세상이었다. 푸른빛이 감도는 산 능선이 얼마나 장대하고 아득하던지, 가만히 서있어도 눈물이 났다.

그즈음 나는 아이를 갖고 싶은 열망을 품고 좋은 곳을 다녔다. 좋은 마음을 품고 좋은 생각을 하면 아이가 온다는 말도 철석같이 믿었다. 나는 좋은 마음을 먹고 좋은 생각만 하다가도 갑자기 울음을 터트리곤 했다. 그날도 조금은 울었을까? 부석사는 세상 초연한 모습으로 그늘을 드리웠는데, 계단을 오르고 또 오르면서 내 마음이 계속 바뀌었다.

누각을 오르면 또 다른 세상이 나오고 그다음 누각을 올라가

면 또 다른 세상이 나왔다. 그 계단 하나하나에 짐을 덜어내고 또 덜어내는 것만 같았다. 그도 그럴 것이 내려놓지 않으면 끝없이 나오는 그 많은 계단을 다 올라갈 수 없었으니까.

그래서 이렇게 많은 계단을 놓았구나, 한 단 한 단 끝날 때마다 쉬어갈 자리를 만들어놓았구나, 그런 생각만 들었다. 가장 높은 곳인 무량수전 앞 안양루에 섰을 때는 마음에 빈틈이 생길 정도였다. 그 틈으로 세상의 풍경이 밀려들어 왔다. 이 풍경을 보여주려고 이 절집이 이 자리에 놓였나 보다. 절묘하고 신묘했다.

내 몰골은 초라했으나 그때 보았던 세상은 찬연히 아름다웠다. 골골이 이어진 산들로 둘러싸인 이 세상이 참 아늑해 보였다. 무량수전은 세상의 풍경을 모두 감싸 안으며 조금씩 어둠에 물들고 있었다. 그때 내 앞에 내미는 손이 있었다.

"이제 내려가자."

나는 그 손을 잡고 수많은 계단을 힘들이지 않고 내려왔다.

그때 왜 부석사를 갔을까? 아마도 부석사라는, 뭔가 발에 걸리고 입안을 서걱거리게 하는 그 이름 때문이었을 것이다. 나는 신경숙 소설가가 쓴 짧은 소설에 등장하는 부석사를 잊지 못하고 있었다. 소설 속 인물들은 소설이 끝날 때까지 부석사에 도착하지 못했다. 그런데도 끝끝내 가고자 하는 그 부석사가 왠지 내 마음을 흔들었다. 주인공이 그곳에 가려는 건 누군가의 권유 때문이었는데, 거길 꼭 가보라던 그 사람은 이렇게 말했다.

능선 뒤의 능선 또 능선 뒤의 능선이 펼쳐지는 그 의젓한 아름다움을 보고 오면 한 계절은 사람들 속에서 시달릴 힘이 생긴다.

_신경숙, 「부석사-국도에서」, 『종소리』

부석사 하면 최순우 선생의 책 『무량수전 배흘림기둥에 기대서서』가 가장 널리 알려져 있다. 이 책에선 부석사를 어떻게 말하고 있을까?

소백산 기슭 부석사의 한낮, 스님도 마을 사람도 인기척이 끊어진 마당에는 오색 낙엽이 그림처럼 깔려 초겨울 안개비에 촉촉이 젖고 있다. 무량수전 안양문 조사당 응향각들이 마치 그리움에 지친 듯 해쓱한 얼굴로 나를 반기고 호젓하고도 스산스러운 희한한 아름다움은 말로 표현하기가 어렵다. 나는 무량수전 배흘림기둥에 기대서서 사무치는 고마움으로 이 아름다움의 뜻을 몇 번이고 자문자답했다.

_최순우, 『무량수전 배흘림기둥에 기대서서』

아름다움을 몇 번이고 자문자답하게 되는 곳이자 의젓한 아름다움을 보고 나면 세상을 견뎌낼 힘을 갖게 되는 곳. 나는 이런 장소가 세상에 있다는 것만으로도 마음이 가벼워지고 안심이 되었다. 그래서 부석사는 인생의 그다음 여정을 오르기 위해서 반드시 가야 할 곳인 양 마음속에 넣어두었다. 스산하면서도 호젓한 풍경으로, 결코 화려하지도 생기가 넘치지도 않았으나 그렇다고 소진된 것도 노쇠한 것도 아닌 풍경으로 세상의 경계를 보여주던 부석사.

거길 다녀와서 힘을 얻었는지 잘 모르겠다. 그날의 나는 아팠고 다시 기억하고 싶지 않지만, 그날의 부석사는 내 기억에 남아있는 가장 아름다운 장면에 속한다. 쪼그라든 마음에도 아름다운 건 아름답다. 사무치게 아름답다.

사랑은 바다를 넘고 사람을 이끈다

그때로부터 십여 년이 지나 부석사를 다시 오른다. 이번엔 부석 때문이었다. 그날은 보겠다는 생각조차 하지 못했던 부석의 존재가 발길에 걸리는 돌부리처럼 생각났던 것이다.

부석사는 부석, 떠있는 돌이 주인인 절이다. 무량수전의 서측에 나지막한 바윗돌이 쌓여있는데, 그 가장 윗돌에 '浮石(부석)'이라고 적혀있다. 아무리 들여다봐도 바위가 떠있는 것처럼 보이지는 않는데, 그 의문에 대해서는 기다란 실을 지나가게 했더니 걸리지 않고 통과하더라는 통설이 있다. 그렇더라도 신비로운 분위기는커녕 그저 판석 같기만 하다. 그러나 이 부석에는 미처 알지 못했던 이야기가 숨어있다. 의상대사를 연모한 선묘라는 아가씨가 불심으로 움직였던 바윗돌이라는 이야기가.

의상대사는 사찰 창건 하면 가장 자주 등장하는 인물이다. 그는 어떤 사람이었을까? 『삼국유사』와 『송고승전』에는 의상이 박씨 성으로 태어나 황복사에서 출가했으며 매우 재능이 뛰어나고 진실된 성품의 사람이었다고 전한다. 부모가 박씨와 김씨 성을 가졌으며 황복사는 왕실 사찰이었으니, 진골 귀족 출신이라 보는 것이 타당하다.

원효, 의상이 함께 당나라 유학을 떠나려고 도모하던 중에 해골물을 마시고 깊은 깨달음을 얻은 원효가 민중 포교로 방향을 바꾸었던 일은 널리 알려져 있다. 혼자 남은 의상은 뜻한 바대로 당나라로 떠났다. 그리고 지엄선사로부터 화엄경을 배우고 신라로 돌아왔다. 신라에 화엄사상을 널리 알린 장본인이 바로 의상이었다.

시간을 거슬러 의상이 중국에 머물던 시절로 가보자. 신도의 집에 머무르며 공부 준비를 하는 의상을 선묘라는 아가씨가 연모하게 된다. 의상은 용모가 뛰어났음에도 젊은 여성의 유혹에 전혀 동요하지 않고 승려로서 정진에 몰두했으니 선묘는 더더욱 그에게 감동하게 되었다.

"당신을 끝까지 지키겠소!"

선묘는 맹세했다. 신라로 돌아가려고 배에 오른 의상을 바라보던 선묘는 급기야 바다에 뛰어들고 말았으니, 그녀는 승천하여 의상을 호위하는 용이 되었다.

부석 이야기는 이제 시작이다. 의상이 화엄종 사찰을 지을 땅을 물색하다가 매우 좋은 곳을 찾았으나 서로 다른 종파 수백 명이 먼저 진을 치고 있었다. 선묘가 거대한 바윗돌로 변신하여 땅 위에 떨어질 듯 말 듯 공중 부양의 괴력을 선보였더니 무리들이 혼비백산 도망을 갔다. 그리하여 그 자리에 세운 사찰이 바로 부석사다. 부석사 창건에는 이렇듯 의상의 화엄사상과 함께 선묘의 신묘한 이야기가 스며들어 있다.

여기서 이야기가 끝난다면 한 번 듣고 말 이야기가 되었을 것이다. 그런데 선묘 아가씨의 러브스토리는 바다 건너 일본으로 널리 퍼져갔다는 점에서 우리는 그녀를 다시 돌아보게 된다.

일본 화엄종의 본진이라는 고잔지에는 「화엄종조사회전」이라는 두루마리 그림이 보물로 전해진다. 의상과 원효를 다룬 이 그림의 주요 내용이 바로 의상과 선묘의 이야기다. 당나라 아가씨 선묘가 신라의 승려를 연모하다가 불법에 귀의하고, 바다에 몸을 던져 용으로 승천하고, 의상의 호위를 맡는다는 스토리라인이 그대로 담겨있다.

선묘 아가씨는 불법의 수호신으로 모셔지기도 하지만 애틋한 연모의 이야기로 인해 더더욱 인기를 모았다. 일본에는 선묘의 이름을 딴 사찰도 존재한다. 중국과 신라의 교류에서 파생된 문화가 일본으로 넘어가 새롭게 꽃피운 흔적이다. 해양을 공유하는 다양한 문화권들에는 이렇듯 공통적으로 받아들인 이야기가 존재한다.

부석사 조사당에는 의상과 선묘의 진영이 함께 걸려있고, 선묘를 모신 선묘각도 따로 존재한다. 일연의 『삼국유사』에는 선묘의 이름을 찾아볼 수 없지만, 사람들은 선묘가 용으로 승천하여 스님과 사찰을 지킨다는 부분만큼은 진실로 믿고 싶었던 모양이다. 무량수전 앞마당 지하에 돌로 빚은 용이 묻혀있다는 전설이 오래전

안양루에서 바라보는
아득한 세계는
극락정토라 할 만큼 황홀했다.
안양은 극락과
같은 뜻이다.

무량수전 옆에 남아있는 부석.
평범한 돌더미에서
부석사의 긴 이야기가
시작된다.

부터 떠돌았는데, 그것이 사실인지 아닌지 1960년대에 발굴 조사까지 했더라는 것이다. 이 사건으로 예사롭지 않은 구불구불한 바위가 파묻혀 있음을 확인하긴 했지만, 자연석을 조각한 것인지, 거대한 조각상을 묻은 것인지, 아니면 그냥 자연석인지 결론을 내리지 못하고 무성한 뒷이야기를 남겼다. 평범한 돌덩어리 부석에서 흘러나온 이야기가 이렇듯 부석사를 가득 채우고 있다.

어느 절집이 가장 오래되었나 하는 문제

건축역사학자인 김봉렬 교수는 최초의 부석사는 초막 몇 채로 이루어진 청빈한 수도원의 모습이었으리라고 추측한다. 그는 9세기 신라 경문왕 때 화엄종이 세를 확장하면서 회전문 주변의 하단과 범종각 주변의 중단, 안양루와 무량수전의 상단으로 이루어진 삼단 구조를 갖추게 되었다고 보았다. 부석사는 살짝 틀어진 축을 따라 조금씩 어긋나게 배치된 것이 특징이다. 하단에서 상단까지 반듯하게 일직선상에 있지 않은데, 그렇게 비껴나 있는 그 점이 부석사 공간을 한층 신비롭게 만든다.

화엄종이 심화되는 고려시대에는 부석사의 위상이 매우 높았다. 그리하여 원융국사가 주지로 있을 즈음 무량수전이 중창되고 1377년에는 조사당을 중건하는 등 지금처럼 부석사의 기틀이 잡혔다.

부석사 무량수전은 봉정사 극락전, 수덕사 대웅전과 함께 목조 건축물로 가장 오래되기로 손꼽힌다. 그중 어느 절집이 가장 오래되었을까? 절집의 역사가 천 년을 훌쩍 넘어가니 기록물을 찾기가 쉽지 않고 창건과 무관하게 중창된 건물을 두고 역사를 논하는 것도 적합한가 의문이 든다.

그럼에도 '가장 오래된 목조 건축'이라는 타이틀 매치는 계속되어 왔다. 세 건물은 새로운 자료가 나올 때마다 그 순위를 바꾸었다. 일단 수덕사 대웅전은 기둥의 화반에 명확한 기록이 남아있어 1308년에 지어졌음이 확실한 반면, 나머지 두 건물은 중건 기록을 지속적으로 발굴해 가면서 연대를 재조정하는 중이다.

봉정사 극락전은 1972년 해체 수리하면서 발견된 문건에서 1363년에 옥개를 크게 수리했다는 내용을 찾아냈다. 통상 건물을 짓고 백 년에서 백오십 년이 지나야 옥개를 수리하는 정황으로 미루어보건대 1300년대 초반에서 1200년대 초로 건립연대를 상향 조정하면서 현존하는 가장 오래된 목조 건축 1위 자리를 차지하게 되었다.

부석사 무량수전은 공민왕 때인 1358년에 불탄 뒤 우왕 때인 1376년에 중건한 점을 17세기에 작성한 문건을 통해서 확인한 뒤로 가장 후발주자로 여겨졌으나, 건축역사학자들 사이에서는 건축공법의 혁신 정도에 비추어 건물의 중수 시기를 앞으로 당기려고 애쓰고 있다.

정말이지 많은 역사학자와 건축학자들이 새로운 증거들을 발굴하려 하는데, 그 이유가 가장 오래된 건물의 타이틀 매치 때문은

범종루 누각에서 바라보는
안양루와 무량수전.
일직선에 놓이지 않고
살짝 비껴난 그 흐름이
부석사 공간을 한층 신비롭게 만든다.
무량수전에는 심오한 고요와
서늘한 기운이 감돈다.

신도용
신발을 벗고 들어오세요

아닐 것이다. 새로운 문헌을 확보하고 해석의 오류를 바로잡고 중국 등 동아시아와 양식 비교를 이어가면서 건축물 하나가 가질 수 있는 이야기들이 더욱 풍부해지기 때문이다. 예상치 못한 문헌에서 발견한 글자 한 자로 인해 역사가 바뀔 수 있으니 이 얼마나 흥미로운 작업인가?

우리가 서있는 이 장소가 지나간 시대를 얼마나 깊이 품고 있는지를 알게 되면, 과거로부터 이어져 온 적층의 시간이 더욱 가치 있게 다가온다. 인간이 차곡차곡 쌓은 것들과 태고의 시절부터 크게 다르지 않을 산천의 풍경이 합쳐지면서 수행하고 기도하는 하나의 공간, 절집이 탄생한다. 그때 아름다움과 사랑과 평화도 함께 태어난다.

느낌 탓이었을까? 무량수전은 밖에서 볼 때보다 내부가 훨씬 더 높고 넓었다. 그 넓은 공간에 아미타불 혼자 협시보살 없이 수미단 위에 앉아계신다. 부처님은 정문이 있는 남향으로 앉아있지 않고, 서쪽에 앉아서 동쪽을 바라보고 있다.

불전 앞 공간이 깊어 부처님과의 거리가 멀다. 그 정도 거리에 서있어도 부처님 얼굴이 훤히 다 보인다. 앉은키가 2.75미터, 어깨폭이 1.24미터, 만다라를 한 무릎의 폭이 2.08미터에 달하는 대형 부처님이다. 얼굴은 조금 무서워서 마주 보기가 꺼려진다. 금을 칠한 광배가 활활 타오르는 것만 같아서 장엄의 분위기가 고조된다.

가만 보니 아미타부처님의 수인이 손가락을 요염하게 구부린 구품인이 아니고 항마촉지인이다. 아뿔싸! 부처님이 자기 수인을

무량수전에
홀로 계신 아미타불.
나무로 골격을 만들고
진흙을 붙여 만든
소조여래좌상이다.
국보 제45호로 지정되어 있다.

헷갈렸나 보다!

의상대사는 당에서 꽃피운 화엄종을 신라로 들여온, 불교계에서 벌어진 역대급 사건의 주인공이었다. 뿐만 아니라, 불교미술에서도 거대한 사건의 주인공이었으니, 당시 중국에서 막 유행하기 시작한 항마촉지인 도상(미술 작품에 표현된 신화적, 종교적 상징)을 신라로 들여온 장본인이었다. 7세기 이후부터 신라에 석가모니불의 항마촉지인과 비로자나불의 지권인이 크게 유행하는데, 이들 수인 덕분에 부처님들이 자신의 자리를 찾아갔다.

도상이 완전히 정착하기 전에 혼란스러운 시기가 반드시 존재하는데, 바로 이때 부석사 아미타불이 완성된 것이다. 그것도 한창 유행하던 항마촉지인을 한 채로. 부석사 아미타불은 그 후대에도 여러 차례 수리도 하고 개금도 했으나, 그 누구도 수인을 바로잡지 않고 의상대사 시절 조성된 그대로 유지해 왔다. 이전의 생각을 존중하며 그대로 이어온 그 마음을 여러 가지로 읽어보게 된다.

"꼭 바로잡아야 아미타불인가? 무량수전에 앉아계시니 아미타불이지."

"뭣이 중헌디! 의상 큰스님의 뜻이 중허지!"

이런 마음이 아니었을까? 미술을 사랑하는 우리는 열심히 도상을 배우며 옛 그림을 이해하는 첫걸음으로 삼지만, 도상 그것은 작은 약속에 불과할 뿐, 어떤 이유와 마음으로 그리고 꾸미는지가 더 중요하다. 이렇게 오늘도 부석사를 배워간다. 절집에선 하나씩 둘씩 마음에 새겨지는 생각들이 있다.

"부석사, 참 좋지?"

십여 년 전 어둠이 밀려오는 부석사에서 내게 손을 내밀어 준 그 사람이 오늘도 내 옆에서 계속 맴돌다가 한마디 툭 한다. 이번에도 나는 그 손을 잡고 수많은 계단을 타박타박 걸어 내려온다. 지금도 그렇지만 그날도 누군가의 도움이 필요할 만큼 힘든 길이 아니었다. 그냥 손을 잡고 걷는 게 좋았던 것이다.

절집 뒤쪽의 높은 곳에 삼층석탑이 자리한다.
부석사 창건 당시 만들어진 것으로 본다.

어디선가
본 듯한,

다시
보아도
그리운
○

영
귀
산

운
주
사

요즘스러운 천불천탑,
요즘 것들의 얼굴

전라남도 화순의 낯선 산자락에 자리한 운주사까지 오게 된 건 오로지 천불천탑 때문이었다. 운주사에는 너무나 제각각의 얼굴이고 양식을 대입하기 어려운 조각들이어서 흥미롭고, 어떤 이유로 이렇게 많이 제작되었는지 무엇을 의미하는 것인지 알 수 없어서 신비로운 탑과 불상이 무더기로 있다.

우리 불교 유적에선 알 수 없고 알지 못하는 것이 완벽하게 알아낸 것보다 훨씬 더 많을지도 모른다. 그리고 계보가 없다는 것이야말로 약점이 아니라, 오히려 독창적이라 볼 수도 있다. 나는 천불천탑을 이 자리에 세운 그 마음을 한번 느껴보고 싶었다.

운주사는 이름마저도 신비롭다. 구름이 머무르는 절(雲住寺)이다. 구름도 쉬어갈 만큼 포근하고 나지막한 산으로 둘러싸여 움푹하게 들어앉은 중심에 운주사가 자리한다. '영귀산 운주사 — 천불천탑도량'이라 적힌 일주문을 들어서서 한숨 정도 걸어가면 곧바로 천불천탑이 시작된다. 세월에 시달린 석탑과 석불 들을 보니, 번듯한 일주문은 아주 나중에 세워진 것이구나 알아챌 수 있었다.

압도적인 구층석탑이 등장하면서 맑던 하늘에 점점 구름이 몰려든다. 구름이 이곳의 주인이 맞았나 보다. 푸른 하늘과 햇살은 사라지고 탁한 흰빛으로 가득한 풍경 속에 서있는 탑과 불상은 이계의 풍경이라 해도 지나치지 않을 터였다.

석탑은 기단이 있었을 터이니 옛 자리 그대로 있겠으나, 불상은 흩어지고 넘어진 것들을 어찌어찌 모으고 다소곳이 정돈한 모습이다. 뒤가 납작하고 판판한 석불들은 단단한 지지대를 잃어버린 채여서, 자칫 쓰러져 버릴까 큰 바위에 기대어놓은 것들도 많았다. 서로 무관한 세계관을 가진 불상들이 한 가족처럼 서있으니, 그들도 자기가 왜 그 자리에 있는지 의아하게 생각하는 것 같았다.

이렇듯 불상들을 무리 지어 모아둔 곳들이 있는가 하면, 마애불과 와불, 그리고 하대석 위에 얹은 감실 안에 앉아계신 불상 등 몇몇은 독자적인 자리를 점하고 있다. 워낙 캐릭터가 강렬해서 이들 부처님 앞에선 저절로 기도하는 마음이 들기도 한다. 감실 부처님은 정말이지 인물이 없어도 너무 없다. 넓적한 얼굴은 하관이 무거워 턱없이 심각해 보이지만, 코믹 웹툰의 주인공이어도 무방할 만큼 얼굴 특징이 강렬하다. 항마촉지인을 분명히 하고 있는(그런데 오른손과 왼손이 거꾸로다) 석가모니불이다.

한참 부처님 사진을 찍어드리고 있는데, 한 노부부가 계속 나를 주시하다가 지나가는 말투로 "뒤에도 있는데……." 하신다. 얼른 반대편으로 가보니 석가모니불과 등을 맞대고 비로자나불이 앉아있다. 옷소매로 손을 가리고 있지만, 직관적으로 손을 하나로 모은 형태란 걸 알겠다. 지권인은 조각으로 표현하는 것이 매우 어려워서 손을 모으고만 있어도 비로자나불로 이해한다. 감실 양쪽으로 문이 열리고 두 부처가 등을 맞대고 앉아있으니 이런 참신한 구조를 왜 다른 데서는 보지 못했을까!

대웅전 뒤쪽 산으로 올라가면 또 다른 석불과 석탑의 세계가 펼쳐진다. 높은 곳에서 운주사 경내를 내려다보는 마애불이야말로

운주사 경내에는 계보를 알 수 없는 불상과 탑이 무수히 펼쳐진다.
인물도 없고 조각 솜씨도 뛰어나다 할 수 없지만 저절로 숙연한 마음이 든다.

이 계곡의 진정한 주인이다. 초입에 자리한 구층석탑까지 훤히 보이는 자리에 앉은 마애불은 시대를 직격탄으로 맞았는지 조각된 표현이 흐릿해졌다. 흔적만 남은 마애불은 시간 그 자체로 보였다.

운주사 천불천탑의 백미라 불리는 와불은 서편 언덕 위에 자리한다. 와불 보러 가는 길에도 꾸밈을 더한 석탑과 불상 들이 야외 전시장처럼 펼쳐진다. 불상 가족들이 옹기종기 앉아있는 오솔길을 지날 즈음, 언덕 위를 올려다보면 길쭉하고 새하얀 석불이 맞은편 언덕을 바라보고 있다.

자비의 화신 관세음보살이로구나 했는데, 자세히 보니 부처님을 상징하는 형태들이 담겨있다. 일단 머리 꼭대기에 둥글납작하게 솟은 육계는 보살이 아니라 부처님이라는 뜻이고, 오른손은 쭉 펴서 위로 들고 왼손은 쭉 펴서 아래로 펼친 독특한 수인을 하고 있다. 이런 손모양을 시무외인(오른손)과 여원인(왼손)을 합쳤다 해서 시무외여원인이라 하고, 노사나불에 해당된다.

와불은 언덕 가장 높은 곳에 자리한 너른 바위에 새겨져 있다. 두 부처님이 함께 누워있다. 납작한데 넓기도 넓어서 어느 쪽에서 보아도 전체 모습을 알아보기가 어렵다. 앞쪽에 계신 부처는 법신 비로자나불, 뒤쪽에 계신 부처는 보신 노사나불이다. 근처에 화신 석가모니불이 계셔야 비로자나삼신불이 완성되는데 어디에 계시려나? 와불에 이르면 운주사 천불천탑의 수수께끼가 클라이맥스에 이른다.

이 와불은 바위에 조각한 뒤 떼어내려다가 허리 부분이 부서질 우려가 있어 그냥 둔 것이라는 설이 있다. 와불은 납작한 판석 같

바위 위에 조각한 뒤 떼어내어 세웠으므로
운주사 불상들은 부조처럼 납작하다.
아직 서지 못한 와불은 그대로 하늘을 바라본다.
이들은 손을 모은 비로자나불일까, 합장한 수행자일까?

은 운주사 석불의 제작 방식을 알려주는 단서가 된다. 세우려는 의도를 가졌다면 지금 나란히 누워있다 해서 두 불상이 최종적으로도 나란히 서있으리라 단정 지을 수도 없겠다. 게다가 손을 모은 비로자나불이 유별나게 많다. 어째서 이렇게 많은 비로자나불이 있어야 했을까? 많은 연구자들이 이런저런 가설을 내놓지만 결국은 그 어느 것도 확실하지 않다는 것만 확인하게 된다.

> 흩날리는 부드러운 가을비 속에
> 꿈꾸는 눈 하늘을 관조하는
> 와불
> 구전에 따르면, 애초에 세 분이었으나 한 분 시위불이
> 홀연 절벽 쪽으로 일어나 가셨다.
> 아직도 등을 땅에 대고 누운 두 분 부처는
> 일어날 날을 기다리신다.
> 그날 새로운 세상이 도래할 거란다.
>
> _ 르 클레지오, 이미경 옮김, 「운주사, 가을비」

노벨문학상을 수상한 프랑스 작가 르 클레지오는 2001년에 운주사를 방문했고, 그때의 감흥을 「운주사, 가을비」라는 시로 남겼다. 르 클레지오를 불러들인 것도 천불천탑의 전설이었다. 고요한 늦가을 날처럼 전설이 깃들기에 좋은 시간도 없을 터였다. 게다가 운명처럼 비까지 내린다면!

두 와불의 얼굴은 이 비로 씻겨
눈은 하늘을 응시한다.
한 세기가 지나는 것은 구름 하나가 지나는 것
부처님들은 또 다른 시간과 공간을 꿈꾼다.
눈을 뜨고 잠을 청한다.
세상이 벌써 전율한다.

_ 르 클레지오, 이미경 옮김, 「운주사, 가을비」

엉뚱하고 진지한
부처님 얼굴

어쩜 이렇게 못생긴 불상들이 다 있을까! 천불이라고 하지만, 천 개까지는 아니고 백여 개 정도란다. 운주사를 한 바퀴 돌면서 하나하나 들여다본 그 얼굴은 아이 같은 해맑음으로 가득했다. 감탄이 나올 만큼 잘생긴 불상은 하나도 없었다. 모두 길쭉하거나 납작하거나 비례가 어긋나거나 뜬금없이 크거나 작거나 했다.

그러나 불상은 불상이어서, 형태에 부처님의 특징이 분명히 담겨있다. 길게 늘어진 귀와 감은 눈, 어떤 부처인지 판단하게 해주는 수인, 어깨에 걸친 가사의 주름, 만다라좌를 하고 있는 자세까지 표현되어 있다. 그러나 표정은 살짝 온기가 도는 무표정과 의문을 담은 표정 정도에서 그친다. 미지의 조각가들은 불상의 눈과 코까지는 긴장된 힘을 이어오다가 입에서 그 힘이 다 풀려버렸는지, 하관의 형태가 영 시원찮다. 약간의 돌출, 혹은 대충 그은 선으로 표현하거나 세월에 아예 닳아버려 남은 것이 없을 때도 있다.

석탑도 기대를 저버리지 않을 만큼 특이하고 신비롭다. 온전한 탑이 18기, 탑신만 남은 것이 3기, 무너졌지만 어느 정도 형태를 확인할 수 있는 탑이 1기로 모두 22기의 탑이 있다. 폐탑지도 백여 군데나 된다. 그곳에서 나온 탑 재료들로 대략 10기의 탑을 완성할 수 있다고 하니, 운주사에는 적게 잡아도 서른 개가 넘는 탑이 있었을 것이라 한다. 이 지역은 화산재와 화산암이 겹겹이 쌓여 바위가 된 응회암이 많다. 화강암처럼 단단하지 않아 조각하거나 돌을 떼어내기가 적당했다. 그렇다 해도 이렇듯 많은 석탑과 석불을 설명해 주지는 못한다.

삼층석탑에서 십일층석탑까지 층도 모양도 다양하다. 원반형 옥개석을 층층이 쌓은 탑, 통도사 돌발우처럼 생긴 둥글납작한 돌을 층층이 쌓은 탑, 그리고 면석에 X자를 새긴 길쭉한 탑, 하염없이 높아서 하늘 끝까지 닿을 듯한 탑⋯⋯ 누가 더 높이 쌓나 내기라도 하려는 듯, 탑들은 특정한 질서 없이 나란히 높다. 즉흥적으로 만든 노래 같은 그 풍경이 들여다볼수록 멋이 있다.

최고의 석탑을 빚어낸 백제 그리고 통일신라를 거쳐온 그 미감과 기술력은 다 어디로 가고 계보도 없고 계획도 없는 '듣보잡' 탑들이 줄지어 있을까? 운주사의 건축과 석탑을 연구한 건축사학자 천득염은 "이를 무기교의 미라고 할지 정성이 부족하거나 조야한 민중적 조영이라고 해야 할지 판단이 서지 않는다."고 하면서도 "감히 이를 조잡하다거나 불심이 부족하다고 할 수는 없을 것"이라며 운주사 탑의 볼수록 매력적인 점을 간과하지 않았다.

그런데 옛날 옛적 탑이 왜 요즘 것처럼 쿨하고 모던해 보일까? 천불천탑을 현대미술이라 해도 믿을 수 있었다. 지금 감성으로 봐도 하나도 어색하지 않았다. 오히려 나름의 질서와 아름다움이 면면히 흐르는 진실한 제스처로 보였다. 불상의 엉뚱하면서도 진지한 표정은 딱 요즘 것들의 얼굴이다. 그 시절 감성과 지금이 통한다 생각하니, 왠지 옛 사람들의 마음에 성큼 가까이 간 것 같았다.

제주 동자석과 오백나한상,
누가 누가 더 닮았나

운주사는 창건연대도 불분명하고 전해지는 이야기도 전설에 가깝다. 통일신라 말의 승려 도선이 하룻밤 사이에 천불천탑을 쌓았다고도 하고, 미륵불이 도래하리라는 혁명사상을 믿는 하층 계급들이 주도한 공동체가 주축이 되었다고도 한다. 불교사원이 아니라 도교사원이라 했다가 그도 아닌 밀교사원이었다, 누구나 빌러 오는 민간신앙의 집결지였다, 사찰 짓는 데 마고할미가 힘썼다, 몽골 군인들이 쳐들어왔을 때 황급히 지은 것이다 등등 그럴듯한 이야기가 몽땅 다 들어있지만 어느 것 하나 선뜻 옳다고 결정지을 단서가 없다.

『신증동국여지승람(1530)』에는 천불산 자락에 있는 운주사를 설명하면서, 석불과 석탑이 각각 천 개씩 있다는 기록이 실려 있

탑은 즉흥적으로 만든 노래 같아서,
오히려 현대적인 미감이 느껴졌다.
나름의 질서와 아름다움을 가진
진실된 예술이었다.

다. '천(千)'은 '만(萬)'과도 같고 만은 전부라는 뜻이니, 정확한 숫자라기보다는 엄청나게 많다는 뜻으로 보아야 한다. 전해지는 풍문들도, 역사적 기록물도 사찰 창건이나 의미보다는 무작위로 세워진 천불천탑의 경이로움에 관심이 집중된다. 르 클레지오나 내가 그 먼 곳까지 가게 된 이유처럼 말이다.

불현듯 박물관에서 본 동자석이 떠오른다. 얇은 두께의 판석에 어린아이의 천진한 얼굴을 조각한 동자석은 묘지를 조성할 때 세워지는 석물이다. 죽은 이의 심부름을 맡아 할 아이, 작지만 힘센 수호신이었다. 이렇게 얇은 판석에 새긴 동자석은 주로 제주에 많이 보인다. 육지에 세워진 동자석은 문인석 무인석처럼 두께감이 있지만, 제주의 동자석은 얇은 두께의 돌이다. 바위에 기대어놓은 운주사 불상과 비슷하다. 생략된 부분이 많지만 특징이 뚜렷해서 강렬한 인상을 받게 된다는 점, 크고 또렷한 얼굴이 주는 천진함과 무심함도 비슷한 점이다.

또 이와 닮은 얼굴을 찾으라면 돌로 빚은 오백나한을 들 수 있다. 창녕사 터에서 출토된 오백나한 석상은 제각기 다른 얼굴과 다른 세계를 품으며 존재한다. 이리 뒤뚱 저리 기웃, 표정도 자세도 제멋대로인 나한상은 희로애락의 다양한 감정을 쏟아낸다. 부처님의 설법을 듣고 오백 인의 도적이 도를 깨쳐 아라한에 이르렀다 해서 오백나한이다.

제주 동자석과 오백나한상은 잘생긴 얼굴이 아니다. 그러나 하나하나가 자기만의 살아온 이야기를 들려줄 것처럼 생동감이 있어 살아있는 존재 같다. 부처님 전에 고하기 곤란한 나의 너무도 평범한 투정과 고민거리도 잘 들어줄 것처럼 생겼다. 그 친근한 얼굴과 운주사 천불은 그렇게 닮았다. 불전의 부처님과 중생 사이의 거리가 사라진다는 점에서.

제주 동자석과 오백나한상, 둘 중 누가 더 운주사 천불에 가까울까? 우리 산천에 널린 석상들의 세계와 연결 지어 본다면, 지금껏 신비주의를 유지하고 있는 운주사 천불의 속사정에 다가갈 단서를 발견하게 되지 않을까?

정조와
김홍도,

사찰을
짓다

。

화산

용주사

조선임금 정조는 왜 용주사를 세웠을까

국립중앙박물관에서 본 그림 한 장이 꽤 오래 기억에 남아있다. 승려의 뒷모습을 그린 김홍도의 「염불서승도」는 그 단순한 필치가 우아하며 고즈넉했고, 아득한 염원과 아련한 감정에 깊이 빠져들게 했다. 풍속화의 달인이었던 단원 김홍도가 실은 영조와 정조 시대 최고의 궁궐화가인 차비대령화원이었다는 점도 까무러치게 놀랄 일이었는데, 이토록 고즈넉한 불교 그림도 그렸다고 하니 김홍도의 인생유전을 생각해 보게 된다.

연꽃 대좌에 앉은 고승은 상서로운 구름을 내려다본다. 먹물옷을 입은 그의 머리에 후광이 내비치니 이미 경지에 이른 고승이렷다. 그런데 어째서 뒷모습일까? 얼굴을 그릴 수 없는 이유가 있었을까?

어쩌면 인물의 개성보다는 그가 바라보는 세계가 더 중요했을까? 상서로운 구름으로 덮인 그곳은 이 세상을 넘어선 아름다운 세계, 그러니까 생로병사의 괴로움이 없는 극락정토다. 모든 것을 내려놓은 채 극락왕생을 염원하는 염불을 읊조리는 고승의 뒷모습은 인생의 가장 마지막 장면이 틀림없다. 「능행도」 같은 대작을 그려낸 왕실화사가 말년에 진솔하게 그려낸 그림 앞에서 숙연함을 느끼지 않을 수 없었다.

김홍도는 불화를 많이 그렸다. 관세음보살과 달마대사, 중국 고사 속의 고승들도 김홍도의 붓끝에선 저 먼 세계의 인물이 아니

만년의 김홍도가 그린
「염불서승도」.

라 바로 우리 옆에 살아있는 듯 생동감이 넘친다. 부처도 온기가 가득한 청년의 모습이며, 마애불도 앉은 자리에서 벌떡 일어날 것처럼 생기발랄하다. 그렇다면 김홍도는 불교를 신앙으로 받아들였던 것일까?

조선시대의 불교는 교세가 매우 약하긴 했지만 왕실 불사의 면에서는 흥미로운 전개를 보여준다. 왕실에서는 암암리에 불교를 신앙으로 이어왔고 사찰을 짓거나 보물을 발원하는 큰 불사를 행해왔다. 왕실에는 많은 여인들이 있었고 이들은 나이가 들면 궁을 떠나 절로 출가하기도 했으니, 왕실의 여성들과 궁녀들을 보듬어줄 특별한 사찰은 시대를 거스르며 존속되었다. 불교는 이념의 문제라기보다는 삶의 문제였다.

왕실에서는 많은 아이들이 죽었다. 그 죽음을 맡아줄 곳 역시 사찰이었다. 능과 묘를 관리하는 사찰을 두었고, 때때로 왕실과 긴밀했던 대찰에 특별한 불사를 하여 죽은 영혼을 기렸다. 왕실에 병환이나 우환이 닥쳤을 때 안녕을 비는 장소가 되기도 했다.

평생 불교를 신봉하고 사찰을 중수하는 등 불교를 후원했던 효령대군이나 죽은 세자의 명복을 빌기 위해 불화를 제작했던 문정왕후처럼 권력자들이 발원에 나섰던가 하면, 권력을 잃은 사람들도 같은 이유로 불상과 불경 제작의 후원을 맡았다. 승병의 활약이 컸던 임진왜란 이후에는 그 공을 대우하여 대규모 중창이 전국적으로 이루어졌다. 1700년대 초중반 중창된 사찰들이 유독 많다는 점은 이런 상황을 반증한다. 오래된 절집에는 '1700년대 스타일'의 불상과 불화 들이 귀하게 남아있는 경우가 꽤 많다.

정조는 역대와 비교할 수 없을 정도의 불사를 했다. 1790년 화산 용주사를 창건하고 대규모의 지원을 지속해 온 것이다. 임금은 백성의 스승임을 강조했던 유교의 지존 정조가 사찰을 세운 데는 보림사 승려 보경이 바친 『불설대보부모은중경』이 큰 역할을 했다. 우리 모두가 알고 있듯이 효는 정조 평생의 화두였으며, 유교의 가르침 중에서도 기본 중의 기본이다. 정조는 유교에서 국왕에게 요구하는 효치와 효행이 불교 세계관에서도 가능하다는 것을 알게 되었다. 불교를 통하면 백성들의 교화와 통치에도 효과가 있을 것이었다.

용주사는 수원 화산에 사도세자의 묘를 이전하여 현륭원을 조성하면서 능을 보살피고 제사를 모시는 능침사찰로 창건되었으나 실제 역할은 그 이상이었다. 바깥으로는 효를 보여 백성의 마음을 사로잡고, 실질적으로 왕권을 강화하는 기회가 되었던 것이다. 정조는 용주사에 모든 사찰을 통솔하는 위치를 주었다. 그리고 호위부대인 장용영의 휘하에 용주사를 두었다. 이는 국왕이 직접 승군을 통솔하는 것과 같았다.

왕실 최고의 화원들이 대거 투입되어 용주사의 그림, 조각, 건축, 조경의 모든 영역을 꾸몄다. 김홍도는 이때 불화를 본격적으로 경험하게 된다. 차비대령화원인 김득신, 이명기와 함께 미술감독을 맡았고, 대웅보전 내에 설치될 「삼세불회도」, 「삼장보살도」, 「감로도」를 비롯해서 벽을 꾸미는 다양한 도상들을 익힐 수 있었다. 용주사의 모든 예술 영역은 정조의 치세이념을 담고 있었으므로, 건축도 그림도 그 이전의 불교적 전통과는 달랐다.

용주사는 조선임금이
직접 조성에 관여한 만큼,
건축도 그림도
그 이전의 불교적 전통과 다르다.
우아한 기품과 위풍당당함이
궁궐을 닮았다.

용주사 불사는 김홍도에게 인생의 전환점이 되었다. 그 공로를 인정받아 현풍현감이라는 직책을 받은 김홍도는 그 지역 사찰인 상원사에 큰 시주도 하고 불화 역시 적극적으로 그려냈다. 불교에 대한 태도도 달라졌다. 용주사 이전에도 사찰이나 마애불을 그렸으나 풍경화 이상의 장면이 아니었다면, 용주사 이후에 그린 불화들은 마음이 담긴 발원에 가까웠다. 그리고 정조가 갑작스럽게 승하하자, 그 충격과 내상도 불화로 표현했다.

김홍도의 불교 그림에는 삶을 깊숙이 경험해 본 인간이 끝내 도달한 결연한 순간이 그려져 있다. 불화도 화가의 마음을 담아낼 수 있음을 김홍도의 그림을 보면 알 수 있다. 고승의 뒷모습과 불보살의 얼굴에서 고요한 파문, 그 마음의 흔들림까지도 느끼게 되는 것이다.

궁궐처럼 격을 갖춘 절집에서 마음을 읽어보다

"용주사는 부모님이 돌아가셨을 때 위패를 모시고 사십구재를 지내러 많이들 가요."

친구는 용주사를 이렇게 설명했다. 돌아가신 부모님의 명복을 비는 절집이 된 것은 정조의 창건 의도와 무관하지 않을 것이다. 용주사는 정조 사후에 사찰의 품격도 격하되고 왕실의 지원도 잃게 되었으나, 창건 의도인 효행의 정신은 지금까지 이어지고 있었다.

용주사의 위치는 융건릉 영역의 바로 건너편이다. 장조로 추존된 사도세자와 혜경궁 홍씨로 더 잘 알고 있는 헌경왕후의 합장릉인 융릉, 그리고 정조와 효의왕후의 합장릉인 건릉이 함께 있어 융건릉이다. 사도세자의 묘소는 양주 배봉산에 있었으나 수원부 화산으로 능침을 옮겨왔다. 원래 화산에 자리 잡았던 관아와 마을은 수원 팔달산 아래로 이전했는데, 그때 쌓은 성이 수원화성이다.

화산은 당대 최고의 명당으로 꼽혔다. 그래서 화산 용주사다. 부처의 세계를 닮은 산을 배경으로 하지 않았으나 이 절집 또한 좋은 터에 자리 잡은 것은 분명하다. 사천왕이 지키는 절문을 통과하면 왕릉이나 관아의 입구에 세우는 붉은 칠을 한 홍살문이 서있다. 홍살문은 삿된 기운을 방어하는 문으로 왕실과 관련이 깊은 곳에 세운다. 실제로 사천왕상이 모셔진 절문은 창건 초기에는 없었다고 한다. 1980년대 경내를 정비하면서 세운 것이니 당시엔 홍살문을 통과하면서 불법의 세계로 들어갔다.

홍살문 너머로 길게 펼쳐지는 전각들이 품위 있고 우아하다. 세 개의 문이 있는 전각은 궁가나 양반가의 집과 닮았다. 문 앞에는 잘생긴 소나무가, 문을 통과하면 날렵하게 생긴 오층석탑이 절집의 풍모를 살려준다. 넓은 마당이 등장하면서 본격적으로 절집이 나타난다.

넓은 이층 누각인 천보루는 16칸으로 용주사에서 가장 크고 웅장한 건물이다. 압도감을 주는 누각의 아래를 통과해서 계단을 올라가면 비로소 주불전인 대웅보전과 만난다. 날아갈 듯 유려한 팔작지붕을 사뿐히 올린 화려한 전각이다.

용주사 오층석탑.

천보루는 대웅보전으로 들어서는
누각의 역할을 하지만 실제로는 양쪽으로
행각과 처소를 이어 궁궐처럼 조성했다.

대웅보전의 현판은
정조의 친필이라
전해진다.

대웅보전의 현판은 정조의 친필이다. 힘주어 쓴 글자에서 마음이 느껴진다. 완고하고 바른 글씨체다. 현판 양옆으로 두 마리의 용이 얼굴을 내밀고 있다. 여의주를 물고 있는 용은 용주사의 뜻과 일치한다. 물고기를 물고 있는 용은 불교적 도상이다. 용은 지혜를, 물고기는 어리석음을 상징하는데, 어둡고 아둔한 마음을 불법의 지혜로 비춘다는 뜻도 되고, 어리석은 백성을 지혜로운 임금이 교화한다는 뜻도 된다. 나는 반야용선을 새기며 합장으로 예를 갖췄다.

대웅보전에는 후덥지근한 날씨에 구슬땀을 흘리며 부처님 앞에 백팔배를 올리고 불경을 읊조리는 여인들이 가득하다. 부처를 바라보는 눈빛이 너무도 간절하다. 가족의 일이 아니고서야 이토록 간절히 바랄 게 무엇이겠는가? 살려달라는 간청, 한 번만 도와달라는 읍소가 침묵의 불당을 떠돈다.

색채마저도 화려하고 고급스러운 불화들이 대웅보전을 수놓는다. 많은 불화들이 기도하는 사람들을 둘러싸고 있다. 그림 속에 계신 많고 많은 부처와 보살, 불법을 수호하는 호법신은 기도의 대상이자 기도에 힘을 실어주는 불세계의 동반자들이다. 수많은 얼굴들이 있으니, 불당의 기도는 외롭지 않을 것이다.

대웅보전 주변으로 불세계를 표현한 많은 전각과 보물들이 자리한다. 지장전, 천불전, 시방칠등각(칠성각), 호성전, 범종각이 있다. 수많은 부처님들이 조각상으로, 그림으로, 청동종에 새겨진 형태로, 글자로, 소리로 가득하다. 초파일이 한 달 남짓 지난 지금 색색 가지 연등은 치워졌지만 흰색등은 여전히 가득하다.

흰색등은 돌아가신 분들의 극락왕생을 기원하는 영가등이다. 지장보살이 시왕과 함께 자리한 지장전 앞에 영가등이 주로 달리는데 용주사에는 영가등을 다는 곳이 한 곳 더 있다. 대웅보전과 지장전 사이에 자리한 호성전이다. 정조는 때마다 제례를 올리는 것으로도 부족해서 매일 제사를 모시도록 사도세자의 위패를 모신 제각을 세워 호성전이라 했다. 정조 사후에는 사도세자(장조)와 혜경궁 홍씨(헌경왕후), 그리고 정조와 효의왕후의 위패를 모두 모셨고, 지금은 일반 불자들의 만년위패도 함께 자리한다. 사십구재를 올리는 절이라는 별명도 이런 뜻에서 생겨났을 것이다.

호성전은 대웅보전 못지않은 기세와 위엄이 있다. 초창기 건물은 한국전쟁 중에 소실되었고 1980년대 소규모 맞배지붕 형태로 복원한 전각은 2020년 화재로 남김없이 타버렸다. 지금은 창건 당시의 건물 형태로 다시 지었다. 화재 당시 사도세자와 정조의 목조 불패(위패)는 불교중앙박물관에 전시되고 있었기에 다행스럽게도 화마를 비켜갔다. 목조 불패는 효행박물관 수장고에 있고, 호성전에 안치된 위패는 복제품이다.

용주사 창건에 대한 자료는 매우 구체적으로 남아있다. 수원부사가 공역의 총책임을 맡았고 실제 건축 책임자는 조윤식이었으며, 수원부 소속의 비장과 장교 들이 각종 역할을 분담했다. 승려들과 서울에서 온 공역들도 역할을 담당했다. 도총섭(나라에서 승려에게 내린 가장 높은 지위)을 맡은 보림사 보경스님, 그리고 그와 함께한 승려들은 해남 대흥사와 관련이 있는 인물들이다.

품위 있는 궁궐 건축을 닮은
대웅전(위)과 호성전(아래).

정조는 임진왜란에서 승군을 이끌었던 서산대사를 기리고자 하는 대흥사의 요청에 표충사(表忠祠)라는 편액을 내렸는데, 이에 감읍한 대흥사의 문파들이 용주사 창건 공역에 대거 참여하게 되었다. 수원화성과 마찬가지로, 용주사 공역에 참여한 사람들은 노동 일수와 역할에 대해 기록을 남겼고 사역이 끝난 후에는 교지를 내리고 면포와 쌀로 임금을 지급했다.

용주사는 사격을 높여 모든 사찰을 대표하는 자리에 있었으며, 국왕은 그에 걸맞게 전답과 곡식 등 많은 특혜를 내렸다. 용주사 주지는 승통으로 모든 승군을 통솔하는 위치에 있었다. 정조는 용주사를 국왕의 친위부대인 장용영 휘하에 두었으니 사찰의 힘은 국왕의 힘이기도 했다.

공식 기록으로는 능사찰을 조포사, 즉 제를 올릴 때 쓰는 두부를 만드는 절집이라고 하찮게 불렀고 용주사의 건립 취지가 구천을 떠도는 사도세자의 명복을 비는 능침사찰이긴 했으나, 실제로는 국왕과 매우 가까운 위치에서 비밀스러운 활동을 도모했던 것이다.

정조의 특별한 취지 아래에서 움직이던 용주사는 국왕이 갑작스러운 죽음을 맞이하자 말 그대로 능을 수호하는 사찰로 역할이 줄어들었고, 이전의 교세를 유지해 나가지 못했다. 용주사 공역에 참여했다가 1825년에 용주사의 주지가 된 등운스님이 정조 임금과 관련된 이야기들이 묻히는 게 안타까워 사적을 정리했다. 이로써 후대에 용주사의 역사가 알려지게 되었다.

후불탱화에 그려진 그림자,
시대를 밝히다

이른 아침부터 용주사를 찾은 건 그림 때문이었다. 대웅보전에 걸린 대형 불화 석 점을 친견하는 일이 오늘의 할 일이다. 나는 기도를 올리는 사람들 틈에 앉았다. 나 말고도 간절하게 부처님을 바라보는 사람들은 많았다.

불단 위에는 목조삼세불좌상이 있다. 어린이처럼 귀여운 얼굴, 작은 체구, 구부정한 등과 거북목을 한 불상은 1700년대 스타일의 연장선이었다. 석가모니불, 약사불, 아미타불은 계초, 상식, 봉현 세 스님이 각각 맡아서 제작했다. 삼존불 하면 한 사람을 셋으로 복사해서 붙이기 한 것처럼 똑같기 마련인데, 조금씩 얼굴 모양새가 다른 것은 그런 이유였다.

불상이 다른 사찰과 비슷한 형태인데 반해 그림은 완벽하게 달랐다. 후불화는 앞에 앉은 세 부처님을 여러 보살, 불제자들이 둘러싸고 있는 「삼세불회도」다. 불상마다 한 장씩 부처와 협시보살 및 그 일행을 그리는 관습은 점차 한 장에 세 부처를 함께 그리는 형식으로 변화했다. 한 장이라 해서 더 쉬운 건 아니다. 등장인물이 많아지고 구성이 복잡해졌으니, 화가들에게는 큰 도전이었다. 불화는 수많은 인물과 다양한 상징물들을 화폭에 가득 채워 그린다. 부처님은 중앙에 크게 그리고, 다른 인물들은 그 주변에 작게 그려진다.

그런데 지금 내 눈앞에 있는 「삼세불회도」는 관습에서 완전히

용주사 대웅전
목조삼세불좌상.

벗어난 그림이다. 공간감과 입체감이 느껴진다. 얼굴과 옷에 표현된 그림자, 콧등과 이마, 가슴에 두드러지는 밝은 빛이 그림에 입체감을 준다. 명암법과 원근법이라는 서양미술의 언어를 투영한 것이다. 그림에 앞과 뒤가 생겼고, 빛과 그림자가 존재하게 됐다. 그림이 달라지니 세계가 더욱 정교해지고 눈에 보일 듯, 손에 잡힐 듯 생생해졌다. 부처는 실존하는 사람처럼 진실된 미소를 머금었고 보살들은 우아하고 기품이 넘쳤다.

부처의 얼굴은 특정한 모델을 두고 그린 초상화처럼 사실적이었다. 세 부처님은 나이대가 조금씩 달라 보이고 턱선이 미세하게 다른데, 좁고 강인한 얼굴, 약간 검은 피부, 긴 콧날, 작은 입, 도드라진 턱과 약간 나온 이마는 세 얼굴이 모두 취하고 있었다. 누군가 한 사람을 모델로 두었다면 그 모델은 정조 임금 말고 다른 사람을 생각하기가 어려웠다. 용주사 대웅보전에 왕의 초상화가 있다? 이 그림이 어진이라면, 과연 그건 가능한 일인가?

확신과 의심 사이에서 갈피를 잡지 못하던 나는 다른 그림들을 들여다보기로 했다. 서측 벽에 걸린 「신중도」는 불법을 수호하는 호법신 39위를 그린 그림이다. 세 개의 얼굴에 눈도 많고 팔도 많은 기괴한 모습의 대예적금강과 깃털관을 쓰고 갑옷을 입고 무기를 든 위태천 두 인물이 눈에 띈다. 이 그림도 흥미롭게도 인물에 현실감이 감돌았다. 위태천은 금방이라도 그림 속에서 튀어나올 것만 같다. 보살의 우아한 표정과 대비된 금강의 무시무시한 형태가 시선을 사로잡는다. 이 그림은 1913년에 고산당 축연스님이 그린 것이다. 20세기 근대회화의 특성들이 고스란히 담겨있다.

두 그림의 특징은 선 주변으로 넓게 퍼진 검은 그림자다. 그림자가 등장하면서 보는 방식도, 표현하는 방식도, 인지하는 세계도 달라졌다. 단지 검고 흰 안료에 불과하더라도, 그림에 드러난 빛과 그림자는 새로운 시대가 열렸음을 증언하는 흔적이다. 시대의 페이지를 그다음으로 넘긴 중요한 순간이었다.

「삼세불회도」는 불화 중에서 가장 미스터리한 그림이라 해도 과언이 아니다. 불화라면 누가 언제 어떤 목적으로 그렸는지 낱낱이 적은 화기가 남아있기 마련인데, 유독 「삼세불회도」에는 화기가 적히지 않았던 것이다. 게다가 근대적 회화 기법이 너무나 대담하게 투영된 까닭에 창건 당시의 작품이 아니라는 의심도 샀다. 김홍도가 그린 「삼세불회도」는 사라졌고 후대에 새로 그린 그림이라고도 하고, 「신중도」를 그린 축연스님이 근대식 회화법을 살려 그 옛

명암법과 원근법이 담긴
「삼세불회도」.
이전과 확연히 다른 화법으로 그려진
이 그림은 누가, 언제, 왜 그린 것인지
오랫동안 수수께끼로 남아있었다.
정조가 조성할 당시
김홍도가 그린 것으로 확인되었으나
그림은 여전히 풀지 못한
비밀을 감춘 채
절집에 걸려있다.

날 「삼세불회도」를 고쳐 그렸다고 하는 사람들도 있었다.

장장 오십여 년에 걸친 그림 논쟁은 그림 중앙부에 적힌 축원문을 조사하면서 새로운 전기를 맞게 된다. 붉은색 바탕에 적힌 축원문에는 '주상전하수만세, 자궁저하수만세, 왕비전하수만세, 세자저하수만세'라는 네 줄이 적혀있는데, 이를 적외선촬영으로 살펴보니 자궁저하수만세를 뺀 석 줄의 축원문만 확인되었다. 화가가 처음에 석 줄의 축원문을 썼다가 후에 넉 줄로 수정한 흔적을 찾은 것이다.

축원문이 수정되었다면, 그 수정을 요구한 사람은 오직 국왕뿐이다. 그러므로 국왕이 요구하여 화가가 축원문을 수정한 흔적이 남아있는 이 그림은 진본이 아닐 수가 없게 된다. 미술사학자 강관식은 이 논증에 더해 18세기 후반 궁중화원들 사이에 투시도법과 음영법이 활용되고 있었다는 사례를 들어 「삼세불회도」의 가치를 재조정해 주었다.

불교미술학자인 주수완은 이 그림에 화기가 적히지 않은 이유를 집중적으로 살폈다. 만약 화기를 적을 수 없는 그림이었다면? 은밀하게 요청받은 그림이었다면? 그러니까, 이 그림이 사도세자의 어진이라면? 주수완 선생은 삼세불 중 아미타불을 사도세자의 얼굴로 보았다. 극락왕생을 주관하는 아미타불로 화함으로써 비명에 간 사도세자를 애도하는 그림이라는 것이다. 어진의 종류로 그려졌기에 불화라 해도 화기나 그 외 다른 기록을 남기지 않았을 것이라고 설명한다.

과연 아미타불은 사도세자를 그린 것일까? 중앙의 석가모니불은 정조 이산일까? 두 얼굴은 닮았으나 다르며, 아미타불은 석가모니불보다 나이가 더 들어 보인다. 분명 당시 사람들은 첫눈에 그 얼굴을 알아보았을 것이다. 채제공, 이덕무, 김홍도 그리고 보경스님은 말이다. 고작 이백 년이 지났을 뿐인데 우리는 과거 임금의 얼굴을 모두 잊었다. 조선임금의 어진은 한국전쟁 때 부산 피난지로 옮겼으나 화재로 거의 대부분이 사라졌다. 기록에서 사라진 얼굴이니 아무리 국왕이라고 해도 알 수가 없는 것이다.

팔만사천 법문과 함께 피안에 이르고
이백오십 대계와 함께 미도에서 벗어나네.

_이덕무, 『청장관전서』

규장각 검서관이었던 이덕무가 대웅보전의 주련(기둥이나 벽에 써서 장식하는 글귀)에 적었다는 글귀는 해탈의 자유로움이 담겨 있다.

대웅보전 옆 작은 연못에 연꽃이 한 송이 두 송이 피었다. 이 작은 연못이 화재를 막는 데 약간의 도움은 되었을 것이다. 그러나 이렇듯 연꽃을 피워 꽃의 세계를 열어가는 장면은 법당 안의 장엄과는 또 다른 선명한 불심의 세계를 보여준다. 낭랑히 울려 퍼지는 범종소리, 은은한 향을 뿌리는 연꽃, 마음을 쓰다듬는 글자들이 이루는 세계. 아무리 생각해도 그것만큼 아름다운 건 없을 듯하다.

죽을힘을
다해
자신의
길을

찾고
있는
그대에게
。

덕숭산
수덕사
환희대

수덕사가
비구니 사찰로 알려진 까닭은

수덕사에 오르는 사람들은 다들 나름의 이유가 있다. 모던걸로 이름을 떨치다가 돌연 출가하여 비구니로 남은 인생을 살았던 일엽 스님의 자취를 보러 오는 사람도 있을 것이고, 수덕사 아래에 자리한 수덕여관의 기억을 찾아온 사람도 있을 것이다. 산봉우리 가까운 데 자리한 정혜사에 가려고 오른다는 사람도 있을 듯하다. 그리고 이쯤 되면 수덕사 대웅전의 아름다움을 구경하러 왔다는 사람이 나올 법도 하다.

긴 시간이 흘러도 독보적인 형태미를 자랑할 수 있는 건물이 과연 몇이나 될까? 이름도 고고한 덕숭산을 배경으로 두고 사찰의 가장 높은 곳에 점을 찍듯 담박하게 올린 전각 하나. 대웅전은 그렇게 웅장한 표정의 자연 속에 담대하면서도 온유하게 자리한다. 온화한 얼굴을 한 내공이 깊은 고승이라 해도 될 듯하다.

대웅전 앞에는 굳이 많은 탑과 장식들이 필요하지 않다. 너른 마당에서 시원하게 바라볼 때 대웅전의 자태가 가장 훌륭하다는 걸 절집 사람들도 알게 되었나 보다. 그간 마당을 채우던 탑이며 종탑이며 갖가지 기물들이 비워진 상태에서 대웅전을 바라보니 너른 시야에 시원하게 담기는 절제된 건물에 탄성이 나온다.

일주문에서 대웅전까지는 꽤 긴 계단을 걸어 올라야 한다. 한때 그 길 주변에도 절집의 고즈넉함과 무관한 석상과 조형물들이 자리를 꿰차고 있었던 모양인데, 지금은 조형물들이 자취를 감추고 간결한 분위기로 바뀌었다. 유홍준 선생이 『나의 문화유산답사기』에서 중국영화의 한 장면 같다고 호되게 질타했던 그 풍경은 오래전의 모습이다. 그런 사정이 있었으니, 배불뚝이 포대화상 조각상 정도는 봐주기로 한다.

모든 것은 격에 맞아야 한다. 사찰 오르는 길도 하나의 디자인이다. 그리고 사찰 디자인이야말로 '디자인하지 않는 디자인'이 필요하다. 불자들이 머물러 쉴 곳, 기도를 올리는 곳, 불법 세계를 온몸으로 감각하는 정원, 마음을 무겁게 하는 것들을 해소하거나 단속할 수 있도록 해주는 장치 정도면 충분하다. 사실, 그조차 없어도 무방하다. 오래된 탑과 불상이 사찰 공간의 질서에 맞게 어우러지면 그걸로 충분하다.

계절이 적절할 때는 대웅전의 나무창을 밀어 열고 가느다란 나무기둥을 대어 비스듬히 괴어놓는다. 고작 창문을 열어둔 것에 불과한데도 구경 온 행자들은 이 세심한 풍경이 멋져서 사진을 찍고 만방에 알리느라 바쁘다. 행자들 마음에도 바람이 시원하게 불어온다. 부처님이 바깥을 내다볼 수 있도록 중간 문은 아예 떼어놓는다. 그것은 배려의 마음이다. 멀리서 보면 마당에 솟아난 오래된 탑이 적절한 위치에서 부처님 얼굴을 살짝 가리고 있는데 그것도 배려의 풍경이다.

수덕사 대웅전은 가장 아름다운 절집이라 불러도 부족하지 않다. 단순한 결구를 그대로 드러낸 목재들의 낡고 빛바랜 색. 울긋불긋한 단청 없이 노란색과 황토색으로 칠한 벽면은 나무와 흙의 느낌을 더더욱 돋보이게 한다. 다른 절에서는 비어있는 노란 벽에 벽화를 그려놓기도 하던데, 수덕사 대웅전은 그마저도 거부한다. 기능 그 자체만 살아있는 깨끗한 건축이다.

옥개까지 닿은 기둥은 오롯이 세월을 맞았다. 나뭇결이 벌어지고 일어나 거칠거칠하다. 울퉁불퉁해진 나무의 표면이 마치 새의 날개 같다. 하늘을 향해 날아오르려 깃을 모은 새처럼 근사하고 힘차다. 덕숭산으로 힘차게 날아가는 새의 날갯짓을 바라보는 마음으로 두 손을 모아 합장한다.

이토록 아름다운 대웅전 앞에 죄송스럽게도, 내가 수덕사에 온 이유 역시 일엽스님이었다. 일엽스님이 머물렀다는 비구니 암자인 견성암과 환희대를 보고 싶어서였다. 나혜석 그리고 이응노의 사연이 묻어있는 수덕여관은 예술의 장면을 담고 있다 해서 여러 차례 방문한 경험이 있지만, 정작 일엽스님에 대해서는 이제야 찾아볼 생각이 들었다. 일엽 역시 혜석 못지않은 파란만장을 헤쳐 온 제1세대 모던걸이다. 그리고 여성의 자아와 자유로운 사랑, 그 열렬한 감정에 대해 누구보다 해방을 부르짖던 문필가이자 운동가였다.

늙고 후줄근한 세상에 새로운 바람을 일으킨 여자들. 세상은 그녀들의 일거수일투족을 주시했고 한없이 추앙했다가 덮어놓고 비난했다. 새로움에 앞장서는 사람치고 상처 없는 사람이 없다. 기득권의 시선을 박차고 나와 당당히 맞장을 뜨며 신사상을 설파했던 그들의 인생은 얼마나 고달팠을까? 일엽과 혜석 두 사람도 어느새 불교에 몸과 마음을 의탁하게 되었으나, 일엽이 마침내 수행자의 길을 걷게 된 것에 반해 혜석은 산을 내려갔다. 그렇게 두 삶의 길은 갈라졌다.

세월에 무디어진 삼층석탑만 서있는 텅 빈 마당 앞에
세상에서 가장 단순하고 명쾌한 절집이 자리한다.
절제와 여백은 절집이 갖춰야 할
최상의 덕목이 아닐까?

김일엽은 만공선사 문하에 있다가 수계를 받았다. 그렇게 비구니의 삶을 시작한 곳이 수덕사다. 그리고 출가한 지 30년, 다시 신여성 시절로 되돌아가 불가와 인연을 맺고 입산하던 시절의 이야기를 담은 『청춘을 불사르고』를 출간했다. 책은 큰 반향을 일으켰다. 책의 영감은 「수덕사의 여승」이라는 노래로 이어졌고, 이 때문에 수덕사는 비구니 사찰로 잘못 알려지는 상황을 맞게 되었다.

지금도 수덕사를 비구니 사찰로 알고 있는 경우가 많다. 그건 일엽스님이 세상에 남긴 인상이 그토록 강렬했다는 증거이기도 하다. 1928년에 수덕사에 최초의 여승원인 견성암이 개설되어 많은 비구니들이 수덕사에 머물렀던 것도 한몫했을 것이다. 대웅전을 보고 난 나는 견성암으로 방향을 돌려 걸어 오른다.

성성적적,
고요하게 깨어있음

덕숭산에는 스님들이 수행하는 암자들이 고즈넉하게 자리한다. 암자를 구경이라도 하려면 대웅전 뒤쪽으로 난 1080개의 돌계단을 밟고 올라야 한다. 오르면 바위의 네 면에 보살을 새긴 사면관음보살상이나 관음보살입상, 그리고 만공선사가 수행했던 작은 소림초당 등을 만날 수 있다. 가장 높은 곳에 자리한 선원인 정혜사까지 오르는 행자들도 많다. 외부 손님들이 자유롭게 드나들 수 없는 곳인데도 사람들은 정혜사까지 길고 긴 돌계단을 마다하지 않고 오른다.

견성암은 수덕사의 서쪽 편에 자리한다. 템플스테이로 쓰는 절집 두어 채를 지나 계곡을 따라 올라가면 커다란 절집 여러 채가 길을 막아선다. 더 올라갈 곳이 없다는 단호한 표정을 가진 이 절집들이 견성암이다. 절집도 크고 스님들도 많을 텐데 아무도 없는 집처럼 적요로운 침묵뿐이다. '이곳은 스님들이 수행하는 도량입니다.'라는 작은 안내문이 입구에서 기다리고 있다.

문도 담도 없는 절집이건만 외부 사람들은 출입금지다. 잘생긴 노송이 긴 팔을 펼치고 있는 쉼터에 앉아 절집들을 바라보았다. 나와 커다란 절집 사이에 보이지 않는 벽이 있다. 일엽스님이 쓴 글에도 말미에 '견성암에서'라고 적힌 부분이 있다. 그때 견성암이라는 글자만으로도 우주처럼 아득하게 느껴졌다. 의도적인 고립과 단절, 혹은 위대한 포기. 스님들은 어떤 마음으로 저 너머의 세계에 있을까? 창문 너머로 어렴풋이 스님 한 분이 보이는가 했더니 열린 문을 조용히 닫았다.

나는 고요한 빛과 청신한 바람 속에 잠시 머물러있기로 했다. 마음을 무겁게 하던 것들도 고요함에 물들면 먼지처럼 가볍게 흩어진다. 이 고요함 속에 홀로 있다. 버틴다는 마음 없이 견딘다는 마음도 없이, 단순하게 가벼운 얼마간의 시간이 흐른다.

스님들이 깨달음에 이르기 전에는 문밖으로 나오지 않겠다는 생각으로 철저하게 방 안에서 칩거하는 무문관 수행에 대해 들은 적이 있다. 하루에 한 끼 식사를 천천히 삼키며 오로지 정진에만 힘쓰며 수십 날을 보낸다고 한다. 이 정도면 내면을 사색하는 걸 넘어 뼛속까지 낱낱이 수색하는 시간이겠다. 참선에 일가견이 있는 노스님들도 무문관 수행은 큰 결심이 필요하다고 한다.

일반인들도 템플스테이 형식으로 2~3일에서 일주일 정도 무문관 수행을 체험해 볼 수 있다. 첫날 방문을 잠그는 자물쇠 소리에 외로움과 두려움이 몰려왔다는 사람들도 바깥으로 나가는 마지막 날이 되면 불현듯 찾아오는 차분함과 충만함에 새로운 존재가 되는 듯했다고 한다. 스님들 수행에 비할 바는 못 되지만, 짧은 무문관 스테이는 한 번쯤 시도해 보고 싶다.

그 시간이 오면 나는 헤르만 헤세와 혜초스님의 글을 읽으리라. 시대의 방랑자를 자처했던 헤르만 헤세 옆에 혜초스님이 일찍이 신라 때 주파한 실크로드 기행문인『왕오천축국전』을 나란히 둘 생각을 하니 문 잠긴 방 안이라는 갑갑함이 일시에 사라진다. 방 안에 틀어박혀 방랑자와 모험가에 대한 책을 읽겠다는 내 마음도 참으로 모순이다. 이 모순은 내면의 어떤 욕망과 연결되어 있을까?

고요하게 침잠할수록 점점 머릿속에 차가운 것이 밀려들 때가 있다. '성성적적(惺惺寂寂)'. 고요한 가운데 명료하게 깨어있음을 뜻하는 이 말은 스님들 수행의 기본 자세다. 일엽스님의『청춘을 불사르고』에서 알게 된 것인데, 나는 생업에 몰두할 때, 그러니까 글을 쓸 때, '성성적적'을 염두에 두어보려 한다.

일엽스님의 속명은 김원주. 일엽은 일본 유학 시절 춘원 이광수로부터 받은 필명이었다. 일본 근대문필가인 히구치 이치요를 오마주한 필명은 그대로 법명이 된다. 홀로 남은 잎사귀처럼 평생 따라다닌 태생적 고독감은 불교에서 구해야 할 근본 질문이 되었다.

비구니 수행처인 견성암.
입구에 놓인 안내판 하나.

세간에서 일엽스님의 출가에 자못 관심이 높았던 건, 끊임없는 연애사 때문이었다. 신여성의 특권이자 족쇄였던 자유연애. 이들은 자아의 독립과 '자유'도, 열렬한 '연애'도 삶의 필요충분조건으로 여겼으나, 사람들은 남자를 자주 갈아 치우는 스캔들에만 관심이 높았다. 김원주에게도 많은 연인들이 있었다. 그런데 그 연인들과 원주는 서로 충실하고 충직했으며, 몸과 마음의 동반자를 넘어 지식과 영혼의 동반자로서 함께했다.

아니다 싶은 순간에는 과감하게 연애에서 빠져나올 줄도 알았다. 먼저 떠났다고 해서 괴로움과 서러움이 없는 것은 아니었다. 젊은 날의 연애는 오롯이 사상의 밑바탕을 형성했다. 글을 쓰고 잡지를 만들고 여성운동을 하고 사람들과 연대하는 그 속에 연애가 있었고 동반자들이 있었다. 연애는 늘 막다른 길에 부딪혔지만, 김원주는 자신을 버리지 않았으며 삶의 질문도 놓지 않았다. 그리고 자신을 구원하는 길을 찾아 명료하게 방향을 설정했다. 김원주의 그런 자기애와 절대적인 추구의 끝에 출가가 있었다.

그의 출가는 불교학자이자 민족운동가였던 백성욱과의 연애와 관련이 있다. 늘 원주가 연애의 끈을 놓았지만 이번에는 백성욱이 출가하여 비구승이 되면서 끝이 났다. 그와 함께 나누었던 불교적 공감은 원주를 절집으로 이끌었고, 스님과 법문 곁을 맴돌게 했다. 출가했다가 환속한 재가승인 하윤실을 만나 은해사에서 부부의 연을 맺기도 했으나, 타는 목마름은 결국 출가로 향했다. 원주는 진정 비구니 일엽이 되어 더 이상 산문(山門)을 나서지 않았다. 수덕사 견성암은 죽을힘을 다해 자신의 길을 찾아온 일엽스님이 남은 평생을 수도했던 곳이다.

김원주, 나혜석 등이 활동하던 1920년대는 새로운 사상과 전통적인 사회통념이 맞부딪히던 시대였다. 자고 나면 새로운 이념이 등장했고 망해버린 나라와 식민지 현실의 암담함 속에 갈팡질팡하는 사람들이 늘어났다. 이때 불교 역시 혼란하던 시기를 헤쳐가려는 사람들을 보듬어주고 있었다.

선수행의 전통과 말씀들이 새로운 시대와 직면한 모던걸 모던보이에게 큰 영향을 주었다. 일엽은 여러 사찰과 암자를 다니면서 스님들과 만나 수행하고 대화를 나눴다. 일엽뿐만 아니라, 많은 여성들이 독립운동을 하다가, 혹은 일상생활을 하던 중에 출가를 결심했다. 그런 과정 속에 여성 출가자를 위한 견성암이 탄생했던 것이다.

나는 헤르만 헤세를 읽으며 1920년대의 피폐한 삶은 비단 우리뿐 아니라 제1차 세계대전을 비극적으로 끝낸 유럽에서도 마찬가지였음을 알았다. 전쟁의 후유증은 헤세를 정신적으로 몹시 고통스럽게 했다. 삶을 놓고 싶을 정도로 공허함과 우울감이 컸다. 그는 불교를 알게 되었고 명상적 세계관에 입성하면서 새로운 사람이 되었다. 『데미안』과 『싯다르타』는 당시의 경험을 통해 쓰인 작품이다. 무너진 세계에서 쓰러져 가는 인간들이 불교에 의지해서 일어섰으니 대륙의 동쪽 끝과 서쪽 끝은 서로 다른 세계가 아니었다. 불교는 20세기 들어 동시대적으로 환영받게 되었다.

지금으로부터 백 년 전, 전쟁이 끝나고 피투성이가 된 유럽과 식민지가 되어 자주권과 희망을 잃어버린 조선은 인간다운 삶으로 돌아가기 위해, 인간이라는 한계를 극복하기 위해 발버둥 치던 인간들의 시대였다. 그렇다면 백 년 후 지금의 세계는 많이 달라졌을까? 분명 달라졌으나 결국 달라진 것은 없다. 우리 역시 인간다운 삶을 잃어버린 채, 인간이라는 한계 속에 속수무책으로 살아가고 있으므로. 절집 오르는 마음에는 그런 우리를 인정하고 난 뒤의 외로움이 숨어있지 않을까? 헤세가 쓴 『싯다르타』의 문장은 한껏 외로워진 마음을 어루만진다.

> 나의 친구 고빈다여.
> 이 세계는 불완전한 것도 아니고 완성을 향해 서서히 나아가는 과정에 있는 것도 아닐세. 이 세계는 매 순간 완전하며 모든 죄는 이미 그 속에 은총을 품고 있고 모든 어린아이는 그들 안에 노인을 품고 모든 젖먹이들은 이미 그들 안에 죽음을 품고 모든 죽어가는 사람은 그들 안에 영원한 생명을 품고 있다네. 누구도 다른 이가 자신의 행로에서 얼마나 나아갔는가를 알 수 없어.
>
> _ 헤르만 헤세, 『싯다르타』

환희대,
숨어 있는 아름다움

견성암은 원래 정혜사 근처에 있었다고 한다. 토굴 앞 작은 초옥에 모인 여승들은 멀리 장터와 암자를 오가며 밥을 하고 수행을 했다.

먹고사는 생활이 수행만큼 힘들던 시절이었다. 시절이 흐르자 번듯한 절집으로 고쳐 지을 수 있게 되었다. 정혜사는 남승원으로, 견성암은 여승원으로 수행 문화를 일궜다. 지금 그 자리의 화강석 석조 건물은 1965년에 지어져 여선원으로 자리하다가 1980년대 견성암이 옮겨오면서 아예 현판을 고쳐 달았다. 동선당과 서선당, 요사가 새로 생겨나 많은 스님들이 정진할 수 있게 되었다.

수덕사에는 일엽스님의 족적을 살필 공간이 하나 더 있다. 금강문에서 좌측으로 빠지는 작은 길을 흘려 보지 않았다면 '환희대'라는 꽃 같은 이름을 발견했을 것이다. 환희대는 만공선사가 세운 곳으로 일엽스님이 만년에 견성암에서 내려와 머무른 곳이다. 스님이 입적한 뒤 상좌인 월송스님, 정진스님이 기념 도량으로 정비하고 원통보전의 불사를 주도했다.

나는 물길을 가로지르는 다리를 건너 담장으로 곱게 두른 작은 불법의 세계로 들어간다. 높은 곳에 원통보전이 자리하고 그 앞에 잔디가 깔린 너른 마당이 펼쳐진다. 그 아래 스님들 수행 공간인 커다란 전각이 '보광당'이라는 현판을 달고 고즈넉하게 자리한다.

원통보전은 관세음보살을 주불로 모신 불전이다. 날아갈 듯 섬세하고 가벼운 처마의 선이 상승의 기운을 가득 품었다. 대웅전은 단아한 대로 아름답고, 원통보전은 화려한 꽃처럼 찬란하게 아름답다. 많은 벽화들 역시 대웅전과 다른 특성이다. 그러나 원통보전에서는 벽마다 그려진 벽화도, 연꽃, 백합, 장미로 문마다 다르게 장식한 꽃살문도 어색하지 않다.

법당 안은 불화로 빼곡히 둘러싸여 있어 장엄함이 흐른다. 층

환희대의 불전인
원통보전은
일엽스님이
입적한 후
상좌들이
기념 도량으로
정비한 곳이다.

층이 놓은 붉은색 닫집 아래 고요히 관세음보살이 있다. 손가락이 곱게 감싼 한 송이 연꽃은 어떤 향기를 담고 있을지!

둘러보니 참으로 고요한 영역이었다. 참선 정진하는 스님들을 바깥에선 도무지 감지할 수 없다. 인적조차 드문 이곳에 오로지 물이 흐르는 소리만이 쨍하게 울린다. 법당 앞마당에 깊은 그늘을 드리우는 아름드리 느티나무가 너울거리며 반가움의 손짓을 한다. 그 손짓은 누군가의 인사였을까?

출가로부터 세는 나이를 법랍이라 하고 법랍 40년이 지나면 여러 의견을 구해 최고 법계를 받을 자격이 주어진다. 최고 법계는 비구니나 비구 상관없이 같은 명칭일 줄 알았는데 비구는 대종사, 비구니는 명사라 부른단다. 승려는 모두 1만 2천 명으로 비구와 비구니의 수는 비슷하지만 대종사와 명사의 수는 큰 차이가 있다. 다음 생에는 남자로 태어나 비구로 살다가 부처가 되고자 한다는 한 명사의 인터뷰는 많은 것을 생각하게 했다.

비구와 비구니는 성별로 구분되지만, 그 사이엔 넘을 수 없는 벽이 있다. 조계종 종정과 총무원장, 25개 본사 주지를 맡지 못한다. 공간적으로도 비구니들의 영역이 현격하게 적다. 교육기관도 현저히 적으며, 비구니의 활동이 허락되지 않는 사찰도 있다. 비구니 스님이 그 어느 나라보다 많으며 출가도 활발한 우리나라 불교계는 지금 이런 문제들을 해결해야 하는 상황이다.

일찍이 스승께서는
그처럼 꽃답던 사랑도

단지 하루아침의 먼지처럼
털어버릴 수 있음을
보여주셨습니다.

수덕사 환희대에서 일엽스님 문도 일동

_ 김일엽, 『청춘을 불사르고』

『청춘을 불사르고』 첫 페이지에는 이렇게 적혀있다. 스승은 사랑을 버림으로써 영원한 사랑을 얻었다. 나는 득도를 찾아가는 한 인간을 생각하고 마침내 사랑이라는 은유로 부활한 한 여자를 생각한다. 아, 나는 일엽스님이 사랑이라는 이름으로 불리는 게 과연 옳은가 싶으면서도, 그 이름이 싫지 않다. 사랑이란! 이 모순되는 마음은 또 어찌하나…….

환희대의 수행 공간인 보광당.

그럼에도,

멈추지 않는 사람으로 산다는 것 。

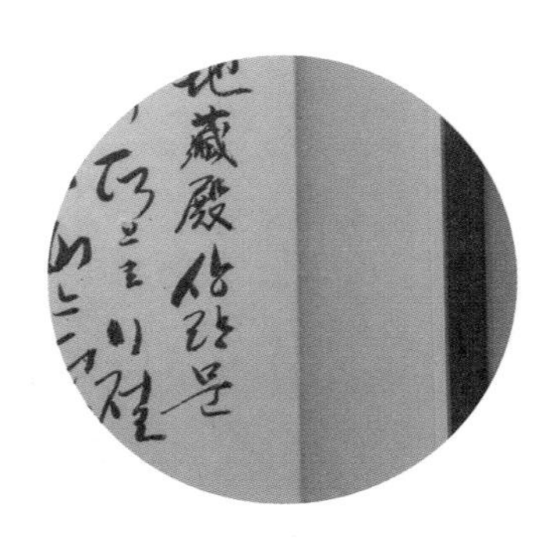

삼각산 길상사

끝없이 사랑하고
끝없이 슬퍼하는 마음

길상사의 봄은 애틋하다. 금방 지나가는 봄꽃을 뒤돌아볼 새도 없이 생의 열망을 분출하는 나무들의 초록 잎사귀들이 만개한다. 차가운 물이 바위를 구르며 지나가는 길에 반가사유상이 놓여있다. 졸졸 흐르는 물소리에 귀를 기울이는 미륵부처님의 미소가 애잔하다.

절집으로 가는 구석구석 길모퉁이에 '묵언'이라는 표지가 붙어있다. 계곡 따라 놓인 작은 방들, 산등성이 높은 곳에 자리한 건물들도 모두 수행처다. 도심에 자리한 절집이라서 아득한 곳에 자리한 산사의 절집과는 구조가 매우 다르다. 가녀린 독경 소리와 향냄새로 절집을 알아볼 뿐이다.

길상사가 여느 절집과 다른 이유는 널리 알려져 있듯이 이 집들의 쓰임이 대원각이라는 요정이었던 까닭이다. 7천여 평 부지에 40여 채의 한옥들이 여기저기 들어서 있었는데, 어떤 것은 헐어내고 대부분 내부를 손을 보아 사찰로 쓰임과 격을 갖추었다. 대원각의 주인 김영한 할머니가 법정스님에게 이 집을 시주했다. 법정스님이 시주를 받지 않겠다고 한사코 거부한 일도, 스님이 불교 쇄신을 위해 널리 추진하던 '맑고 향기롭게' 운동을 담아낼 도량으로 마침내 이 시주를 받아들이게 된 일도 널리 알려진 사연이다.

길상사는 송광사가 창건될 당시의 이름이다. 법정스님이 일으켜 세운 불일암이 자리한 그곳이 송광사이고, 그 옛 이름을 이곳에

길상사에 들어서면
대자대비 관세음보살이 은은한 미소로 맞이한다.
최종태 조각가의 작품이다.

담은 것이다. 그래서 길상사는 송광사의 말사다.

길상사에 가려고 나섰던 날은 때마침 사월하고도 초파일을 하루 이틀 앞둔 날이었다. '맑고 향기롭게'라고 적힌 절문을 들어서니 커다란 나무가 생의 기쁨을 노래하며 푸른 잎사귀를 흔든다. 그 옆에는 관음보살입상이 은근한 미소를 지으며 서있다. 관세음보살은 아미타불의 협시보살이니, 극락전에 계신 아미타불을 대신해서 여기에 미리 마중을 나오셨나 보다.

살짝 감은 눈, 표정도 말도 없으나 많은 것을 이야기하는 그 얼굴이 더없이 친근하다. 관을 쓰고 긴 머리를 늘어뜨리고 감로수를 담은 정병을 들었으니 관음상이 맞긴 한데, 어쩐지 아기 예수를 품에 안은 성모상처럼 느껴진다. 이 관음입상을 만든 최종태 조각가는 성당 조각으로 널리 알려져 있고, 천주교미술협회장을 맡고 있을 정도로 영성이 깊은 예술가다. 마음의 길은 이렇게 통한다.

최종태 조각가에게 관음상을 의뢰한 것은 법정스님의 생각이었다. 길상사의 창립법회에는 성북동의 성당에서 온 신부님과 수녀님 들도 대거 참여했다고 하니, 재밌는 풍경이었을 것이다. 그러고 보니 명동대성당에서 진행된 법정스님의 설법 장면이 생각난다. 김수환 추기경이 길상사를 방문한 답례로 명동성당을 찾은 스님은 가사를 두른 채로 합장을 하며 이야기를 시작했다. 나무관세음보살, 그 말이 봄에 핀 꽃처럼 성당 안을 나풀나풀 떠다녔다.

그런데 관세음보살이야말로 모두의 어머니 성모처럼 돌봄의 화신이다. 대자대비, 끝없이 사랑하고 끝없이 슬퍼하는 마음을 최상위에 두고 행한다. 누구나 기댈 수 있고 자신의 슬픔과 고통을 나눠 가질 수 있는 존재, 세상을 구하고 생명을 이롭게 하는 존재다. 예불 중 '나무관세음보살'이 그렇게도 자주 나오는 이유는 그 이름을 계속 읊조리면서 자비의 마음을 세상에 불러내기 위해서다. 해탈에 이르는 길로 인도해 주는 아름다운 관세음보살. 그래서 불상으로 나타날 때는 자애로운 어머니처럼 표현된다.

중생이 그토록 찾아 부르는 관음보살이 오로지 하나의 도상일 수 있을까? 머리 위에 열한 개의 얼굴이 더 있는 11면 관음, 손이 천 개인 천수관음, 천 개의 손에 천 개의 눈이 달린 천수천안관음도 있다. 선한 사람에게는 기쁨을 나누는 얼굴, 악한 사람에게는 슬픈 얼굴, 정진하는 사람에게는 힘을 실어주는 얼굴, 나쁜 맘을 먹은 사람에겐 교화하는 얼굴 등등 관음보살의 역할을 얼굴로 표현한 것이 11면 관음이라면, 27개의 얼굴과 천 개의 손을 가진 천수관음은 그 역할을 더욱 세분화해서 처리하는 분이다.

관음보살에게 빌고 바라는 우리의 위시리스트가 그렇게 많고 다양하다 보니 맞춤 서비스를 하기 위해 얼굴도 많고 손도 많다. 그 많은 손에 눈까지 달린 천수천안관음에 이르면 세상 모든 사람들에게 관음보살의 자비심이 도달하지 않을 수 없다. 그러니 사람들아, 부처님이 보고 계셔! 관세음보살이 다 보고 계신다고!

절집엔 색색 가지 축원의 등과 흰색의 영가등이 뒤섞여 나풀거린다. 초파일 행사를 준비하는 손길이 무척 분주하고 북적인다. 극락전 앞마당에서는 아기 부처의 정수리에 물을 뿌리는 목욕의식을 준비하고 있다. 커다란 꽃무더기에서 한 송이씩 빠져나온 꽃들

초파일의 길상사.
극락전 앞에는 축원의 등이,
지장전 마당에는 영가등이 가득하다.
절집은 산 자와 죽은 자
모두를 위한 빛으로 물든다.

이 모여 단아하고 아름다운 화환으로 변해서 부처님 관불의식을 장식한다. 꽃과 연등으로 절집이 온통 물들었다. 꽃과 향, 촛불로 축하의 마음을 전하는 일이 어찌 아름답지 않을까?

오늘처럼 분주한 날도 극락전 내부는 수행의 공간다운 정결함이 흘러나온다. 아미타불의 좌우에 관음과 세지 두 보살이 협시를 맡는데 길상사는 대세지보살 대신 지장보살이 계신다. 파르라니 깎은 머리만 보아도 지장임을 알 수 있다. 때론 머리에 두건을 쓰기도 하지만, 긴 지팡이와 구슬은 항상 들려있다. 검정 바탕에 금니를 입힌 화려한 후불화가 어두운 극락전의 불단을 빛나는 중심으로 만들기에 충분하다.

사람도 많고 꽃도 많고 나무도 많은 길상사. 나는 식물도 절집도 색깔을 잃고 수묵화처럼 보이는 늦가을의 길상사를 좋아하지만, 두서없이 분출되는 강한 생명력을 가진 봄날도 의연히 받아들여 보려 한다. 봄날의 길상사는 찾아올 이유가 충분하다. 2010년 3월, 봄이 오는 길목에서 법정스님이 길상사의 가장 높은 곳에 자리한 작은 암자에 처음이자 마지막으로 머물렀다. 그리고 그다음 날 입적했다.

방랑자는
늙지 않는다

법정스님의 진영각은 낮은 담벼락으로 둘러싼 작고 단아한 전각이다. 높지도 낮지도 않은 절집엔 스님의 사진과 유품 몇 가지가 고즈넉하게 놓여있다. 유품이라 해도 많지 않다. 수십 번 기워 너덜너덜하기까지 한 낡은 가사에 먼저 시선이 닿는다. 낡은 펜촉과 원고 묶음 옆에 스님의 차도구들이 놓여 있다.

스님은 심심하면서도 호방한 백자로 차를 드셨나 보다. 지장전 상량문에 붙여 쓴 글에서 흥미진진한 먹선을 읽어본다. '낡은 집'이라는 글자를 발견했다. 스님에겐 새 집이 없었을 것이니, 모든 집이 낡은 집이었다. 그 낡은 집에서 얻은 생각들이 한 사람을 이루고 있었다.

오월의 길상사는 연둣빛에서 진초록까지 무한한 초록의 향연이다. 진영각의 작은 꽃밭에도 초록이 스며들었다. 스님 유골을 모신 조그마한 탑이 초록 풀 사이에 놓여있다. 오가는 계절이 잠깐 머무르는 아기자기한 꽃밭이었다. 많은 행자들이 스님의 진영을 친견하고 바깥에서 쉬어간다. 앉을 만한 곳이면 어디든 걸터앉아 말없이 머무르고 서성인다.

이제 말과 글은 접어두고 나머지는 꽃과 나무에서 들어보자는 스님 글귀가 생각난다. 꽃과 나무는 말은 없지만 침묵하는 건 아니다. 절집은 꽃의 언어와 나무의 언어가 섞이고 바람의 언어, 물의 언어가 나부낀다. 물소리가 멀리서 울리면, 나는 내 속에 가득한 나에게로 향하는 많은 말들을 듣는다.

스님의 유골은 길상사와 불일암 말고도 마지막까지 고요히 수행하던 수류산방에도 봉안되었다고 한다. 1992년에 불일암을 떠나 강원도 산골, 화전민이 살다가 떠난 낡은 오두막을 고쳐 짓고

길상사에서 가장 안쪽 높은 곳에
법정스님을 기리는 진영각이 있다.
바깥 정원에 조그마한 탑비가 봉안되어 있고,
방 안에는 스님이 생전에 쓰셨던
낡은 소유물과 원고를 볼 수 있다.

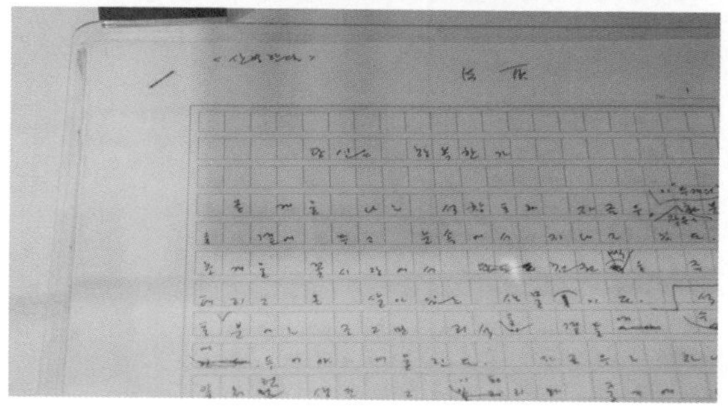

머물던 수행처가 수류산방이다. 수도도 전기도 없이 세상에 온 모습 그대로 가난하면서도 충분하게 살던 소박한 곳이다. '무소유'라 적힌 작은 패가 방문 위에 붙어있고, 손수 빚고 구운 화로에 주전자를 올리고 차를 끓였다. 간결하고 고요한 삶이었다. 수류산방에서 스님은 시간이 남아서 먹을 갖고 놀았다며, 쓰고 그린 수십 가지를 남겨두었다.

법정스님은 온 마음으로 길상사 도량을 닦았고 정기적으로 법회를 열어 대중들을 만났으나 언제나 수류산방으로 돌아가려 했다. 돌아가야 할 곳이 있다는 것은 얼마나 행복한 일인가? 어디로 가야 할지 몰라 갈팡질팡하는 우리 인간들은 이 적적하고 쓸쓸한 오월에 이곳 길상사에서 다른 세상을 꿈꿀 뿐이다.

쓸쓸한 오월이라고 적고 보니, 백양사 템플스테이에서 만났던 꽃 같은 청년들이 떠오른다. 그땐 그 청년들이 또래의 욕망을 충실히 즐기는 대신 절집에 와있다는 사실이 안타깝게 느껴졌지만, 되돌아보면 나의 20대 역시 혼돈과 절망의 나날이었다.

아무리 좋은 일이 있어도, 복숭아처럼 뽀얗고 예쁘다고 어른들이 말해도, 나는 살아간다는 게 무엇인지 아무래도 알 수 없었고, 나를 둘러싼 세상이 맞지 않는 옷처럼 어색하고 불편했다. 길은 늘 어둡고 좁았으며 마음은 텅 빈 것처럼 허전했다. 넓은 세상을 담기에 내 인식의 틀은 좁고 불안했다. 그런 나에게 어느 날 한 친구가 이렇게 말했다.

"기도를 해봐."

나는 그 조언이 참으로 고마웠다. 마음의 결심을 하고 성당을 찾았다. 거기서 기도는 나 자신을 위해 하는 것이 아니라는 것을 배웠다. 기도는 타인으로 향하는 마음이었다. '마리아 막달레나'라는 새 이름을 얻은 나는 기도와 영성을 믿으며 새로운 세계를 받아들였다.

사실 나란 사람은, 그때도 그렇고 지금도 마찬가지로 교리를 믿고 따르는 종교적인 활동에 큰 관심이 없다. 그렇지만 언제나 영성을 믿는 사람인 건 맞다. 지금의 나는 백양사에서 본 친구들의 미래의 모습이다. 그 친구들도 분명 이십 년 후엔 어쩌다 놓아버린 영성을 되찾고자 먼 길을 오르고 내리며 헤매게 될 것이다.

우리의 방랑은 끝나지 않고, 영원히 계속될지도 모른다. 운수납자, 물같이 구름같이 흘러 다니는 존재로서. 그러므로 방랑자들은 늙지 않는다. 언제나 새로운 정신과 새로운 삶을 찾아가는 존재들이므로.

부처는 젊어서 간직한 삶의 질문과 고뇌를 발판으로 출가하겠다는 바람을 계속 피력하다가 아들을 보고 난 뒤인 스물일곱에 기어이 출가했다. 부처는 청년이며 방랑자였고 질문을 던지는 사람이었다. 이윽고 세상을 향해 앉아 바라보는 사람이 되었고, 사람을 향해 그들의 말과 기도를 듣는 사람이 되었다.

듣는 사람이야말로 위대하다. 그런데, 나는 무엇이 되려고 여전히 걷고 있을까? 나의 방랑이 어디까지 이를지는 몰라도 나는 멈추지 않는 사람이었으면 한다. 삶이 끝날 때까지.

길상사 적묵당.

우리는
도반이라는 이름으로

다비. 몸과 마음을 왔던 곳으로 되돌려 보낸다는 뜻을 가진 불교의 화장 의례에는 차나무 다(茶)와 도울 비(毘)를 쓴다. 차로써 돕는다, 그런 뜻일 게다. 절집의 모든 수행과 행사에는 차가 있다. 통도사의 큰 행사인 개산대재도 큰스님들 부도전에 찻잔을 올리는 헌다의식으로 시작되듯이. 그런데 마지막 가는 길도 차와 관련이 있다. 차와 비. 이 두 글자가 이루는 세계가 참으로 깊다.

수류산방에서 정진하시던 법정스님은 병마가 짙어지자 오두막을 떠날 수밖에 없었고, 다시 그곳으로 가려던 바람은 결국 이루어지지 못했다. 병상에 누워 죽음이 가까이 온 것을 알게 된 스님은 상좌들의 도움으로 길상사로 왔고, 2010년 3월 11일에 55년간 수행자로 살아온 삶을 내려놓았다. 그는 시주 없이 스스로를 책임지며 수행하는 삶을 살아온 그 모습 그대로, 왔던 곳으로 돌아가게 하라는 유언을 남겼다. 일체의 장례의식은 없었다.

다비식은 송광사에서 이루어졌다. 관을 짜지 말고 입던 옷 그대로 다비해 달라는 유언에 따라 스님의 법구는 갈색 가사를 덮은 채로 송광사 다비장까지 이운되었다. 잘게 자른 참나무장작을 넓게 쌓은 중앙에 법구가 놓이고 그 주변을 다시 참나무를 쌓고 덮는다. 어느 정도 높이로 쌓게 되면 가장자리에 나무를 촘촘히 세워 흐트러지지 않도록 집의 모양으로 만든다. 이승의 마지막 집이다. 법구와 함께 장렬히 소멸하게 될 마지막 장소였다.

나무를 쌓은 집 틈새로 사람들이 꽃을 넣어주며 마지막 인사를 나눈다. 꽃은 얼마나 숭고한가. 탄생에도 죽음에도 육신을 고요하고 아름답게 지켜주는 것은 꽃뿐이다. 이윽고 거화(불을 붙이는 의식)의식이 시작된다. 스님들이 큰 소리로 외친다.

"스님, 불 들어갑니다!"

초혼의식이었을까? 행여나 영혼이 육신 곁에 머물러있을까 일깨우는 이 외침은 가지 말라는 붙잡음이 아니라, 홀연한 떠남을 예감하는 말이다. 가는 사람과 보내는 사람이 힘을 다해 마지막 의식을 치르는 시간이 이 말 '불 들어갑니다.'로 시작된다. 스님들다운 담담하고 다정한 말이다. 거화와 함께 스님들과 모인 사람들이 모두 두 손을 합장하고 나무아미타불을 읊조린다. 서방극락정토로 가는 반야용선을 이끄는 그 말. 1만 3천여 명의 신도가 모여 그 자리를 지켰다. 눈물을 숨기고 망연함을 감추면서 함께했다. 유골을 수습하는 과정까지 지켜본 사람들도 많았다.

우리는 죽음 앞에서 눈물을 흘린다. 그 눈물은 떠난 사람이 아니라, 나 자신을 위한 눈물일지 모른다. 타인의 죽음에서 우리 자신의 죽음을 보는 것이다. 내가 세상과의 연이 끊어지는 것이 두렵고 혼자 떠나야 하는 그 길이 고독하고 서러워서 우리는 울고 있다. 그는 떠나게 되어 그토록 홀가분할 터인데, 남아있는 우리는 어찌하나, 남아있는 이 시간들을 우리는 어떻게 살아가나. 이 지독한 생을! 나는 누구이며 어떻게 살아야 하는가? 우리는 그토록 찾아 헤매던 삶의 본질을 그제서야 벌거벗은 채로 돌아보게 된다.

절집 오르는 길 끝엔 우리 자신이 있다. 두렵고 막막했던 삶의 질문들도 우리 곁에 그대로 존재한다. 질문을 품고 나서야 비로소 사력을 다해 부딪혀 보라는 목소리가 들린다. 날마다 죽고 다시 태어나라고.

승려를 부르는 '비구'는 걸식하는 자라는 뜻이다. 자기 수행의 끝을 향해 가는 사람의 이름치곤 너무 비천하다. 그렇지만 그 또한 자신을 받아들이는 가장 단순한 지시어다. 가장 낮은 이름으로 가장 높은 존재에 이르는 길은 철저히 혼자가 되는 길이다.

그런데 그 길에는 혼자인 각자들이 있다. 길에서 만나 함께 도를 향해 가는 사람들을 '도반(道伴)'이라고 한다. 도반은 나누는 존재이며 더하는 존재, 함께 끝까지 가는 사람들이다. 도반이 있어 길을 걷는 우리가 쓰러지지 않고 걸을 수 있다. 우리는 같은 질문을 품고 인생을 살아가는 각각의 탑이다.

다시 연등이 가득 달린 경내를 지나 관세음보살을 친견하고 그 옆의 칠층보탑을 향해 걷는다. 탑돌이의 시작점에 이르러 나는 합장을 하고 오래 고개를 숙였다. 네 마리 사자가 떠받치는 좁고 길쭉한 탑은 운주사의 탑과도 언뜻 겹쳐진다. 이 탑도 길상사가 시주를 받은 것이다. 조선시대의 탑이라는데, 2012년에 기단부에 불경과 염주 등을 봉안하고 2013년에는 탑신부에 미얀마에서 가져온 진신사리를 봉안했다고 한다.

소원을 가진 사람들이 탑을 향해 모여든다. 어느 방향으로 돌아야 하나 고민할 필요가 없다. 사람들 무리에 이끌려 걸으면서 탑돌이는 자연스럽게 시작된다. 나도 탑돌이에 동참한다. 탑돌이는 너무도 쉽고 간단하게 나를 숭고한 인간으로 만들었다.

성소를 중앙에 두고 커다란 원을 그리며 도는 행위는 기원을 알기 어려울 만큼 오래된 풍습이라 한다. 우리뿐 아니라 세계 어느 곳에서나 보편적으로 탑돌이와 닮은 행위들이 있다. 탑만이 아니라 솟대를 돌기도 하고, 혹은 신성한 것이라면 그 무엇이라도 중앙에 두고 원을 그리는 것이다. 신라 때 탑돌이 규칙은 이랬다고 한다. 첫째, 탑을 세 번 돌고, 둘째, 낭랑한 목소리로 부처님의 공덕을 찬양한다. 그리고 달 밝은 밤이 오면, 모두 함께 나와 탑돌이를 했다.

천 년 전 탑을 향해 사람들이 모여들던 풍경이 오늘 길상사에서 그대로 이어진다. 세상은 달라졌지만 마음과 바람은 그때와 다를 바가 없다. 모두의 합장한 손, 그리고 둥글게 걷는 걸음. 나는 간절히 모은 두 손의 따뜻한 기운을 느꼈다. 합장은 마음의 경건함과 한결같음을 뜻하는 손짓이다.

나는 모은 손을 가만히 내려다보며 이것이야말로 손의 가장 적합한 역할이 아닌가 생각했다. 두 손을 모아 따뜻함을 느끼고 서로 손을 맞잡고 누군가를 품에 안으라고, 손은 생겨난 것이다. 내 손도 그렇게 쓰고 싶다. 두 손을 모으며 내 마음이 궁극적으로 향하는 곳은 사랑과 신과 자연이라고 생각했다. 앞으로 더더욱 추구해야 할 것도 그것이라고.

그것 말고 달리 무엇이 있겠는가.

세상은 더 아름다워졌다.

나는 혼자이지만 혼자여서 고통스럽지는 않다.

다른 어떤 것도 원하지 않는다.

난 햇볕에 완전히 익을 채비가 되어 있다.

난 무르익고 싶은 갈망이 있다.

죽을 준비도, 다시 태어날 준비도 되어 있다.

세상은 더 아름다워졌다.

_ 헤르만 헤세, 『요양객』

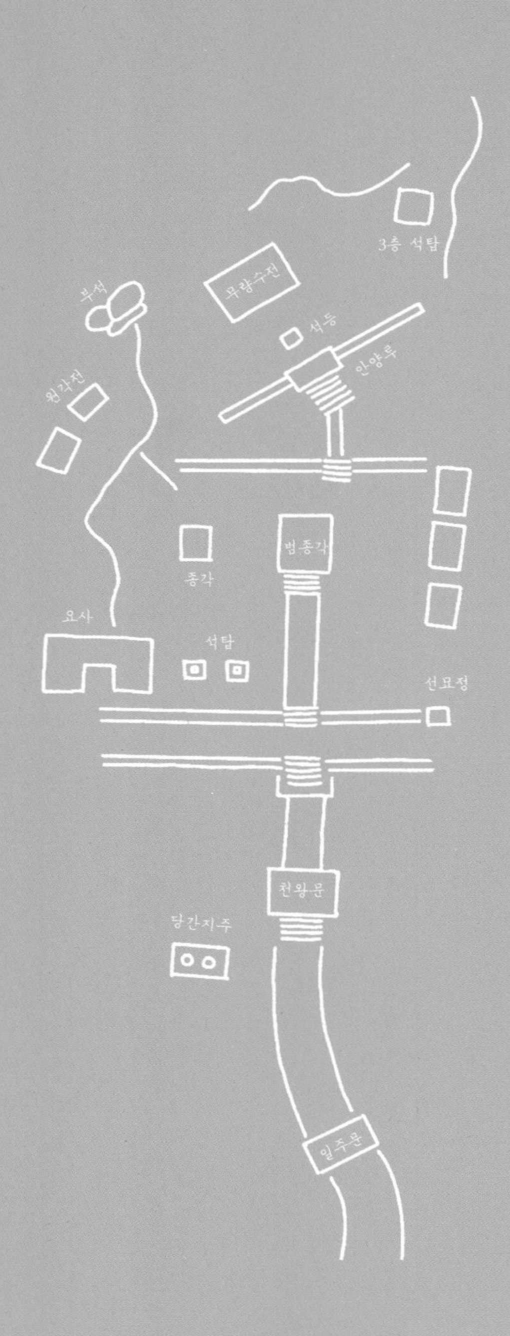
3층 석탑
무량수전
부석
석등
안양루
원각전
범종각
종각
요사
석탑
선묘정
천왕문
당간지주
일주문

부록

절집에 가면 만나는 것들

절집을 오르다 보면 많은 공간들이 등장한다. 문도 많고, 전각도 많으며, 그 속엔 탑도 불상도 가득하다. 건축, 불상, 탑과 그림들은 저마다 불교적 상징을 담고서 다가오는 사람들에게 특별한 이야기를 전한다. 절집 공간에 담긴 질서 정연한 의미를 조금 알아둔다면 분명 그 아름다움에 한걸음 더 가까이 다가가게 될 것이다.

사찰의 기본 건축물

1. 일주문

○ 청량사 일주문

사찰의 가장 바깥 경계를 표시하는 문이다. 두 개 혹은 네 개의 기둥 위에 지붕을 얹었으므로 건축물이 아니라 그야말로 문이다. 초기 불교에선 없던 공간이며 고려 말부터 생겨났다고 한다. 산 이름과 사찰 이름을 나란히 적은 현판을 걸어서 사찰의 품위를 보여준다.

2. 천왕문

○ 통도사 사천왕

부처와 사찰을 지키는 네 명의 천왕이 서있는 천왕문은 불법의 영토에 들어왔음을 알리는 문이다. 사천왕은 동서남북의 네 방향을 수호하며, 손에 든 지물로 구분한다. 천왕문 대신 봉황문, 불이문, 해탈문이 놓이기도 하는데 모두 비슷한 의미다. 이들 문에는 귀여운 동자가 기다리기도 한다.

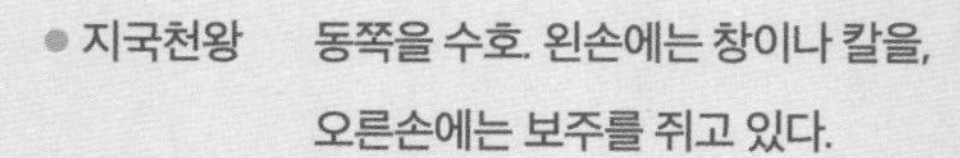

- 지국천왕　동쪽을 수호. 왼손에는 창이나 칼을, 오른손에는 보주를 쥐고 있다.
- 광목천왕　서쪽을 수호. 갑옷으로 무장하고 오른손엔 용을, 왼손에는 여의주를 쥐고 있다.

- 증장천왕　남쪽을 수호. 갑옷 차림에 붉은 관을 쓰며 삼지창이나 칼을 든다.

- 다문천왕　북쪽을 수호. 보탑이나 비파를 들었다. 예부터 북방의 침입이 잦았던 우리는 다문천왕이 가장 인기가 많았다.

3. 범종루 / 범종각

예불을 드릴 때 사용하는 범종, 운판, 목어, 법고의 네 가지 불교 용구가 있는 곳. 2층 누각일 때는 범종루라 하고, 범종만 봉안하는 작은 전각은 범종각이라 한다. 네 가지 용구는 두드려 소리를 내어 불법을 전파한다는 의미를 담고 있다. 규모가 큰 사찰은 모두 갖추고 있지만, 범종만 있거나 법고와 목어만 놓인 사찰이 더 많다. 새벽예불이나 저녁예불 때 소리를 들을 수 있다.

○ 해인사 범종루(위, 가운데)
○ 부석사 범종루(아래)

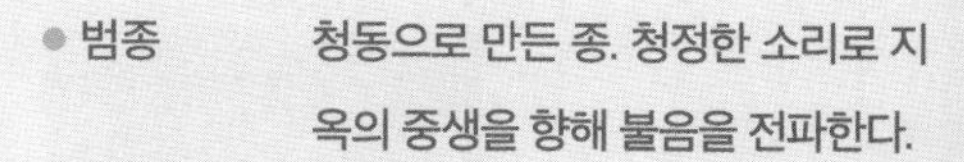

- 범종　청동으로 만든 종. 청정한 소리로 지옥의 중생을 향해 불음을 전파한다.

- 법고　커다란 북. 홍고라고도 한다. 짐승 무리에게 불음을 보낸다는 뜻.

- 운판　청동으로 만든 구름 모양의 판을 두드려 날짐승들에게 불음을 전파한다.

- 목어　나무로 만든 물고기 모양의 조형물. 어류들도 불음을 전파하는 대상이 된다.

4. 대웅전 (주불전)

사찰의 가장 중심에 놓이는 건물에는 부처가 봉안되어 있다. 대웅전은 석가모니불을 모신 곳으로, 불단을 조성하고 벽화를 그려서 불세계를 재현한다. 대웅보전이라고 높여 부르기도 한다. 주불로 모시는 부처에 따라 주불전의 이름이 달라진다. 석가모니불은 대웅전, 아미타불은 극락전이나 무량수전, 비로자나불을 모시면 대적광전이라 부른다. 약사불을 모셨다면 유리보전이라 한다. 봉정사처럼 대웅전이 중심에 있고 극락전이 공존하거나 비로전이 따로 있다 해서 이상한 것은 아니다. 오히려 사찰이 복잡한 역사적 굴곡을 지나왔음을 보여준다고 할까?

○ 수덕사 대웅전(위)
○ 은해사 극락보전(아래)

5. 지장전 (명부전)

절집에는 부처도 많지만 보살도 많다. 보살 중에서도 가장 인기가 높은 보살 하면 지장보살이다. 왜 인기가 많은가 하면, 모든 중생들이 성불할 때까지 그들의 교화를 도우며 자신은 가장 나중에 성불하겠다는 존재이기 때문이다. 아직 성불하지 않은 존재이므로 삭발한 승려의 모습이다. 지장전은 지장보살을 모신 곳으로, 죽은 이의 심판관인 시왕이 함께 봉안되는 경우가 많다. 그래서 시왕전, 명부전이라는 현판이 붙기도 한다. 지장전 앞에는 극락왕생을 바라는 흰 등이 가득 달린다.

○ 청량사 지장전 지장보살

6. 원통전 (관음전)

○ 수덕사 환희대 원통보전

관세음보살은 대자대비 즉 자비의 화신이다. 화려한 보관을 쓰고 아름답게 주름이 잡힌 옷을 입고 있으며 손에는 기다란 연꽃을 들고 있다. 힘들고 지칠 때 그 이름만 불러도(나무 관세음보살) 해탈에 이를 수 있다고 하니, 한번 도전해 보기를. 천 개의 손을 가진 관음보살, 열한 개의 얼굴을 가진 관음보살도 있는데 고통에 허덕이는 중생 하나하나를 바라보며 도와주기 위해서다. 관세음보살이 계신 법당은 보통 관음전이라 하는데, 사찰의 주불로 모시는 경우도 있다. 이때는 품격을 높여 원통전 혹은 원통보전이라 부른다.

7. 응진전 (나한전)

○ 미황사 응진전

나한은 깨달음을 얻은 사람, 부처의 경지에 오른 사람을 뜻하며, 아라한이라고도 한다. 부처의 설법을 듣고 깨달음을 얻어 제자가 되었다는 열여섯 분을 모시고 있다. 근엄하고 정결한 자태가 아닌, 익살스럽고 해학적인 모습으로 표상되어 친근한 존재들이다. 나한이 계신 곳을 응진전이라 하며, 석가모니불을 중앙에 모시고 열여섯 나한이 둘러싸고 있다.

사찰의 대표 미술품

1. 불상

ㅇ 미황사 대웅보전 석가모니삼존불(위)

ㅇ 은해사 극락보전 아미타불과 협시보살(아래)

부처를 상징하는 존재로서 불전의 중심에 놓인다. 가사를 걸치고 결가부좌를 하며 귀를 늘어트리고 동글동글 말린 머리카락(나발)에 정수리에 불쑥 솟은 육계가 있는 등 그 구조는 동일하지만, 시대마다 얼굴 표정이나 신체의 비례가 달라져 미의식의 변화를 엿볼 수 있다. 신라시대 불상은 주로 석불이 남아있으며 명상에 잠긴 얼굴과 크고 부드러운 체격을 갖고 있다. 고려시대 불상은 화려한 이목구비와 날씬한 체구로 강렬한 존재감을 드러낸 반면, 조선 중후기의 불상은 어린아이처럼 천진한 얼굴을 하고 작은 체구에 허리와 목은 구부정하다. 불자들이 올려다보면 인자한 얼굴과 마주칠 수 있게끔 자세를 교정한 것이다. 불상의 시대적 변화에서 불교 신앙의 변화를 감지하게 된다. 주불 좌우에서 부처를 보필하는 보살을 협시보살이라 한다. 때로는 두 부처가 주불을 협시하여 삼존불의 형식을 취하기도 한다.

부처의 상징, 수인(手印)

불교에는 다양한 세계를 상징하는 수많은 부처가 존재하지만 외적으로는 한 명인 것처럼 생김새와 의상에서도 큰 차이가 없다. 그래서 손의 모양에 상징성을 부여해서 각기 다른 부처의 세계를 구분한다. 대표적인 수인을 살펴본다.

● 항마촉지인 (석가모니불)

○ 수덕사 대웅전 석가모니불

왼손은 결가부좌한 다리에 놓고 오른손 손가락으로 땅바닥을 가리키는 형상. 깨달음에 이른 석가모니가 자신을 공격하는 마군을 물리치는 장면을 담은 자세로, 해탈에 이른 부처를 보여준다. 협시는 문수보살과 보현보살이지만, 중앙에 석가모니불을, 좌우에는 아미타불과 약사불을 둔 삼존불로 봉안하기도 한다.

● 지권인 (비로자나불)

○ 해인사 대적광전 비로자나불

비로자나불의 수인으로, 왼손 검지를 오른손으로 말아 쥐며 하나로 연결한다. 부처님 속에 모든 중생과 이 세계가 존재한다는 것을 뜻한다. 비로자나불은 부처님의 가르침 그 자체를 신격화한 것이다. 비로자나불은 협시 없이 단독으로 봉안하거나 석가모니불, 노사나불이 협시한다.

● 구품인 (아미타불)

○ 봉정사 극락전 아미타불

극락세계를 관장하는 아미타불의 수인. 왼손과 오른손의 손가락을 조합하여 아홉 가지 수인을 취하기 때문에 구품인이다. 죽은 이들을 좋은 세계로 인도하는 부처님이므로 수인은 중생이 극락에 태어나는 아홉 가지 방법을 말한다. 관세음보살과 대세지보살이 좌우에서 협시한다.

● 약기인 (약사불)

○ 청량사 유리보전 약사불

약사불이 취하는 수인. 항마촉지인과 닮은 자세지만, 오른손에 구슬이나 약함을 들고 있다. 동방유리광세계를 주관하는데, 쉽게 말하면 병들고 고통받는 현생의 중생을 치료해 주는 부처라는 뜻이다. 그러므로 전통적으로 가장 인기가 높은 부처님이다. 일광보살, 월광보살을 협시보살로 둔다.

불단의 꾸밈, 장엄

○ 미황사 대웅전 불단

사찰은 불자들이 불세계의 아름다움과 참됨을 감각적으로 느낄 수 있도록 불단을 꾸미고 불상을 봉안하며 다양한 불화를 그려 아름답게 장식한다. 아름답게 세공한 높은 단(수미단)에 불상을 봉안하고, 그 뒤를 정교하고 화려한 불화로 장식하며, 상부는 궁궐의 전각처럼 만든 닫집으로 꾸민다. 불단 주변에도 다양한 기물과 상징물로 장식한다. 이렇듯 불단을 꾸미는 것을 장엄이라 한다. 미황사 대웅보전과 봉정사 대웅전은 불단 장엄의 극치를 보여준다. 이러한 꾸밈으로 부처님 세계에 함께 있는 것처럼 느끼게 된다.

---

2. 석탑

석가모니의 사리를 나누어 탑에 모셨다는 내용에서 비추어보듯 탑은 부처님의 무덤에 해당한다. 불교가 전래된 신라시대에는 부처를 모신 탑을 중심으로 가람 배치가 이루어질 정도로 탑의 중심성이 컸다. 탑 속에는 사리, 보물, 경전 등을 넣어 가치를 높였다. 석탑은 과거 우리의 놀라운 석조기술과 미감을 느끼게 하는 예술의 장르이며, 이야기로만 전해지는 진신사리의 존재를 확인할 수 있는 장소다. 석탑을 수리 보수하면서 상층부인 옥개석(지붕)을 열고 사리함을 꺼낼 때에야 비로소 석탑의 존재가 증명된다. 그리고 사찰은 사라져도 석탑은 전체 혹은 일부가 오래도록 남아서 과거의 흔적을 찾아 폐사지를 더듬는 길잡이가 된다. 석탑은 기단부, 탑신부, 상륜부의 세 부분으로 구성된다. 탑신석(몸돌)과 옥개석을 한 조로 하고 그 개수에 따라 삼층탑, 오층탑 등으로 부른다. 옥개석 위에 높게 장식물을 올리는데 이를 상륜부라 한다. 꽃, 보륜(바퀴), 사발 모양 등 불교적 상징이 담긴 조각물로 장식한다.

○ 해인사 정중삼층석탑

3. 불화

사찰 곳곳에는 많은 그림이 그려져 있다. 예배를 하기 위해 부처를 그린 그림과 공간을 꾸미기 위한 그림, 그리고 불교의 가르침을 불자들에게 널리 알리기 위해서 그린 그림 등이 있다. 불화를 흔히 탱화라고 하는데 인도에서 걸개그림을 뜻하는 탕가에서 비롯된 말이 불화 전체를 가리키게 됐다.

● 괘불 야외에서 열리는 특별한 법회와 의식에서 사용하는 초대형 걸개그림. 괘불을 커다란 목재로 된 걸개인 괘불대에 매달아 불전 앞마당에 세워진 괘불지주에 세운다. 주불전의 불상을 대신하여 야외 법회에 부처를 모시는 것을 의미한다. 통도사의 개산대재는 많은 스님들이 힘을 모아 괘불을 옮기고 거는 이운의식을 볼 수 있다.

○ 은해사 괘불

● 영산회상도 석가모니의 설법 장면을 그린 불화이며 대웅전이나 영산전에 불상과 함께 후불화로 봉안한다. 석가모니를 중앙에 배치하고 좌우에 보살, 10대 제자, 호법신인 사천왕, 팔부중 등 많은 인물들이 꽉 차게 그려진다. 영산회상도를 봉안함으로써 대웅전이 바로 그 설법 장소가 되며, 대웅전에 들어선 사람들 또한 부처의 설법에 동참한다는 의미가 있다.

○ 영취사 영산회상도
(국립중앙박물관 제공)

● 팔상도 석가모니의 일생을 여덟 개의 이야기로 그린 그림이며 팔상전이나 영산전에 봉안된다. 도솔천에서 내려오는 부처, 룸비니 동산에서 탄생하는 부처, 사문에 나가 세상을 관찰하는 부처, 성을 넘어 출가하는 부처, 설산에서 수도하는 부처, 보리수 아래에서 마귀의 항복을 받고 깨달음에 이르는 부처, 설법을 하는 부처, 열반에 드는 부처를 여덟 폭에 그렸다. 각 장면은 두세 개의 세부 장면이 포함되어 있어 구조적으로 매우 복잡하면서도 화려하다. 부처의 전 생애를 묘사하는 것은 우리나라만의 특징이다.

○ 통도사 영산전 팔상도

● 심우도 자신의 본성을 발견하고 깨달음에 이르는 과정을 야생의 소를 길들이는 데 비유한 열 개의 그림이다. 본성이 무엇인가 찾아가는 심우, 깊은 마음으로 들어가 소의 발자국을 보는 견적, 마음 깊은 곳에 있는 소를 발견하는 견우, 도망치는 소를 단단히 붙드는 득우,

소를 길들이는 목우, 길들여진 소를 타고 마음의 본향으로 돌아가는 기우귀가, 고향에 돌아오니 소는 사라지고 자신만 남았다는 망우존인, 소가 사라진 뒤에는 자기 자신을 잊어야 한다는 인우구망, 텅 빈 원상 속에 산은 산으로, 물은 물로 번뇌 없이 자연 그대로 보이는 반본환원, 거리로 돌아가 중생을 제도하는 입전수수의 열 가지 과정이 그려진다.

◦ 통도사 극락암 심우도 중 인우구망

그 외 알아둘 곳들

1. 부도전

○ 대흥사 부도전

스님들의 사리를 모신 탑을 부도라고 하고, 부도와 비석을 한자리에 모아둔 곳을 부도전이라 한다. 부도는 항아리 모양이며 탑비는 다양한 장식이 돋보인다. 비석에는 부도 주인의 삶과 행적이 적혀있어 당시의 역사를 알 수 있는 귀한 자료가 된다. 역사가 긴 사찰에는 부도전이 있기 마련이다. 대흥사에는 50기의 부도와 14기의 부도비가 있으며 서산대사의 부도도 모셔져 있다. 통도사 부도전은 임진왜란 이후 지금까지 활약한 고승과 수행자 들의 부도 60여 기와 비석 50여 기를 모셨다. 통도사의 개산대재에서 부도전에 차를 올리는 헌다례 행사를 볼 수 있다.

2. 당간지주

○ 분황사 당간지주

당간지주는 사찰 앞에 세웠던 두 개의 돌기둥이다. 사찰에서 행사가 있을 때 당이라는 깃발을 장대(당간)에 달고 그 장대를 세워두던 지지대이며, 통일신라시대부터 사찰 입구에 조성되었다. 사찰은 사라졌다 해도 석조물들은 남아서 지나간 시간을 더듬게 하는데, 당간지주도 바로 그런 존재이다. 경주 분황사의 당간지주는 2021년 보물로 지정되었다. 두 개의 지지석 사이에 거북 모양의 받침돌이 남아있는 독특한 형식이라서 살펴볼 만하다.

3. 석등

○ 부석사 석등

불전 앞 공간을 밝히는 석등은 중국이나 인도에는 없는 우리나라만의 독특한 불교 유물이다. 대웅전이나 탑처럼 중요한 건축물 앞에 세워진다. 조명의 역할뿐만 아니라 부처의 가르침을 세상에 전파한다는 상징성이 더욱 높다. 연꽃 받침돌 위에 팔각기둥을 세운 뒤 불을 놓는 화사석을 두고 지붕석을 올린다. 법주사 쌍사자 석등, 화엄사 각황전 석등, 부석사 무량수전 앞의 석등은 국보로 지정되어 있다.

참고문헌

1부. 포행_ 뜻을 구하는 마음

떠나올 때에야 비로소 나는 그곳에 있네 ● 조계산 송광사 불일암

전영우, 『송광사 사찰숲』, 모과나무, 2019

여태동, 「60년대 말 70년대 중기 법정의 사회민주화 운동연구-『영혼의 모음』에 나타난 원고를 중심으로」, 『선문화연구』 제28집, 2020

배상현, 「송광사 산내 암자의 창건과 변천」, 『불교연구』 제49집, 2018

이태겸, 「조선조 사찰림의 영역과 관리에 관한 연구-세계유산 '산사'를 중심으로」, 『한국지적정보학회지』 제21권 제1호, 2019

기르고 차리고 공양하며 닦는 마음 ● 백암산 백양사 천진암

최원종, 「쌍계루 제영시의 문화사적 의의」, 『호남문화연구』 제60호, 2016

강화도의 장경판이 어쩌다 해인사로 갔을까 ● 가야산 해인사

『합천 해인사 정밀실측조사보고서(상)』, 문화재청, 2014

한상길, 「고려대장경의 해인사 이운 시기와 경로」, 『불교학연구』 제30호, 2011

이상해, 「해인사 가람의 상징성에 관하여」, 『건축역사연구』 제4권 2호, 1995

눈을 감으면 떠오르는 풍경이 있습니까 ● 청량산 청량사

정은우, 「나말여초 건칠불상의 제작기법과 시원 연구」, 『미술사연구』 제35호, 2018

힘차게 삶을 붙잡는 일에 대하여 ● **팔공산 은해사 운부암**

『은해사 괘불탱 대형불화 정밀조사보고서 29』, 문화재청, 2019

오랫동안 서쪽 하늘을 바라보았다 ● **달마산 미황사 도솔암**

『해남 미황사 대웅전 정밀실측조사보고서』, 문화재청, 2011

2부. 친견_ 깊이 바라보는 마음

곱게 늙은 절집이 품은 장엄한 두 세계 ● **천등산 봉정사, 도산서원**

주수완, 『한국의 산사 세계의 유산』, 조계종출판사, 2020

『안동 봉정사 극락전 목조건축문화재 수리이력 자료집』, 국립문화재연구소, 2021

『봉정사 대웅전 해체 수리공사보고서』, 안동시, 2004

박도화, 「봉정사 대웅전 영산회후불벽화 도상의 연원과 의의」, 『석당논총』 제73호, 2018

황만기, 「조선 중후기 사대부의 봉정사 공간 향유 양상」, 『남명학연구』 제64호, 2019

끽다거, 차 한잔 들고 가시게 ● **만덕산 백련사, 두륜산 대흥사 일지암**

주수완, 『한국의 산사 세계의 유산』, 조계종출판사, 2020

정민, 『강진 백운동 별서정원』, 글항아리, 2015

김세리, 『차의 시간을 걷다』, 열린세상, 2020

손신영, 「강진 백련사 대웅보전에 대한 고찰」, 『강좌 미술사』, 2017

한윤숙, 「다산 정약용의 실용적 차 인식에 관한 연구」, 『동양예술』 제43호, 2019

정병삼, 「정약용의 불교 이해와 차 문화 향유」, 『남도문화연구』 제37호, 2019

끝없이 방랑하는 도시 ● 경주 폐사지 산책

일연, 『삼국유사』, 민음사, 2022

『조선고적도보 제3권-고신라시대』, 조선총독부, 1917

『감은사지 동 삼층석탑 사리장엄』, 국립문화재연구소, 2000

윤용혁, 「경주 분황사탑의 오키나와산 조개-한국과 오키나와 초기 교류사의 관점에서」, 『해양문화재』 제12호, 2019

이희봉, 「신라 분황사탑의 모전석탑 설에 대한 문제 제기와 고찰」, 『건축역사연구』 제20권 2호, 2011

김지현, 「신라 불탑의 형식과 금강역사 부조상연구」, 『문물연구』 제25호, 2014

할매 부처가 부르는 노래 ● 경주 남산 순례

일연, 『삼국유사』, 민음사, 2022

『조선고적도보 제3권-고신라시대』, 조선총독부,1917

『경주 남산의 불적-어제와 오늘』, 국립경주문화재연구소, 2020

강성근, 「매월당 김시습과 경주-『유금오록』을 중심으로」, 『온지논총』 제23호, 2009

부처님 진신사리를 모신 곳, 적멸보궁에 오르다 ● 영축산 통도사

일연, 『삼국유사』, 민음사, 2022

자현, 『사찰의 비밀』, 담앤북스, 2019

자현, 『불화의 비밀』, 조계종출판사, 2017

주수완, 『한국의 산사 세계의 유산』, 조계종출판사, 2020

이권영 · 서치상, 「통도사 자장암의 건축에 내재된 조영 의도와 미의식에 관한 연구」, 『건축역사연구』 제11집 4호, 2002

김이순, 「존재의 내면 표현을 위한 실험과 모색: 권진규의 건칠조각」, 『미술사연구』 제35호, 2018

3부. 합장_ 하나로 이어지는 마음

인생의 다음 여정을 오를 때면 늙은 절집으로 가자 ● 봉황산 부석사

신경숙, 「부석사-국도에서」, 『종소리』, 2012

최순우, 『무량수전 배흘림기둥에 기대서서』, 학고재, 2008

『영주 부석사 무량수전, 목조건축문화재 수리이력 자료집』, 국립문화재연구소, 2021

김용의, 「동아시아에 확산된 의상과 선묘의 사랑 이야기」, 『일본어문학』 제54호, 2012

어디선가 본 듯한, 다시 보아도 그리운 ● 영귀산 운주사

홍지석, 『답사의 맛』, 모요사, 2017

천득염, 「운주사 석탑의 양식적 특성과 세계유산으로서의 의미」, 『호남학 제54호』, 2013

천득염 · 정주성 · 이상준, 「운주사 다탑봉 석탑의 원형 특성에 관한 연구 1」, 『대한건축학회논문집』 제7권 6호, 1991

정조와 김홍도, 사찰을 짓다 ● 화산 용주사

자현, 『사찰의 비밀』, 담앤북스, 2019

『조선의 승려장인』 전시도록, 국립중앙박물관, 2019

『발원, 간절한 바람을 담다-불교미술의 후원자들』 전시도록, 국립중앙박물관, 2015

고은정, 『정조의 용주사 창건과 불교미술』, 서울대학교 석사논문, 2018

정해득, 「정조의 용주사 건립연구」, 『사학연구』 제93호, 2009

강관식, 「용주사 삼세불회도의 축원문 해석과 제작시기 추정」, 『미술자료』 제96호, 2019

강관식, 「용주사 삼세불회도 연구의 연대추정과 양식 분석, 작가 비정, 문헌 해석의 검토」, 『미술자료』 제97호, 2020

죽을힘을 다해 자신의 길을 찾고 있는 그대에게 ● 덕숭산 수덕사 환희대

김일엽, 『청춘을 불사르고』, 김영사, 2016

헤르만 헤세, 권혁준 옮김, 『싯다르타』, 문학동네, 2018

헤르만 헤세, 김현진 옮김, 『방랑, 요양객』, 을유문화사, 2009

『수덕사 대웅전 목조건축문화재 수리이력 자료집』, 국립문화재연구소, 2020

임홍경 · 홍상욱, 「한국 비구니의 선수행 문화와 선맥 전승 연구」, 『선문화연구』 제28집, 2020

김광식, 「김일엽 불교의 재인식-인연, 수행, 출가를 중심으로」, 『불교학보』 제72호, 2015

그럼에도, 멈추지 않는 사람으로 산다는 것 ● 삼각산 길상사

구미래, 「탑돌이와 연등의 종교민속적 의미」, 『불교문예연구』 제6집, 2016

절집
오르는
마음
ㅇ

초판 1쇄 인쇄 2022년 10월 25일
초판 1쇄 발행 2022년 11월 1일

지은이 최예선

펴낸이 한선화
책임편집 이미아
디자인 정정은
홍보 김혜진
마케팅 김수진

펴낸곳 앤의서재
출판등록 제2022-000055호
주소 서울 서대문구 연희로 11가길 39, 4층
전화 070-8670-0900
팩스 02-6280-0895
이메일 annesstudyroom@naver.com
인스타그램 @annes.library
블로그 blog.naver.com/annesstudyroom

ISBN 979-11-90710-50-3 03810